Mrs. Dalloway

Virginia Woolf

Mrs. Dalloway

Tradução de **Beatriz Guterman**

TORDSILHAS

Mrs. Dalloway

Tordesilhas é um selo da editora Alaúde Editora Ltda., do Grupo Editorial Alta Books (Starlin Alta Editora e Consultoria Ltda.)
ISBN: 978-65-5568-306-6

Impresso no Brasil — 1ª Edição, 2025 — Edição revisada conforme o Acordo Ortográfico da Língua Portuguesa de 2009.

Dados Internacionais de Catalogação na Publicação (CIP)

W88M
Woolf, Virginia, 1882-1941.
Mrs. Dalloway / Virginia Woolf. - Rio de Janeiro: Tordesilhas, 2025.

228 p.; il.; 15,7 x 23 cm.

ISBN 978-65-5568-306-6

1. Literatura inglesa. 2. Romance inglês - Século 20. 3. Modernismo (Literatura). 4. Fluxo de consciência (Literatura). 5. Feminismo na literatura. I. Título.

CDD 823.912

Índice para catálogo sistemático:
823.912 - Literatura inglesa - Romance - Século 20

Produção Editorial: Grupo Editorial Alta Books
Diretor Editorial: Anderson Vieira
Coordenadora Editorial: Mariana Portugal
Vendas Governamentais: Cristiane Mutüs

Produtora Editorial: Rita Motta
Tradução: Beatriz Guterman
Revisão: Alessandro Thomé
Prefácio: Virginia Bioni Bertollini
Capa: Beatriz Frohe

ALTA BOOKS
GRUPO EDITORIAL

Rua Viúva Cláudio, 291 — Bairro Industrial do Jacaré
CEP: 20.970-031 — Rio de Janeiro (RJ)
Tels.: (21) 3278-8069 / 3278-8419
www.altabooks.com.br — altabooks@altabooks.com.br
Ouvidoria: ouvidoria@altabooks.com.br

Editora **afiliada à:**

Sumário

Um legado em um único dia

Mrs. Dalloway é uma obra consagrada da escritora Virginia Woolf, publicada em 14 de maio de 1925, que narra um dia na vida de Clarissa Dalloway, uma dama da alta sociedade londrina, enquanto ela se prepara para receber convidados em uma elegante festa em sua casa. Em paralelo à rotina de Clarissa, temos a narrativa de Septimus Warren Smith, um ex-combatente da Primeira Guerra Mundial profundamente afetado por traumas psicológicos. Embora seus caminhos jamais se cruzem, os conflitos internos vivenciados por ambos estabelecem um elo simbólico, evidenciando o diálogo entre suas inquietações existenciais e o vazio que permeia suas experiências.

A história de *Mrs. Dalloway* se desenrola ao longo de um único dia de junho de 1923, em Londres, no contexto do pós-Primeira Guerra Mundial (1914–1918). Esse período histórico foi marcado por profundas transformações sociais, políticas e subjetivas, com a literatura da época frequentemente explorando temas como trauma psicológico, alienação e a reconfiguração das relações interpessoais. Virginia Woolf incorpora em sua obra as marcas deixadas pela guerra, abordando questões sociais e políticas relevantes, como o feminismo, a homossexualidade e a bissexualidade, os transtornos mentais, o patriarcado e as crises existenciais.

Inserida nesse cenário, a autora opta por retratar a vida de indivíduos aparentemente comuns, concentrando-se intensamente em suas vivências emocionais, pensamentos íntimos e percepções subjetivas. Na obra, toda a ação principal se limita a esse único dia, principalmente os momentos de retrospecção (*flashbacks*) e projeção temporal (*flashforwards*). Essa abordagem narrativa, que se tornaria uma das principais características do estilo de Woolf, é conhecida como fluxo de consciência.[1] Por meio dela, os pensamentos e as sensações dos personagens são apresentados em tempo real, criando uma narrativa que alterna entre o discurso direto e o indireto, combinando, ainda, diferentes formas de narração, como o ponto de vista onisciente, o monólogo interior e o solilóquio.[2]

A narração percorre diversas mentes ao longo do livro, embora se concentre especialmente nas experiências de Clarissa Dalloway e Septimus Warren Smith. Essa multiplicidade de vozes oferece ao leitor uma compreensão mais ampla e profunda dos acontecimentos daquele dia, evidenciando como diferentes personagens percebem e experienciam o mundo à sua volta a partir de perspectivas singulares, interligadas em uma rede de subjetividades.

As escolhas estruturais e estilísticas adotadas por Virginia Woolf em *Mrs. Dalloway* apresentam notável semelhança com aquelas encontradas em *Ulysses*, de James Joyce, obra amplamente reconhecida como um dos romances mais influentes do século XX. Embora o romance de Woolf tenha sido publicado três anos após o de Joyce, a personagem Clarissa Dalloway já figurava no universo criativo da autora anteriormente. Ela apareceu de forma secundária em *A Viagem* (1915), seu romance de estreia, e mais tarde como protagonista nos contos "Mrs. Dalloway em Bond Street" e no inacabado "O Primeiro-Ministro", que acabariam por dar origem ao romance que conhecemos hoje.

Em 1902, duas décadas antes da publicação do livro, Woolf já esboçava a ideia central da obra, planejando uma peça em que "um homem e uma mulher... cresceriam... e jamais se encontrariam... nunca chegariam a se conhecer... mas o tempo todo o leitor sentiria que estariam cada vez mais próximos".[3] A ideia inicial visava retratar a Londres do pós-guerra; contudo, após a leitura de *Ulysses*, Woolf percebeu que dentro da mente de uma pessoa comum existia toda a complexidade de uma vida. Com base nisso, rompeu com a estrutura narrativa tradicional do romanticismo, que considerava o tempo e a ação de forma gradual, optando por situar toda a ação narrativa em um único dia.

Diferenciando-se do estilo denso e por vezes fragmentado de *Ulysses*, Virginia Woolf dá à sua narrativa um ritmo mais suave e lírico, mesclando elementos do romance tradicional com a ficção moderna de forma sutil e sensível. Para a autora, era essencial que a obra tivesse uma voz capaz de estabelecer um diálogo íntimo com o leitor, comunicando os anseios, os pensamentos e as emoções das personagens de maneira profunda e subjetiva.

Com esse estilo já definido, Woolf o coloca em prática e cria essa conexão por meio dos seus personagens, especialmente pelos principais: Clarissa e Septimus. Ambos compartilham o mesmo espaço urbano e o mesmo momento histórico — as ruas de Londres em um dia de junho —, e suas narrativas se entrelaçam sutilmente, embora nunca se cruzem diretamente. Apesar dessa separação concreta, existe uma semelhança simbólica entre os dois: em suas trajetórias, o presente é constantemente interrompido por lembranças do passado, às quais retornam de forma recorrente por meio do fluxo de consciência.

Para Clarissa, esse "presente contínuo" aparece como recordações de sua juventude em Bourton, onde era cortejada por diversos pretendentes e tomou decisões cruciais, como seu casamento com Richard Dalloway. Ao longo do dia, ela reflete sobre o curso de sua vida, os caminhos não trilhados e a tentativa de atribuir sentido à existência por meio de eventos sociais, como as festas que organiza. Seu desejo de reunir pessoas e criar momentos de alegria está vinculado não apenas ao seu estado de saúde, mas também a uma necessidade mais profunda de conexão e significado. Clarissa é profundamente marcada pela percepção do tempo, e sua relação com a morte — interpretada não como fim, mas como uma forma de capturar a plenitude da vida — revela a complexidade de sua sensibilidade. Para Peter Walsh, antiga paixão (e correspondida) de Clarissa, seu encanto se manifesta precisamente nessa intensidade de viver, resumida na expressão que o acompanha em pensamento: "Lá vai ela."

No caso de Septimus, o tempo presente é constantemente invadido por memórias de sua vivência como soldado durante a Primeira Guerra Mundial, especialmente por meio das alucinações envolvendo Evans, seu companheiro de batalha. Sua trajetória funciona como um contraponto à de Clarissa Dalloway, revelando de maneira contundente o sofrimento psíquico negligenciado e a sensação de alienação vivida por aqueles profundamente marcados pelos horrores do conflito. A percepção de Septimus sobre o mundo é fragmentada e distorcida, e, por meio dele, Virginia Woolf constrói uma crítica incisiva à incompreensão social e médica em relação à saúde mental.

O pós-guerra, especialmente o da Primeira Guerra Mundial, representou um período de rupturas significativas, tanto no âmbito social quanto psicológico, que foram amplamente exploradas na literatura moderna. A guerra deixou não só cicatrizes físicas nas pessoas, mas também profundas marcas emocionais e psicológicas, refletidas em personagens como Septimus Warren Smith. Ele é um exemplo claro do trauma invisível que afetou muitos veteranos da guerra, particularmente os que sofreram de Transtorno de Estresse Pós-Traumático (TEPT), um conceito ainda em desenvolvimento na época. Septimus, em sua alucinação constante com Evans e sua visão distorcida da realidade, reflete o impacto devastador que a guerra teve na mente daquele que voltaram para um mundo incapaz de compreendê-los ou de oferecer suporte adequado.

Virginia Woolf, ao explorar o período pós-guerra, transcende a narrativa de uma única experiência individual e a utiliza como um microcosmo que reflete as falhas mais abrangentes da sociedade britânica no início do século XX. O trauma de Septimus é amplificado pela insensibilidade dos profissionais médicos, que não reconhecem a gravidade de sua condição e, em vez disso, o tratam de forma desumana, transformando-o em um caso clínico, sem considerar a profundidade de sua dor emocional. Essa crítica à medicina, e à sociedade em geral, que não sabe lidar com a saúde mental, reflete um contexto mais amplo de negligência social e política em relação aos sobreviventes da guerra. A falta de empatia e a abordagem mais impessoal da psiquiatria são criticadas por Woolf de maneira sutil, mas incisiva, destacando a incapacidade do sistema de compreender as necessidades emocionais e psicológicas daqueles que retornaram da guerra.

Além disso, o contexto pós-guerra em *Mrs. Dalloway* também é explorado a partir de sua representação de Londres, uma cidade em reconstrução, tanto literal quanto figurativamente. O trauma da guerra afeta não apenas indivíduos como Septimus, mas também as estruturas sociais, que enfrentam as tensões de um novo mundo pós-guerra, marcado por uma quebra nas antigas normas e valores. Em um cenário marcado por incertezas políticas e sociais, a obra de Woolf expõe como as feridas do passado não podem ser facilmente cicatrizadas e como as consequências da guerra reverberam em diferentes níveis da sociedade.

Clarissa Dalloway, por exemplo, mesmo não sendo uma veterana de guerra, também carrega a marca do pós-guerra em suas reflexões sobre o tempo, a vida e a morte. Ela vive em um mundo que foi mudado permanentemente pelas consequências da guerra e, como muitos outros da classe alta britânica, busca se apegar à superficialidade de eventos sociais como uma forma de escapar da dor mais profunda que ainda permeia a sociedade. Sua obsessão com o tempo e sua reflexão sobre as escolhas passadas podem ser vistas como uma resposta ao vazio existencial imposto pelas transformações do pós-guerra, onde os velhos ideais e as certezas de antes da guerra já não fazem mais sentido. Woolf vai além de capturar o trauma psicológico de seus personagens; ela transforma essas experiências em uma reflexão intensa sobre uma sociedade ainda à deriva, enfrentando as consequências do caos pós-guerra. A alternância entre os personagens, suas memórias e as tensões do presente revela a complexidade de um período em que as cicatrizes da guerra, tanto pessoais quanto coletivas, permaneciam, na verdade, ainda sem cicatrizar. Dessa forma, a autora oferece uma crítica incisiva às limitações da sociedade da época em confrontar as repercussões psicológicas do conflito, enquanto também busca o impacto mais amplo das guerras nas estruturas e nas relações sociais.

Outro tema que aparece em sua obra — e é um dos marcos de sua grandiosidade — é feminismo e o discurso feminista. Virginia Woolf não apresenta um manifesto feminista de maneira direta, mas questiona de forma sutil e profunda o papel da mulher na sociedade patriarcal, especialmente no contexto do pós-guerra na Inglaterra. Embora o romance tenha sido escrito antes do auge dos movimentos feministas do século XX, ele antecipa muitas das questões centrais do pensamento feminista moderno.

Nascida em uma família de alta posição social e casada com Richard Dalloway, com quem tem uma filha, Clarissa representa a figura feminina moldada pelas convenções sociais vigentes: uma dama da aristocracia inglesa cuja existência gira em torno da manutenção das aparências, da realização de eventos sociais e da preservação do *status quo*.

Embora adote uma postura que aparente satisfação com sua vida, a narrativa revela, ao longo do dia retratado, sinais de descontentamento e frustração. Tais sentimentos manifestam-se, sobretudo, por meio de reflexões melancólicas e recordações de sua antiga amiga Sally Seton, as quais evocam um passado marcado por possibilidades não concretizadas e desejos reprimidos.

Sally, personagem marcada por uma postura rebelde e transgressora, surge na narrativa como figura central nas recordações mais felizes de Clarissa, que a via como uma presença cativante durante sua juventude. Nesse contexto, evidenciam-se os efeitos das normas sociais impostas às mulheres, que condicionaram Clarissa a reprimir seus desejos mais autênticos, ainda que não lhe fosse permitido agir conforme seus sentimentos, pois compreendia que seu papel social era seguir o matrimônio com um homem de posses e constituir uma família. Dessa forma, ela encarna simultaneamente a figura da inglesa típica de sua época e classe social, e um símbolo mais amplo da condição feminina. A personagem representa uma crítica contundente à sociedade patriarcal, que define rigidamente os papéis femininos e, incoerentemente, condena as mulheres por se conformarem às expectativas que lhes foram impostas desde a infância.

Mesmo com o regime patriarcal ainda em alta, as mulheres passaram a ter destaque em posições sociais e políticas, que viriam, posteriormente, a dar-lhes força para reivindicar seus direitos diante de uma sociedade opressora, dando mais voz ao movimento feminista. Como todos os setores econômicos do país foram afetados, as mulheres passaram a exercer funções até então masculinas, e isso despertou uma consciência sobre as habilidades das mulheres e seu papel na sociedade. Além disso, a criação de organizações internacionais possibilitou que mulheres de diferentes países se unissem na luta por seus direitos, oferecendo a elas a chance de demonstrar suas habilidades e competências. Ademais, a busca pelo direito de voto das mulheres foi uma grande motivação para muitos líderes feministas, mesmo que esse objetivo tenha sido momentaneamente pausado por causa da guerra. Elas se envolveram para ajudar aquelas que estavam trabalhando durante o conflito, contribuindo para que suas causas ganhassem mais visibilidade e legitimidade.[4]

Como se não fosse o bastante usar as próprias mulheres de sua obra como objeto de denúncia e força política, Woolf ainda provoca o leitor ao abordar questões feministas em sua personagem masculina. Septimus também evoca algumas críticas e situações de opressão ligadas diretamente a luta feminista: o fato de ser extremamente sensível com suas emoções remete indiretamente a como as mulheres naquela época eram vistas como histéricas por serem sempre consideradas como seres mais emotivos. Outro ponto em que faz ligação ao problema psicológico já abordado anteriormente aqui é no silenciamento médico autoritário e na rigidez emocional, cuja analogia está relacionada à crítica das mulheres que não se moldam dentro dos padrões sociais aceitáveis para a época.

Da genialidade da escrita lírica de Virginia Woolf, *Mrs. Dalloway* se torna uma das suas obras-primas mais aclamadas e relevantes mundialmente. Atemporal, não apenas por sua inovadora construção, mas por sua reflexão profunda sobre a condição humana, o romance se torna uma leitura essencial para aqueles que desejam compreender a riqueza e a sofisticação da literatura modernista e mergulhar no mais belo e humano sentimento que é o de questionar a vida e vivê-la em mais um dia.

Mrs. Dalloway disse que iria ela mesma comprar as flores.

Um pouco por trás da obra: quem foi Virginia Woolf?

Adeline Virginia Stephan, conhecida mundialmente como Virginia Woolf (1882–1941), nasceu em Kensington, Londres, em 25 de janeiro de 1882. Filha de Julia Stephen e de Leslie Stephen, renomado editor e crítico literário e intelectual, tinha três irmãos de sangue: Vanessa, Thoby e Adrian, além de meios-irmãos tanto por parte de pai quanto de mãe, devido aos casamentos anteriores. Leslie Stephen foi o responsável pela educação de suas filhas, Vanessa e Virgínia, educando-as em casa, com aulas particulares. Elas tinham acesso ilimitado à enorme biblioteca da família, e, junto com o conhecimento autodidata adquirido da literatura e de obras renomadas, pode-se dizer que esse foi o ponto inicial para Virgínia se tornar a escritora que conhecemos hoje. Contudo, sua infância foi acompanhada de momentos mórbidos e traumáticos, estes que se tornaram materiais para suas obras.

Aos 13 anos, havia perdido sua mãe, o que desencadeou suas primeiras crises psicológicas. Pouco tempo depois, sua meia-irmã também veio a falecer, seguida de seu pai, em 1904, contribuindo para que as condições psicológicas de Virginia ficassem em evidência, sendo internada pela primeira vez.

Relatos bilbiográficos assumem que Virginia sofreu abuso sexual infantil desde os 7 anos pelos seus meio-irmãos, o que perdurou até seus 24 anos. Ela escreveu sobre isso em *Momentos de Vida*.[5] Já que foi criada para não poder se expressar, quando o silêncio a corroía, encontrava na escrita o meio de descrever e compartilhar seus sentimentos, suas angústias e seus traumas. Em outro texto, *A Sketch of the Past*,[6] discorria sobre a rígida era do período Vitoriano[7] e como a sociedade sofria com as repressões diante de vários assuntos na esfera social, inclusive na parte da saúde mental.

Os distúrbios psicológicos que acompanharam Woolf até sua morte são atualmente objetos de pesquisas da área da saúde mental, que, através de seus textos, buscam entender quais foram os gatilhos para, enfim, diagnosticá-la. Por muito tempo, cientistas da oposição consideraram que os problemas da autora eram de cunho genético, já que seu pai também apresentava tais sintomas antes de morrer, porém o que mais se afirma hoje é que ela sofria de uma mania, depressão profunda também conhecida por transtorno bipolar.

Em janeiro de 1904, Virginia publicou seu primeiro artigo no suplemento feminino impresso pelo *The Guardian*, diário nacional britânico independente[8] fundado em 1821. Naquele mesmo ano, em novembro, a escritora viria a conhecer Leonard Woolf, seu futuro marido, em um jantar dado pelo seu irmão Thoby, que iniciava seus estudos em Cambridge. Após a morte de seu pai, ela e seus irmãos se mudaram para o bairro de Bloomsbury, em 1905. Lá, o irmão se reunia com amigos intelectuais da faculdade todas às quintas-feiras, e, com o passar do tempo, eles se nomearam como Grupo de Bloomsbury. Formado por membros do Apóstolos[9] de Cambrigde, sociedade secreta da elite intelectual da universidade fundada em 1820, ainda com Virginia e Vanessa sendo as únicas integrantes femininas, o grupo foi crucial para a escritora, pois, além de contribuir nas discussões, ela percebeu que era possível se livrar daquela educação moralista que a acompanhava desde a infância. Graças ao ambiente estimulante, viu que era um espaço ideal para desenvolver sua escrita e descobrir novas ideias. O grupo era conhecido por sua rejeição às normas vitorianas e sua abordagem progressista em relação à arte, literatura e política, e ofereceu a Virginia um lugar para debates intelectuais e experimentação literária. Assim, ela passou a colaborar com várias publicações e a ampliar seu círculo de influências literárias e sociais.

E foi assim que sua vida mudou quando, em 1912, Virginia se casou com Leonard Woolf, um brilhante escritor e crítico de Cambridge, na Inglaterra, cujos interesses na literatura, bem como na economia e no movimento trabalhista eram bem adaptados aos dela, fazendo parte também de Bloomsbury. Virginia Woolf estreou no mundo literário em 1915 com seu livro *The Voyage Out*,[10] romance que abriria as portas para o sucesso de sua carreira. Juntos, eles fundaram a Hogarth Press,[11] em 1917, uma editora independente que recebeu esse nome em homenagem à casa deles em Richmond, Hogarth House, onde faziam impressão ainda à mão. Criada como um passamento para os Woolfs naquele período entreguerras, a editora passou a se tornar um negócio rentável quando compraram as primeiras impressoras. Publicaram um livro escrito em conjunto, *Duas Histórias*, se tornando um sucesso em vendas. Com a ascensão da editora, passaram a publicar livros do Grupo de Bloomsbury, assim como outros vários escritores e intelectuais, incluindo obras da própria Virginia. Em 1924, Woolf publicou um ensaio chamado "Mr.Bennett and Mrs. Brown", que criticava escritores vitorianos que não conseguiam capturar a alma humana em suas obras. Virginia dizia que a literatura moderna precisava de uma nova abordagem, mergulhar na consciência dos personagens, refletindo os pensamentos, sentimentos e fluxos mentais — o fluxo de consciência. Contudo, foi em 1925 que ela colocou em prática essa ideia e, com êxito, *Mrs. Dalloway* chegou ao mundo, revolucionando uma era literária e se tornando uma das maiores obras da autora.

Tal desejo de mudar o estilo modernista da época pôde ser observado em muitos autores que entraram no subjetivo para com suas obras. Sendo uma influência, podemos ver que o estilo proposto por Virginia foi além do Reino Unido e de suas obras traduzidas. Aqui no Brasil, por exemplo, a escritora Clarice Lispector (1920–1977) foi uma das grandes escritoras modernistas brasileiras do século XX a apresentar o fluxo de consciência e a subjetividade em suas obras. Quando falamos em "epifania" na literatura, provavelmente a primeira coisa que pensemos seja nela, e não é por menos: além da característica de suas histórias nunca terem um início, meio e fim, a autora colocava em suas obras a intimidade e as paixões, as expressões das almas de suas personagens como ponto de subjetividade, utilizando de técnicas modernas como o monólogo interior e análises psicológicas. Ela adotou esse fluxo com uma intensidade singular na literatura brasileira, o que podemos ver em algumas obras, como *A Paixão Segundo G.H.* (1964) e *Perto do Coração Selvagem* (1943), onde leva o leitor para dentro da alma das personagens com uma escrita quase filosófica.

Apesar de toda revolução literária que Virginia proporcionou no mundo todo — não só o literário — com suas obras riquíssimas, abordando temas-chaves para uma sociedade ainda danificada pelas guerras, e temas atuais, sua depressão sempre esteve a acompanhá-la. Em 1913, ela tentou se suicidar após finalizar o primeiro rascunho de *The Voyage Out* e, sendo resgatada por Leonard, foi internada, tratada para diferentes diagnósticos, mas nenhum chegou perto de ajudá-la. Conforme falamos anteriormente aqui sobre as críticas de Virginia em *Mrs. Dalloway*, a autora relaciona sua própria vida maníaco-depressiva e seu casamento caótico com os personagens Septimus Smith e Clarissa Dalloway.

Nele, Woolf sugere que diagnósticos errados frequentemente causam situações mais severas para aqueles que sofrem de doenças mentais. Podemos ver que há semelhanças entre as condições de Septimus e a luta de Woolf com o seu transtorno bipolar (ambos alucinam que pássaros cantam em grego, por exemplo). Ela também recebeu tratamento para seu problema em diversas clínicas, desenvolvendo seu desprezo por médicos. O casamento se tornou uma tarefa que os casais lutavam para manter, em vez de ser um caminho facilmente percorrido. No entanto, o objetivo final de Woolf era atribuir significado à sua vida e às lutas que enfrentou durante ela (a vida). A autora encontra um significado e faz alusão a isso com Clarissa Dalloway: questionar a morte é um ato de desafio. É aceitar a si mesma no meio de tudo o mais. É aceitar sua vida e o caminho que ela seguiu. Woolf expõe sua própria visão da vida, seu significado nela e o papel que a morte desempenha. Assim como a vizinha de Clarissa se prepara para dormir sozinha, Woolf percebe que, em última análise, ela está sozinha no mundo.

No projeto original para o romance, Clarissa suicida-se durante sua festa. Nessa versão, Septimus (a quem Woolf chama de "um duplo" de Mrs. Dalloway) não existe. Além de sua primeira tentativa de suicídio em 1913, ela tentou mais duas vezes. As crises que acompanhavam Woolf a faziam se sentir culpada, pois, apesar de ter um relacionamento e o apoio de seu marido, ela era totalmente fragilizada pelos traumas, cobrava-se demais em suas obras, causando-lhe o medo de nunca ser suficiente. As críticas negativas a deixavam desequilibrada emocionalmente; lia que era insignificante e que viria a cair no esquecimento — mal sabiam (e ela também) o que o futuro reservava.

Durante o período de 1920 a 1930, Virginia teve uma crise maníaca, e esse foi o momento em que fora mais produtiva, escrevendo algumas de suas obras mais famosas, além de *Mrs. Dalloway*, como *Ao Farol* (1927) e *Orlando* (1928). Já em 1931, após finalizar o livro *As Ondas*, passou por uma nova crise. A cada final de peça, ensaio ou livro produzido, ela sentia que nada daquilo teria valor diante um período marcado por grandes perdas e transformações. O período dos anos 1930 já estavam sendo marcados pelo aumento de conflitos internacionais, como a Crise de 29, a Guerra Civil Espanhola, o avanço de teorias de superioridade raciais e a ascensão do na Alemanha. Essa tensão e angústia frente a uma nova guerra que estava iniciando (Segunda Guerra Mundial) fez com que houvesse um aumento de publicações de romances históricos e de obras teóricas sobre o gênero.

Com o início da Segunda Guerra Mundial (1939–1945), a saúde mental de Virginia já estava em seu estopim. Em 1940, com a morte de um grande amigo e figura importante para ela, Roger Fry (1866–1934)[12], a família pediu à escritora que escrevesse uma biografia do grande introdutor do modernismo europeu na Inglaterra. Ele havia influenciado profundamente o pensamento artístico de Woof, defendendo que a forma e a emoção eram mais importantes na arte do que a representação fiel da realidade, e isso refletiu na escrita da própria Virginia. Naquele mesmo ano, *Roger Fry: A Biography* foi lançado e obteve críticas frias, que mexeram com a fragilidade emocional de Woolf. Juntamente com os conflitos e anseios da guerra, a autora teve seu colapso mais brusco, impedindo-a de escrever e caindo em uma depressão profunda, semelhante às que sofrerá na juventude.

Sem expectativas de melhora, em 1941, o mundo perdia uma das maiores escritoras modernistas do século XX. No dia 28 de março, Woolf colocava pedras nos bolsos de seu casaco para, então, se jogar no rio Ouse, perto de sua casa, e morrer afogada. Seu corpo foi encontrado apenas em 18 de abril. Antes do suicídio, Woolf escreveu uma carta de despedida para seu marido, Leonard, agradecendo por todo seu amor e apoio, mas alegando que não havia mais esperança de melhora, que era melhor partir do que continuar sofrendo. *Entre os Atos (1941)* foi o último livro de Virginia e publicado um tempo depois de sua morte. O romance é considerado pelos estudiosos como uma das obras mais completas da autora, com um estilo totalmente diferente do que apresentava. Muitos acadêmicos acreditam que o livro refletia o colapso mental de Virginia, por passar por diversos estilos textuais, porém com uma coerência extraordinária.

O legado de Virginia Woolf para o mundo literário quebrou barreiras e serve até hoje como fonte de estudos e admiração. Além de revolucionária modernista, se tornou símbolo do movimento feminista literário. Suas obras revolucionárias e sua visão progressista abriram caminho para que as mulheres encontrassem suas vozes na literatura. Ela foi uma das primeiras a explorar temas como identidade feminina, igualdade de gênero e a luta das mulheres por autonomia e liberdade.

Do livro para a telinha

Mrs. Dalloway já foi apresentada em outras obras de Woolf, sendo uma aparição em *The Voyage Out* e em cinco contos em que Clarissa aparece como anfitriã: "The New Dress" (1924), "The Introduction"[13] (1929), "Together and Apart" (1931) — em que Mrs. Dalloway faz as apresentações entre os protagonistas do conto —, The Man who Loved His Kind (1925) — em que Richard, o marido de Mrs. Dalloway, convida um colega de escola, que acaba por achar o encontro extremamente desconfortável — e "A Summing Up" (1944), em que um casal encontra-se no jardim de Mrs. Dalloway. Todos esses contos, com exceção de "The Introduction", estão presentes nas coleções *A Casa de Carlyle e Outros Esboços* (2003) e *Mrs. Dalloway's Party* (1977).

A obra também foi adaptada para o cinema, sendo consagrada em dois filmes: *Mrs. Dalloway* (1997), dirigido pela diretora alemã Marleen Gorris, com roteiro adaptado pela atriz britânica Eileen Atkins e protagonizado por Vanessa Redgrave, e *As Horas* (2002), adaptação do romance de mesmo nome de Michael Cunningham dirigida pelo inglês Stephen Daldry. O filme é uma releitura da obra de Woolf, focando Mrs. Dalloway, e acompanha a vida da editora nova-iorquina Clarissa, interpretada no filme por Meryl Streep, a da dona de casa Laura, de Los Angeles, por Julianne Moore, e a da própria Virginia Woolf, por Nicole Kidman. *As Horas* narra um dia na vida de três mulheres de gerações diferentes e cuja vida foi mudadas pelo romance: Woolf o escreve, Laura o lê e Clarissa o vive.

Vamos comprar flores

Mrs. Dalloway pode ser desafiador — e um pouco confuso — em um primeiro momento, mas valerá totalmente a pena conhecer essa história e se encantar com umas das mais aclamadas obras já escritas e publicadas. Prepare seu chá da tarde, abra o coração e se aventure neste dia único de Londres.

Talvez seja nossa hora de ir comprar nossas flores.

---

1. Técnica literária, usada primeiramente por Édouard Dujardin em 1888, em que se procura transcrever o complexo processo de pensamento de um personagem, com o raciocínio lógico entremeado com impressões pessoais momentâneas e exibindo os processos de associação de ideias. Com o uso dessa técnica, mostra-se o ponto de vista de um personagem por meio do exame profundo de seus processos mentais, esbatendo-se as distinções entre https://pt.wikipedia.org/wiki/Consciente e https://pt.wikipedia.org/wiki/Inconsciente , realidade e desejo, as lembranças da personagem e a situação presentemente narrada etc.

2. Recurso dramático ou literário que consiste em verbalizar, na primeira pessoa, aquilo que se passa na consciência de um personagem. Opõe-se ao monólogo interior, porque o personagem, no solilóquio, articula os seus pensamentos de forma lógica, coerente.

3. Nigel Nicholson e Joanne Trautmann (orgs.), *The Letters of Virginia Woolf*, v.1.Hogarth Press,1980, p.60. Trad. por Ana Carolina Mesquita. Editora Antofágica, 2020.

4. A Inglaterra foi o primeiro país a aderir o direito ao voto feminino pós-guerra.

5. Relatos autobiográficos encontrados após sua morte em 1941, que, porém, só foram divulgados em 1976. O livro conta com cinco peças que discorrem sobre algumas partes da vida de Virginia.

6. Obra ainda sem tradução para o Brasil. "Um esboço do passado", em tradução livre por Virginia Bioni Bertollini.

7. Período marcado pelo reinado da Rainha Vitória (1837–1901) que perdurou até sua morte.

8. Mídia independente é um tipo de mídia que não está sob o controle de grandes grupos de comunicação. Elas não propagam as ideologias dos grupos dominantes da ordem atual da sociedade.

9. O nome "Apóstolos" foi dado pois o grupo fora formado inicialmente por doze estudantes.

10. "A Viagem", em tradução livre por Virginia Bioni Bertollini. Antes de receber o título definitivo, seu esboço se chamava "*Valentine* e *Melymbrosia*".

11. Atualmente "Hogarth" é um selo da The Crown Publishing Group, parte da Random House Inc, destinado a revelar uma nova geração de escritores.

12. Ele fazia parte do grupo de Bloomsbury e foi responsável pelo termo "pós-impressionismo" e por revelar grandes artistas, como Van Gogh, Cézanne e Matisse.

13. O conto faz parte da coletânea *The Common Reader: Second Series*, explorando como elas eram introduzidas ou não no cânone literário dominado por homens. É uma obra que dialoga bastante com *A Room of One's Own (Um Teto Todo Seu)*, também de 1929.

Introdução

É difícil, talvez até impossível, para um autor falar algo a respeito da própria obra. Tudo o que ele tem a dizer já foi dito da melhor forma possível no conteúdo do livro em si. Se não conseguiu deixar suas intenções claras lá, dificilmente conseguirá fazê-lo em algumas páginas dedicadas ao prefácio ou posfácio. E a mente de um autor tem outra particularidade, que também é hostil a introduções. É tão inóspito para sua prole quanto o pardal fêmea é para a dela. Quando os pequenos passarinhos aprendem a voar, é isso o que devem fazer; e ao tempo em que deixam o ninho, a mãe talvez já tenha começado a pensar sobre outra ninhada. Dessa mesma maneira, quando um livro é impresso e publicado, ele deixa de ser propriedade do autor, sendo lançado aos cuidados de outras pessoas; e a atenção que recebia antes é voltada agora a um novo livro, que não só joga o antecessor para fora do ninho, mas encontra uma forma sútil de manchar sua imagem em relação a ele mesmo.

Realmente, o autor pode, se assim desejar, contar algo a respeito de si mesmo e de sua vida que não esteja na obra; e deveríamos fazer todo o possível para encorajar esse esforço. Afinal, não há nada mais fascinante do que descobrir a verdade que se esconde por trás daquelas grandes fachadas de ficção: se a vida realmente for verdadeira, e se a ficção realmente for fictícia. E a conexão entre os dois provavelmente é muito complicada. Os livros são as flores ou frutas presas em uma árvore cujas raízes estão na profundidade da terra do início de nossa vida, das nossas primeiras experiências. Porém, mais uma vez, para tentar contar ao leitor qualquer coisa que sua imaginação ou conhecimento ainda não fora capaz de descobrir, seriam necessários não uma ou duas páginas de um prefácio, e sim um ou dois volumes de uma autobiografia. Com cuidado e cautela, seria necessário um esforço para descobrir e expor, e mesmo quando tudo estivesse na superfície, ainda seria responsabilidade do leitor decidir o que é ou não importante. Em relação a *Mrs. Dalloway*, só é possível trazer à luz alguns fragmentos, de pouca ou nenhuma importância; como o fato de que na primeira versão, Septimus, que depois passa a ser seu alter ego, não existia; e que Mrs. Dalloway a princípio cometeria suicídio, ou talvez simplesmente morreria ao final da festa. Tais fragmentos são oferecidos com humildade ao leitor na esperança de que se provem úteis como outras tranqueiras.

Mas se alguém respeitar demais o leitor para apontar a ele o que não foi notado, ou para sugerir o que deve buscar, deve falar de forma mais explícita ao leitor que deixou de lado a inocência e se tornou um crítico. Já que a crítica, seja ela boa ou ruim, deve ser recebida em silêncio como o comentário legítimo que o ato de publicação exige. Vez ou outra, uma declaração é feita sem consideração aos méritos ou deméritos do livro, e o autor sabe que ela está errada. Tal declaração foi feita sobre *Mrs. Dalloway* com frequência o suficiente para merecer um argumento contrário. A obra, declarou-se, foi o resultado proposital de um plano de ação. A autora, declarou-se, insatisfeita com o estilo de ficção em voga à época, estava decidida a implorar, pegar emprestado, roubar ou até mesmo criar o seu próprio. Mas, até onde se é possível ser honesta sobre os processos misteriosos da mente, os fatos são outros. Insatisfeita a autora até poderia ter estado; mas sua insatisfação era principalmente com a natureza por lhe dar uma ideia, sem fornecer uma casa onde habitar. Os novelistas da geração haviam feito pouco para ajudar. E por que deveriam? O romance era a morada mais óbvia, mas parecia ter sido construído com o planejamento errado. Assim, rejeitada, a ideia começou, como uma ostra ou um caramujo o fazem, a produzir uma casa para si mesma. E foi o que fez, sem nenhuma intenção consciente. O pequeno caderno onde a tentativa de um plano foi feita logo foi abandonado, e o livro cresceu dia após dia, semana após semanas, sem nenhum plano, exceto por aquele que era decidido a cada manhã no ato da escrita. A outra maneira — construir uma casa e depois habitá-la, desenvolver uma teoria e depois aplicá-la, como fizeram Wordsworth e Coleridge — é, nem precisa-se dizer, igualmente efetiva e muito mais filosófica. Porém, neste caso, era necessário escrever o livro primeiro e inventar uma teoria depois.

Se, no entanto, alguém trouxer à tona o plano de ação do livro para ser discutido, é pelo motivo exposto: que se tornara objeto de assunto pelos críticos, e não que ele, por si só, mereça atenção. Muito pelo contrário, quanto mais bem-sucedido é um plano de ação, menos atenção ele atrai. Espera-se que o leitor nem sequer pense sobre o plano de ação do livro ou da falta dele. Sua única preocupação é o efeito que a obra, como um todo, tem em sua mente. E essa questão tão essencial ele sabe julgar bem melhor do que o autor. Na verdade, tendo o tempo e a liberdade para criar a própria opinião, acaba tornando-se um juiz infalível. É nas mãos dele, então, que a autora confia *Mrs. Dalloway* e deixa o tribunal confiante de que o veredito, seja esse a morte imediata ou mais alguns anos de vida e liberdade, será justo.

Virginia Woolf.
Londres, Junho de 1922.

Mrs. Dalloway

Mrs. Dalloway disse que ela mesma iria comprar as flores.

Pois Lucy já tinha muitos afazeres. A portas teriam que ser retiradas das dobradiças; os homens da Rumpelmayer estavam para chegar. E então, pensou Clarissa Dalloway, que manhã, fresca como se tivesse sido feita sob encomenda para crianças na praia.

Que aventura! Que mergulho! Pois era isso que sempre sentia quando, com um pequeno ranger das dobradiças, que ouvia agora, abria as portas francesas e mergulhava no ar fresco de Bourton. E que agradável, que calmo, mais tranquilo do que este, é claro, era o ar do começo da manhã, como o bater de uma onda, o beijo de uma onda; frio e cortante, mas, ainda assim (para uma moça de dezoito anos como era na época), solene, apesar de sentir de onde estava, em frente à janela aberta, que algo terrível estava para acontecer; observando as flores, as árvores em meio à névoa e as gralhas que subiam e desciam; ficou lá observando até Peter Walsh perguntar "Contemplando as plantas?" — foi isso? — "Prefiro homens a couves-flores" — foi isso? Ele deve ter dito isso certa manhã, durante o desjejum, quando ela saiu na varanda — Peter Walsh. Ele voltaria da Índia em breve, em junho ou julho, ela já se esquecera qual dos dois, já que suas cartas eram enfadonhamente entediantes; era o que ele dizia que ficava na memória; seu olhar, seu canivete, seu sorriso, seu mau-humor e, quando milhares de outras coisas desapareciam totalmente — como era estranho! — algumas de suas falas sobre plantas.

Ela empertigou-se um pouco no meio-fio, esperando o furgão de Durtnall passar. Uma mulher encantadora, pensou Scrope Purvis (conhecendo-a como vizinhos de Westminster conhecem uns aos outros); tinha um ar de pássaro, de gaio, azul-esverdeado, leve e cheio de vida, mesmo que já tivesse passado dos cinquenta e ficado muito pálida desde que adoecera. Lá ela ficou, sem vê-lo, esperando para atravessar, muito aprumada. Pois, morando em Westminster — há quantos anos já estava ali? Mais de vinte —, se tem a sensação, mesmo no meio do tráfego, ou ao acordar à noite, Clarissa tinha certeza, de um silêncio peculiar, uma solenidade; uma pausa indescritível; uma suspensão (mas talvez isso seja apenas seu coração, disseram, afetado pela gripe) antes do soar do Big Ben. Pronto! Bateu. Primeiro um alerta, musical; então, a hora, inevitável. Os círculos de chumbo dissolviam-se no ar. Como somos tolos, pensou, enquanto atravessava a Victoria Street. Só Deus sabe por que a gente ama, e observa, desmontando, construindo de novo, recriando cada momento do zero; mas as mais desleixadas, as mais miseráveis, sentadas nos degraus em frente às casas (arruinadas pela bebida), fazem o mesmo; são incompreendidas pelo Parlamento, tinha certeza, por esse exato motivo: por amarem a vida. No olhar das pessoas, no embalo, no tropeço e passo cansado; no alvoroço e na confusão; nas carruagens, automóveis, ônibus, furgões, homens-sanduíche abrindo caminho e se arrastando; nas bandas marciais; nos realejos; no triunfo e no refrão e no canto agudo de algum avião no alto estava o que ela amava; a vida; Londres; este momento do mês de junho.

Pois estava no meio de junho. A Guerra havia acabado, exceto para pessoas como Mrs. Foxcroft na Embaixada na noite anterior, se empanturrando de comida porque aquele pobre garoto havia morrido e agora a antiga mansão teria que ser passada a um primo; ou para a Lady Bexborough, que abriu um bazar de caridade, disseram, com o telegrama em mãos, John, seu favorito, morto; mas havia acabado; graças a Deus: acabado. Era junho. O Rei e a Rainha estavam no Palácio. E em todos os lugares, apesar de ainda estar tão cedo, havia uma vibração, o movimento d os cavalos à galope; a batida dos tacos de críquete; Lords, Ascot, Ranelagh e todo o resto; envoltos na malha macia do ar cinza-azulado da manhã que, com o passar do dia, se desfaria e traria a seus campos os cavalos de corrida, cujas patas dianteiras mal tocavam o chão e já saltavam, os jovens dançantes e as garotas risonhas vestidas em musselina translucida e que, mesmo agora, depois de dançar a noite toda, levavam seus cães absurdamente peludos para uma corrida; e mesmo agora, tão cedo, viúvas discretas saíam a toda velocidade em seus automóveis para compromissos misteriosos; e os lojistas ajeitavam as vitrines com os diamantes, com os broches antigos na cor turquesa com engates do século XVII para chamar a atenção dos americanos (mas era preciso economizar, não comprar coisas para Elizabeth por impulso), e ela também, amando aquilo tudo com uma paixão e lealdade absurdas, já que fazia parte daquilo, considerando que sua família havia pertencido à corte na Era Georgiana, ela também brilharia e alegraria; daria uma festa. Mas que estranho, ao entrar no parque, o silêncio; a neblina; os murmúrios; os patos felizes nadando sem pressa; os pelicanos bamboleando; e quem era aquele aproximando-se de costas para os prédios do governo, carregando de forma impecável uma caixa de documentos com brasão Real, quem além de Hugh Whitbread, seu velho amigo Hugh — o admirável Hugh!

— Bom dia, Clarissa! — disse Hugh de forma extravagante, já que se conheciam desde crianças. — Para onde está indo?

— Adoro passear em Londres — respondeu Mrs. Dalloway. — De verdade, é melhor do que passear no campo.

Tinham vindo — infelizmente — para ver os médicos. Outras pessoas vinham assistir à filmes; para ir ao teatro; para sair com a filhas; os Whitebreads vinham "ver os médicos". Clarissa perdera a conta de quantas vezes visitara Evelyn Whitbread em uma casa de repouso. Evelyn estava doente de novo? Ela estava um tanto indisposta, disse Hugh, insinuando com um beicinho ou inflamento do peito bem coberto, másculo, extremamente elegante e de postura perfeita (ele sempre estava bem-vestido, quase até demais, mas provavelmente era necessário devido ao seu cargo na Corte), que sua esposa tinha um mal-estar interno, nada de sério, o que, como velha amiga, Clarissa Dalloway entenderia bem sem que precisasse entrar em detalhes. E é claro que entendia; que aborrecimento, e sentiu grande empatia e, ao mesmo tempo, estranhamente ciente do chapéu que usava. Não era o chapéu certo para usar de manhã tão cedo, era? Pois era assim que Hugh sempre a fazia se sentir enquanto, afobado, erguia o próprio chapéu de maneira extravagante e garantia que ela poderia se passar por uma garota de dezoito anos, e claro que ele iria à festa de hoje, Evelyn fazia questão, talvez chegassem um pouco atrasados por causa da festa no palácio, onde teria que levar um dos filhos de Jim, — ela sempre se sentira um tanto acanhada perto de Hugh; como uma colegial; mas continuava afeiçoada a ele, em parte por conhecê-lo desde sempre, mas ela o considerava um bom rapaz à sua própria maneira, apesar de aborrecer Richard profundamente, e quanto a Peter Walsh, este nunca a perdoou por gostar dele.

Ela se lembrava de cena após cena na Bourton — Peter furioso; Hugh não se comparava a ele, é claro, mas não chegava a ser um completo imbecil como Pete fazia parecer; não era um mero bonequinho. Quando sua mãe idosa pedia que abandonasse uma caçada ou a levasse a Bath, ele obedecia sem pestanejar; era realmente altruísta, e quando Peter dizia, como disse, que ele não tinha coração, nem cérebro, nada além das boas maneiras e educação de um cavalheiro inglês, era só porque seu querido Peter estava em seus piores momentos; e ele poderia ser intolerável; poderia ser impossível; mas era um prazer passear ao seu lado em manhãs como essa.

(O mês de junho havia arrancado todas as folhas das árvores. As mães de Pimlico amamentavam seus bebês. Mensagens eram transmitidas da Armada ao Almirantado. Arlington Street e Piccadilly pareciam agitar o próprio ar do parque e levar as folhas em ondas quentes e brilhantes daquela vitalidade divina que Clarissa amava. Dançar, cavalgar, ela amava tudo aquilo.)

Mesmo que ficassem séculos sem se ver, ela e Peter; Clarissa nunca lhe escrevia, e as cartas dele eram secas; mas de repente, vinha o pensamento, se ele estivesse comigo agora, o que diria? — certos dias, certas cenas o traziam de volta com tranquilidade, sem o antigo rancor; que talvez fosse a recompensa por se importar com as pessoas; voltavam em uma bela manhã no meio do St. James's Park — e como voltavam. Mas Peter — não importa o quão belo o dia esteja, ou as árvores e a grama, e a garotinha vestida em cor-de-rosa —, Peter nunca prestava atenção em nada disso. Ele colocava os óculos, se ela pedisse; e até olhava. O que interessava a ele era a situação do mundo; Wagner, a poesia de Pope, o caráter das pessoas, e os defeitos da própria alma dela. Como a reprimia! Como discutiam! Ela se casaria com um Primeiro-ministro e se posicionaria no topo de uma escadaria; chamava-a de anfitriã perfeita (ela chorara por causa disso em seu quarto), ela tinha a personalidade da anfitriã perfeita, disse.

Então ainda se pegava discutindo no St. James's Park, ainda chegando à conclusão de que tivera razão — e como tivera — em não se casar com ele. Pois, em um casamento, um pouco de liberdade, um pouco de independência é necessário entre as pessoas que vivem dia após dia sob o mesmo teto; e isso Richard dava a ela, e ela a ele. (Onde ele estava essa manhã, por exemplo? Em algum comitê, ela nunca perguntava qual.) Mas com Peter, tudo precisava ser compartilhado; tudo tinha que ser explicado. E era insuportável, e quando aconteceu aquela cena no jardinzinho em frente à fonte, ela precisou romper com ele ou acabariam destruídos, os dois arruinados, tinha certeza; mesmo que tenha carregado por anos, como uma flecha atravessada no coração, a mágoa, a angústia; e então o horror quando lhe contaram em um concerto que ele havia se casado com uma mulher que conhecera em um barco a caminho da Índia! Ela nunca se esqueceria de tudo aquilo! Dissera que era fria, sem coração, uma puritana. Que nunca entenderia o amor dele. Mas aquelas mulheres indianas entendiam, aparentemente — idiotas tolas, bonitas e frívolas. E ela desperdiçou sua compaixão. Pois ele estava muito feliz, garantiu — perfeitamente feliz, mesmo que nunca tenha conquistado nada; sua vida tinha sido um fracasso. Ela ainda sentia raiva.

Chegou ao portão do parque. Ficou ali por um momento, observando os ônibus de Piccadilly.

A partir de agora, não falaria nada de ninguém no mundo, se eram isso ou aquilo. Sentia-se muito jovem; ao mesmo tempo, indescritivelmente velha. Ela atravessava tudo como uma faca; ao mesmo tempo, ficava de fora, observando. Tinha um sentimento constante, enquanto contemplava os táxis, de que estava de fora, longe, bem longe no mar e sozinha; sempre tivera a sensação de que era extremamente perigoso viver até mesmo um dia. Não que se considerasse inteligente ou muito especial. Como conseguiu sobreviver apenas com os resquícios de aprendizado de Fräulein Daniels, não sabia dizer. Ela não sabia de nada; nenhum idioma, nada de história; mal lia livros agora, exceto memórias ao se deitar; e, ainda assim, era completamente atraente; tudo isso; os táxis passando; e ela não diria sobre Peter, não diria sobre si mesma, sou isso, sou aquilo.

Seu único dom era conhecer as pessoas quase que por instinto, pensou, enquanto continuava a caminhar. Se a colocassem em um aposento com alguém, suas costas arqueavam como a de um gato; ou ronronava. Devonshire House, Bath House, a casa com a cacatua de porcelana, ela já vira todas iluminadas; e se lembrou de Sylvia, Fred, Sally Seton — tantas pessoas; e de dançar a noite toda; e as carroças indo em direção ao mercado; e de atravessar o parque dirigindo a caminho de casa. Lembrava-se da vez que jogou um xelim no lago Serpentine. Mas todos se lembravam; o que ela amava era isso, aqui, agora, à sua frente; a senhora gorda no táxi. Que diferença fazia, perguntou a si mesma, andando em direção à Bond Street, que diferença fazia que um dia, inevitavelmente, deixaria de existir por completo; tudo isso continuaria sem ela; ressentia- se, ou não era consolador acreditar que a morte acabava com tudo? Mas que de alguma forma, nas ruas de Londres, no fluxo natural das coisas, aqui, ali, ela ainda sobrevivia, Peter sobrevivia, viviam um no outro, fazia parte, ela tinha certeza, das árvores de casa; daquela casa, feia, caindo aos pedaços; parte de pessoas que nunca conhecera; sendo espalhada feito névoa entre as pessoas que conhecia melhor; que a erguiam em seus galhos como vira as árvores erguerem a névoa; mas era tão dispersa, sua vida, ela mesma. Mas com o que sonhava enquanto olhava a vitrine da Hatchards? O que tentava recuperar? Que imagem da aurora branca no campo, enquanto lia no livro aberto:

Não temas mais o calor do sol
Nem a fúria dos invernos impiedosos.

Essa experiência recente do mundo havia feito surgir neles todos, todos os homens e mulheres, um poço de lágrimas. Lágrimas e dores; coragem e resistência, uma postura perfeitamente correta e estoica. Pense, por exemplo, na mulher a qual ela mais admirava, Lady Bexborough, abrindo o bazar.

Lá estavam *Jorrocks' Jaunts and Jollities*, o *Soapy Sponge*, a biografia de Mrs.

Asquith e *Big Game Shooting in Nigeria*, todos abertos. Havia tantos livros ali; mas nenhum parecia ser ideal para levar a Evelyn Whitbread na casa de repouso. Nada que servisse para entretê-la e fazer com que aquela mulherzinha indescritivelmente seca parecesse cordial, mesmo que só por um momento, ao ver Clarissa; antes que começassem a conversa habitual e interminável sobre as dificuldades das mulheres. Como queria — que as pessoas parecessem felizes ao vê-la, Clarissa pensou e deu meia-volta na direção de Bom Street, irritada, porque era tolice ter outras motivações para fazer as coisas. Preferiria ser alguém como Richard, que fazia as coisas porque queria, enquanto ela, pensou ao esperar para atravessar, na maioria das vezes, não fazia as coisas simplesmente por fazer; mas para fazer as pessoas pensarem isso ou aquilo; era uma grande tolice, sabia (e agora o policial ergueu a mão), já que ninguém era enganado nem por um segundo. Ah, se pudesse recomeçar a vida!, pensou, pisando na calçada, teria até uma aparência diferente!

Em primeiro lugar, seria negra como Lady Bexborough, com a pele como couro amarrotado e belos olhos. Seria, como Lady Bexborough, calma e imponente; um tanto robusta; interessada em política como um homem; com uma casa no campo; muito digna, muito sincera. Em vez disso, era magrela feito um palito; tinha um rostinho ridículo, pontudo como o de um pássaro. Era verdade que sabia se portar; e que tinha mãos e pés bonitos; e vestia-se bem, considerando que gastava pouco. Mas frequentemente esse corpo que habitava (parou para olhar uma pintura holandesa), esse corpo, mesmo com tudo de que era capaz, não parecia nada — nada mesmo. Tinha uma sensação estranha de que era invisível; oculta; desconhecida; já que não haveria mais casamento, não teria mais filhos, mas apenas esse avanço surpreendente e solene em meio aos demais, subindo a Bond Street, sendo Mrs. Dalloway; nem sequer Clarissa; sendo Mrs. Richard Dalloway.

Bond Street a fascinava; Bond Street de manhã cedinho nessa estação; as bandeiras esvoaçando; as lojas; sem exageros; sem brilho; uma peça de tweed na loja onde seu pai comprava os ternos havia cinquenta anos; um salmão em um bloco de gelo.

— É só isso — disse, observando o peixeiro. — É só isso — repetiu, parando por um momento em frente à vitrine de uma loja de luvas onde, antes da Guerra, podia-se encontrar luvas quase perfeitas. E seu velho tio William costumava dizer que uma dama é conhecida pelos seus sapatos e pelas suas luvas. Ele havia se virado na cama em uma manhã no meio da Guerra. Dissera, "Para mim, basta". Luvas e sapatos; ela amava luvas; mas sua filha, sua Elizabeth, não dava a mínima importância para luvas e sapatos.

A mínima importância, pensou enquanto subia a Bond Street em direção a uma loja que costumava reservar flores para ela quando dava festas. Elizabeth se importava com o cachorro mais do que qualquer coisa. Essa manhã, a casa inteira cheirava a alcatrão. Ainda assim, melhor o pobre Grizzle que a Miss Kilman; melhor a cinomose, o cheiro do alcatrão e tudo o que acompanhava isso do que se enfiar em um quarto abafado com um livro de orações! Qualquer coisa era melhor, queria dizer. Mas talvez seja só uma fase, como Richard falou, pela qual todas as garotas passam. Talvez esteja se apaixonando. Mas por que pela Miss Kilman? Que tivera uma vida sofrida, era óbvio; precisava dar um desconto; e Richard disse que era muito inteligente e sabia muito de história. De qualquer forma, as duas eram inseparáveis, e Elizabeth, sua própria filha, ia à comunhão; e não se importava como se vestia, como tratava as pessoas que vinham almoçar, sabia em primeira mão que a devoção religiosa endurecia as pessoas (assim como as causas); mitigava os sentimentos, já que Miss Kilman faria qualquer coisa pelos russos, passava fome pelos austríacos, mas torturava os outros, daquela sua maneira insensível, ao vestir seu casaco impermeável verde. Ano após ano, usava aquele casaco; transpirava; nunca passava cinco minutos em um aposento sem que você sentisse a superioridade dela e a sua inferioridade; o quanto ela era pobre; o quanto você era rica; como ela morava em uma pocilga sem almofada, cama, tapete ou o que quer que fosse; sua alma enferrujada pela mágoa, por ter sido demitida da escola durante a Guerra — pobre criatura infeliz! Não era ela que causava ódio, e sim a ideia dela, que sem dúvida havia acumulado muitas coisas que não pertenciam a Miss Kilman; havia se tornado um daqueles espectros ao quais enfrentamos à noite; um daqueles espectros que sobem em nossos ombros e sugam quase todo nosso sangue, dominadores e tiranos; pois sem dúvidas em outro lance do dado, se o preto tivesse subjugado o branco, ela teria amado Miss Kilman! Mas não nesse mundo. Não.

Porém a irritava, ter dentro de si esse monstro brutal! Ouvir galhos quebrando e sentir cascos enfiados nas profundezas daquela floresta cheia de folhas, a alma; nunca se sentindo totalmente contente ou totalmente segura, já que a qualquer momento esse monstro poderia começar a se remexer, esse ódio que, principalmente desde que ela adoecera, tinha o poder de fazê-la se sentir esfolada, com a espinha ferida; que causava dor física e fazia todo o prazer da beleza, da amizade, de estar sã, de ser amada e de tornar sua casa agradável balançar, estremecer e entortar como se realmente houvesse um monstro arrancando as raízes, como se toda essa panóplia não fosse nada além de amor próprio! Esse ódio!

Tolice, tolice!, gritou para si mesma, passando pelas portas duplas da floricultura Mulberry.

Seguiu em frente, a passos leves, alta e com ótima postura para ser recebida pela Miss Pym, de rosto redondo e mãos que estavam sempre vermelhas, como se as tivesse mantido na água gelada junto com as flores.

Havia flores: esporinhas, ervilhas-de-cheiro, variedades de lilases; e cravos, uma abundância de cravos. Havia rosas; havia íris. Ah, sim — inspirou o cheiro doce e terroso de jardim enquanto conversa com Miss Pym, que fazia questão de atendê-la e a considerava gentil, já que anos antes fora gentil; muito gentil, mas esse ano parecia mais velha, virando a cabeça de um lado para o outro em meio as íris, as rosas e os ramos de lilases, inspirando com os olhos semicerrados, depois de sair do tumulto das ruas, aquele aroma delicioso, aquele frescor raro. E então, abrindo os olhos, as rosas eram agradáveis como lençóis recém-lavados e dispostos em cestas de vime; e escuros e empertigados, estavam os cravos vermelhos, com as cabeças erguidas; e todas as ervilhas-de-cheiro esparramadas em seus vasos, violetas, brancas feito a neve e pálidas — como se garotas vestidas em musselina tivessem saído à noite para colher ervilhas-de-cheiro e rosas depois de um lindo dia de verão, o céu em um azul-escuro quase preto, as esporinhas, cravos, copos-de-leite; era aquele momento entre seis e sete da noite em que todas as flores — rosas, cravos, íris, lilases — brilham; branco, violeta, vermelho, laranja-escuro; cada flor parece acender sozinha de forma suave e pura nos canteiros enevoados; e como ela amava as mariposas acinzentadas, voando de um lado ao outro, por cima dos heliotropos e das prímulas!

E enquanto ia de vaso a vaso com Miss Pym, escolhendo, tolice, tolice, dizia a si mesma, de forma cada vez mais gentil, como se essa beleza, esse aroma, essa cor, e ter Miss Pym gostando dela, confiando nela, fosse uma onda que ela deixava cobri-la e afastar aquele ódio, aquele monstro, transpô-lo totalmente; e isso a erguia e erguia até que — um disparo na rua!

— Por Deus, esses automóveis — disse Miss Pym, indo olhar pela janela e voltando com um sorriso de desculpas e as mãos cheias de ervilhas-de-cheiro, como se os automóveis, os pneus dos automóveis, fossem responsabilidade *dela*.

***

A violenta explosão que fez Mrs. Dalloway se sobressaltar e Miss Pym ir até a janela e depois se desculpar viera de um automóvel que passara na calçada bem em frente à vitrine da floricultura Mulberry. Os transeuntes que, é claro, pararam para encarar só puderam ver um rosto de suma importância contra o estofado cinza-escuro antes que uma mão masculina fechasse a cortina, impedindo que vissem qualquer coisa além de um quadrado dessa mesma cor.

Porém, os rumores começaram a circular no mesmo momento, do centro da Bond Street até a Oxford Street de um lado, e até a perfumaria Atkinson do outro, de forma invisível, inaudível, como uma nuvem rápida cobrindo as colinas com um véu, realmente pousando como a seriedade e quietude de uma nuvem nos rostos que um segundo antes estavam tomados pela confusão. Mas agora o mistério tinha roçado sua asa neles; haviam escutado a voz da autoridade; o espírito da religião se movia com os olhos bem cobertos e os lábios escancarados. Mas ninguém sabia de quem era o rosto visto. Era do Príncipe de Gales, da Rainha, do Primeiro-ministro? De quem era aquele rosto? Ninguém sabia.

Septimus Warren Smith, que não conseguia passar, o escutou.

Septimus Warren Smith tinha cerca de trinta anos, o rosto pálido, o nariz grande, calçava sapatos marrons e um casaco surrado, com olhos castanhos que tinham uma apreensão que fazia com que completos estranhos se sentissem apreensivos também. O mundo erguera o chicote; a quem atingiria?

Tudo havia congelado. O ronco dos motores parecia um batimento irregular percorrendo um corpo inteiro. O sol se tornou extraordinariamente quente porque o automóvel parara em frente à vitrine da Mulberry; as senhoras em cima dos ônibus abriam suas sombrinhas pretas; uma sombrinha verde ou vermelha era aberta com um estalinho. Mrs. Dalloway, aproximando-se da vitrine com os braços cheios de ervilhas-de-cheiro, olhou para fora com o rosto rosado franzido de curiosidade. Todos olhavam para o automóvel. Septimus olhava. Os garotos desciam das bicicletas. Um congestionamento se formou. E ali o automóvel continuou, as cortinas fechadas e uma estampa peculiar nelas, parecida com uma árvore, pensou Septimus, e essa convergência gradual de tudo para um único ponto em frente aos seus olhos, como se um horror quase tivesse chegado à superfície e estivesse prestes a explodir, o aterrorizava. O mundo balançou e estremeceu e ameaçou explodir em chamas. Sou eu que estou bloqueando o caminho, pensou. Não era ele que estavam encarando e para quem estavam apontando; não estava preso ali, cravado na calçada, por um propósito? Mas para qual propósito?

— Vamos indo, Septimus — disse sua esposa, uma mulher baixa, com olhos grandes e um rosto fino e pálido; uma garota italiana.

Mas a própria Lucrezia não conseguia deixar de olhar para o automóvel e a estampa de árvore nas cortinas. Será que era a Rainha lá dentro... a Rainha tinha ido fazer compras?

O motorista, que antes estava abrindo algo, virando algo, fechando algo, voltou ao seu assento.

— Vamos — disse Lucrezia.

Mas seu marido, com quem estava casada havia quatro, cinco anos, sobressaltou- se e disse, irritado, como se tivesse sido interrompido:

— Está bem!

As pessoas devem estar percebendo; as pessoas devem estar vendo. As pessoas, pensou, olhando para o grupo que encarava o automóvel; as pessoas inglesas, com seus filhos e seus cavalos e suas roupas que de certa forma ela admirava; mas eles eram as "pessoas" agora, porque Septimus dissera "Vou me matar"; algo horrível de se dizer. E se tivessem escutado? Ela olhou para o grupo. Socorro, socorro!, queria gritar para as mulheres e ajudantes do açougue. Socorro! Foi no outono que ela e Septimus estavam em frente ao Tâmisa enrolados na mesma capa, Septimus lia um jornal em vez de conversar, e ela o arrancou de suas mãos e riu da cara do velho que os encarava! Mas é melhor esconder o fracasso. Ela precisava levá-lo a algum parque.

— Agora vamos atravessar — disse ela.

Podia segurar o braço dele, mesmo que não houvesse sentimento. Ele o daria a ela, que era tão simples, tão impulsiva, com apenas vinte e quatro anos e sem amigos na Inglaterra, que havia abandonado a Itália por ele, um pedaço de osso.

O automóvel com as cortinas fechadas e uma aura de reserva impenetrável seguiu na direção de Piccadilly, ainda sendo encarado, ainda agitando os rostos dos dois lados da rua com o mesmo sopro de veneração, seja pela Rainha, pelo Príncipe ou pelo Primeiro-ministro, ninguém sabia. O rosto só foi visto por três pessoas e por alguns segundos. Agora discutiam até em relação ao sexo. Mas não havia dúvidas de que alguém de grandeza estava sentado ali dentro; que a grandeza estava passando, escondida, descendo pela Bond Street, separada apenas pela distância de um palmo das pessoas comuns que talvez estivessem, pela primeira e última vez, ao alcance da voz da majestade da Inglaterra, o símbolo eterno do Estado que será reconhecido por arqueólogos curiosos, resistindo às ruínas do tempo, quando Londres não passar de uma trilha coberta pelo mato e todos os que se apressam pela calçada nessa manhã de quarta-feira forem apenas ossos com algumas alianças de casamento misturadas ao pó e as obturações de ouro de inúmeros dentes apodrecidos. É só então que se saberá de quem era o rosto no automóvel.

Deve ser a Rainha, pensou Mrs. Dalloway, saindo da Mulberry com as flores; a Rainha. E por um segundo, assumiu uma expressão de extrema dignidade ao parar, sob a luz do sol, em frente à floricultura enquanto o carro passava lentamente com as cortinas fechadas. A Rainha indo ao hospital; a Rainha inaugurando algum bazar; pensou Clarissa. A aglomeração estava horrível, considerando a hora do dia. Lords, Ascot, Hurlingham, o que era?, perguntou, vendo que a rua estava congestionada. A classe média britânica abarrotada no topo dos ônibus com seus pacotes e guarda-chuvas, e sim, até casacos de pelo em um dia como esse eram, pensou, mais ridículos, mais distintos do que qualquer coisa que se pudesse imaginar; e a própria Rainha estava parada; nem a Rainha conseguia passar. Clarissa esperava em um lado da Brook Street, o velho juiz Sir John Buckhurst estava do outro, o carro os separando (Sir John aplicava a lei havia anos e gostava de mulheres elegantes) quando o motorista, inclinando-se levemente, disse ou mostrou algo ao policial, que fez uma saudação e ergueu o braço para que o ônibus fosse para o lado e deixasse o carro passar. De forma lenta e muito silenciosa, ele seguiu seu caminho.

Clarissa supôs; Clarissa tinha certeza; vira algo branco, mágico, redondo na mão do criado, um disco com um nome gravado — da Rainha, do Príncipe de Gales, do Primeiro-ministro? — que, com a força do próprio esplendor, abriu caminho feito fogo (Clarissa viu o carro diminuindo, desaparecendo) para queimar entre os candelabros, as estrelas brilhantes, o peito rígido com insígnias, Hugh Whitbread e seus colegas, os cavalheiros da Inglaterra, naquela noite no Palácio de Buckingham. E Clarissa também daria uma festa. Ela se aprumou um pouco; parada no topo das escadas.

O carro havia ido embora, mas deixara uma leve brisa que se espalhava entre lojas de luvas e lojas de casacos e alfaiatarias dos dois lados da Bond Street. Por trinta segundos, as cabeças ficaram inclinadas na mesma direção: a da vitrine. Enquanto escolhiam um par de luvas — deveriam ir até o cotovelo ou acima, verde-limão ou cinza-claro? —, as damas pararam; ao terminar a frase, algo acontecera. Algo tão trivial que nenhum aparelho matemático, mesmo que pudesse captar abalos na China, poderia registrar a vibração; porém era tão formidável em sua plenitude e tão comovente em seu apelo geral; já que em todos as alfaiatarias e lojas de chapéus os estranhos olhavam uns para os outros e pensavam nos falecidos; na bandeira; no Império. Em um bar de uma ruela, um morador das colônias ofendeu a Casa de Windsor, causando xingamentos, garrafas de cerveja quebradas e um tumulto geral, que ecoou de forma estranha e chegou até os ouvidos de garotas que compravam roupas de baixo bordadas com fitas de branco puro para seus enxovais. Afinal, a agitação superficial deixada pelo carro que passou tocara em algo muito profundo.

Atravessando a Picadilly, o carro virou na St. James's Street. Homens altos, homens de físico robusto, homens elegantes vestindo fraques, camisas brancas e com o cabelo penteado para trás que, por algum motivo misterioso, estavam na sacada do Brooks's com as mãos embaixo das caudas dos fraques, olhando pela janela, notaram instintivamente que uma eminência passava, e a luz fraca daquela presença imortal caiu sobre eles como caíra sobre Clarissa Dalloway. No mesmo momento, empertigaram-se ainda mais, tiraram as mãos de trás do corpo e pareceram prontos para acompanhar seus soberanos, caso necessário, até a boca do canhão, assim como seus ancestrais haviam feito. Os bustos brancos e as mesinhas no fundo cobertas com exemplares da *Tatler* e jarras de água com gás pareciam aprovar, pareciam apontar os trigais e as casas senhoriais da Inglaterra; e ecoar o ronco fraco dos motores como as paredes de uma galeria ecoam uma única voz, ampliada e ressoante com a força de uma catedral inteira. Coberta por um xale, Moll Pratt segurava flores na calçada e desejou tudo de melhor ao querido rapaz (era o Príncipe de Gales, tinha certeza) e teria atirado o equivalente ao valor de um caneco de cerveja — um punhado de rosas — na St. James Street por pura alegria e desdém pelos pobres se não tivesse reparado que o policial estava de olho nela, desencorajando a demonstração de lealdade de uma velha senhora irlandesa. Os sentinelas da St. James bateram continência; a guarda da Rainha Alexandra aprovou.

Enquanto isso, um pequeno grupo havia se reunido nos portões do Palácio de Buckingham. Desanimados, mas confiantes, eram todos pobres e aguardavam; observavam o Palácio e a bandeira balançando; em Vitória, majestosa em seu pedestal, admiravam sua fonte de água, seus gerânios, apontavam para os automóveis na Mall, primeiro esse, depois aquele; desperdiçavam seus sentimentos com gente comum passeando de carro; recolhiam sua reverência para não a gastar em vão enquanto outro carro passava; e enquanto isso, deixavam o rumor se acumular em suas veias e fazer tremer os nervos das pernas ao imaginar a realeza olhando para eles; a Rainha fazendo uma reverência; o Príncipe batendo continência; ao pensar na vida perfeita concedida aos Reis por vontade divina; nos escudeiros e nas mesuras; na antiga casa de bonecas da Rainha, na Princesa Mary casada com um inglês, e no Príncipe — ah! o Príncipe! que se parecia tanto com o Rei Edward, diziam, mas era muito mais esbelto. O Príncipe morava na St. James; mas poderia aparecer durante a manhã para visitar a mãe.

Foi o que Sarah Bletchley disse com seu bebê no colo, erguendo-se nas pontas dos pés como se estivesse em frente ao portão da própria casa, mas manteve os olhos no Mall, enquanto Emily observava as janelas do Palácio e pensava nas camareiras, nas inúmeras camareiras, nos quartos, nos inúmeros quartos. Agregando um senhor idoso com um terrier escocês e homens desocupados, a multidão aumentou. O pequeno Mr. Bowley, que se hospedava no Albany e que era lacrado com cera diante das coisas mais profundas da vida, mas cujo lacre era rompido de repente, de forma inapropriada e sentimental por esse tipo de coisa — mulheres pobres aguardando para ver a Rainha passar — mulheres pobres, criancinhas fofas, órfãos, viúvas, a Guerra — tsc, tsc —, ficou até com lágrimas nos olhos. Uma brisa quente que se exibia passou pelo Mall entre as árvores finas, passando pelos heróis de bronze, fez esvoaçar uma bandeira no peito britânico de Mr. Bowley, e ele ergueu o chapéu quando o automóvel entrou no Mall e o manteve ali quando o carro se aproximou; e deixou as pobres mães de Pimlico se espremerem contra seu corpo, e continuou com a postura ereta. O automóvel passou.

De repente, Mrs. Coates olhou para o céu. O barulho de um avião penetrou os ouvidos da multidão de forma ameaçadora, deixando uma fumaça branca no caminho, que girava e retorcia, escrevendo alguma coisa!, formando letras no céu! Todos olharam para cima.

Dando um mergulho, o avião voltou a voar alto, deu uma volta, acelerou, mergulhou, voou, e não importa o que fizesse, não importa para onde ia, deixava para trás uma faixa espessa de fumaça branca que se dobrava e se retorcia no céu, formando letras. Mas que letras? Aquilo era um C?, um E, e um L? Elas ficavam paradas apenas um momento; depois se moviam e derretiam e sumiam do céu, e o avião arrancava para longe e mais uma vez, em um novo pedaço do céu, começava a escrever um K, um E, e talvez um Y?

— Glaxo — disse Mrs. Coates em uma voz tensa e admirada, olhando para cima, e o bebê pálido deitado em seus braços olhou para cima.

— Kreemo — murmurou Mrs. Bletchley, como uma sonâmbula. Com o chapéu ainda perfeitamente erguido na mão, Mr. Bowley olhou para cima. Por todo o Mall, as pessoas estavam paradas olhando para o céu. Enquanto olhavam, o mundo todo caiu em total silêncio, e uma revoada de gaivotas atravessou o céu, com uma delas na liderança, e depois outra, e nesse silêncio e paz extraordinários, nessa lividez, nessa pureza, sinos badalaram onze vezes, o som desaparecendo em meio às gaivotas.

O avião virava e acelerava e mergulhava exatamente onde queria, de forma rápida, livre, como um patinador...

— Aquilo é um E — disse Mrs. Bletchey... ou uma dançarina...

— É toffee — sussurrou Mr. Bowley...

(e o carro atravessou os portões e ninguém parou para olhar), e espalhando a fumaça, continuou indo cada vez mais longe, e a fumaça se esvaneceu e se juntou às formas largas e brancas das nuvens.

Havia ido embora; estava atrás das nuvens. Não fazia mais barulho. As nuvens às quais as letras E, G ou L haviam se acoplado moviam-se livremente, como se tivessem a intenção de cruzar de leste a oeste em uma missão importantíssima que nunca seria revelada, e mesmo assim com certeza era... uma missão importantíssima. Então, de repente, enquanto um trem saiu de um túnel, o avião ressurgiu de entre as nuvens novamente, o barulho penetrando os ouvidos de todas as pessoas no Mall, no Green Park, em Piccadilly, na Regent Street, no

Regent's Park, e a faixa de fumaça se retorceu atrás dele e despencou, e se levou e escreveu uma letra atrás da outra — mas que palavra escrevia?

Lucrezia Warren Smith, sentada ao lado do marido em um banco do Regent's Park na Broad Walk, olhou para cima.

— Veja, veja, Septimus! — gritou. Pois o Dr. Holmes recomendou que ela fizesse seu marido (que não tinha nada de grave, mas estava um pouco descompensado) prestasse atenção em coisas não relacionadas a si mesmo.

Então, pensou Septimus, ao olhar para cima, estão fazendo sinais para mim. Não realmente em palavras; até porque ele ainda não conseguia ler aquele idioma; mas estava muito claro, essa beleza, essa beleza primorosa, e lágrimas começaram a se formar em seus olhos enquanto observava as palavras de fumaça definhando e derretendo no céu, concedendo a ele com sua caridade inesgotável e bondade risível, uma forma atrás da outra de beleza inimaginável e deixando clara sua intenção de fornecer a ele, a preço nenhum, para sempre, apenas por olhar, beleza, mais beleza! As lágrimas escorreram por seu rosto.

Era *toffee*; anunciavam *toffee*, uma babá disse a Rezia. Juntas, começaram a soletrar t... o... f...

— K... R... — disse a babá, e Septimus a ouviu dizer "Ká Erre" perto de seu ouvido em uma voz grave, baixa, como um órgão suave, mas com uma rouquidão similar à de um grilo, que arrepiou sua espinha deliciosamente e enviou ao seu cérebro ondas de som que se quebraram ao chegar. Realmente era uma descoberta maravilhosa... a de que a voz humana em certas condições atmosféricas (já que deve-se ser científico, acima de tudo, científico) pode dar vida a árvores! Com prazer, Rezia colocou a mão no joelho dele com uma força tremenda para que ele ficasse ancorado, paralisado, se não a agitação do ulmeiro subindo e descendo, subindo e descendo com todas as folhas brilhando e sua cor passando do fino azul ao verde espesso de uma onda oca, como as plumas na cabeça dos cavalos, as penas nas cabeças das moças, subiam e desciam com tanto orgulho, com tanta soberba, o teria enlouquecido. Mas ele não enlouqueceria. Fecharia os olhos; e não veria mais.

Mas elas clamavam; as folhas estavam vivas; as árvores estavam vivas. E as folhas, conectadas por milhões de filamentos ao seu próprio corpo ali no banco, o impeliam para cima e para baixo; e quando o galho se alongou, ele também se alongou. Os pardais, voando, subindo e descendo em cascatas desniveladas, faziam parte do padrão: o branco e o azul rajados de galhos pretos. Os sons formavam harmonias de forma premeditada; os intervalos entre eles eram tão importantes quanto os próprios sons. Uma criança chorava. Ao longe, uma buzina ressoava. Tudo isso junto significava a criação de uma nova religião...

— Septimus! — disse Rezia. Ele sobressaltou-se. As pessoas devem ter notado.

— Vou até a fonte e já volto.

Porque ela já não aguentava mais. Dr. Holmes podia até dizer que não havia nada de errado. Pois, por ela, que ele estivesse morto! Não conseguia ficar ao seu lado quando ele encarava o nada e não a via, tornando tudo terrível; o céu e a árvore, as crianças brincando, puxando carrinhos, soprando apitos, levando tombos; tudo era terrível. E ele não se mataria; e ela não podia contar a ninguém. "Septimus têm trabalho demais" — era tudo o que podia dizer, até para a própria mãe. O amor deixa as pessoas solitárias, pensou. Não podia contar a ninguém, nem mesmo a Septimus, e olhando para trás, ela o viu sentado sozinho no banco com o sobretudo surrado, encurvado, encarando. E era covardia da parte de um homem dizer que se mataria; mas Septimus lutara; era corajoso; mas já não era mais Septimus agora. Ela vestiu a gola de renda. Vestiu o chapéu novo e ele nem notou; e ele estava feliz sem ela.

Nada a deixaria feliz longe dele! Nada! Ele era egoísta. Como os homens são. Porque não estava doente. Dr. Holmes dissera que não havia nada de errado com ele. Ela estendeu a mão. Olha! A aliança estava folgada — ela havia emagrecido muito. Era ela quem sofria..., mas não tinha a quem contar.

Para trás, haviam ficado a Itália e as casas brancas e a casa onde sua irmã produzia chapéus, e as ruas todas as noites cheias de pessoas caminhando, gargalhando, não eram mortas-vivas como as daqui, encolhidas em cadeiras de rodas, observando algumas flores feias enfiadas em vasos!

— Tinha que ver os jardins de Milão — disse em voz alta. Para quem?

Não havia ninguém. Suas palavras desvaneceram. Como um rojão desvanece. Suas faíscas, depois de abrirem caminho pela noite, rendem-se a ela, a escuridão cai, derrama-se sobre os contornos das casas e das torres; encostas desoladas suavizam-se e rendem-se. Porém, mesmo depois de desaparecerem, a noite continua repleta delas; despidas de cor, sem janelas, existem de forma mais intensa, entregam o que a luz franca do dia falha em transmitir: o incomodo e o mistério das coisas acumuladas na escuridão; amontoadas na escuridão; carecem do alívio que o amanhecer traz quando, ao cobrir as paredes de branco e cinza, ao destacar cada vidraça, afastar a névoa dos campos, relevar as vacas marrons pastando tranquilas, tudo volta a se mostrar aos olhos; voltando a existir. Estou sozinha; Estou sozinha!, gritou em frente à fonte do Regent's Park (observando a estátua do indiano com sua cruz), talvez à meia-noite, quando todas as fronteiras somem, o país retorne à sua forma antiga, como os romanos o viram sob o céu nublado ao chegarem, quando as colinas não tinham nome e rios fluíam para lugares desconhecidos — esse era o tamanho de sua tristeza; quando de repente, como se uma plataforma surgisse e ela estivesse sobre ela, exclamou que era esposa dele, haviam se casado anos atrás em Milão, era esposa dele e nunca, nunca diria que ele estava louco! Ao se virar, a plataforma cedeu e ela despencou. Porque ele tinha sumido, pensou — sumido, como ameaçava e se mataria — se jogaria sob um carro! Mas não; lá estava ele; ainda sentado sozinho no banco, vestindo o sobretudo surrado, com as pernas cruzadas, encarando e falando em voz alta.

As pessoas não devem cortar as árvores. Existe um Deus (ele anotava essas revelações na parte de trás de envelopes). Mude o mundo. Ninguém mata por ódio. Avise aos outros (escreveu). Aguardou. Escutou. Um pardal empoleirado na grade à sua frente piou Septimus, Septimus, quatro ou cinco vezes, e prosseguiu, entoando as notas, cantando de forma aguda e penetrante, palavras em grego, dizendo que não há crime, e, acompanhado de outro pardal, cantaram de forma prolongada e aguda as palavras em grego, das árvores do campo da vida, para além do rio onde os mortos caminham, a morte não existe.

Ali estava sua mão; ali os mortos. Criaturas brancas estavam se reunindo atrás da grade. Mas ele não se atrevia a olhar. Evans estava atrás das grades!

— O que está dizendo? — disse Rezia de supetão, sentando-se ao seu lado.

Interrompeu-o de novo! Ela sempre o interrompia.

Se afastar das pessoas — tinham que se afastar das pessoas, disse (levantando-se em um sobressalto), bem ali, onde havia cadeiras embaixo de uma árvore e a longa encosta do parque estendia-se como uma faixa de tecido verde coberto por um teto de pano, com uma névoa azul e rosa no alto e havia uma muralha de casas irregulares, cobertas por fumaça, o tráfego zunia de forma circular, e à direita, animais pardacentos esticavam os pescoços compridos para fora das cercas do zoológico, latindo, uivando. Estavam lá, sentados embaixo de uma árvore.

— Veja — implorou ela, apontando para um grupinho de garotos que carregavam tacos de críquete, e um deles arrastou os pés, virou nos calcanhares e arrastou os pés, como se fizesse o papel de um palhaço no teatro.

— Veja — implorou ela, pois o Dr. Holmes dissera para que ela o fizesse reparar nas coisas reais, que fosse ao teatro, jogasse críquete. Era o esporte ideal, disse o Dr. Holmes, um ótimo esporte ao ar livre, o esporte ideal para seu marido.

— Veja — repetiu.

Veja, ordenou o invisível, a voz que agora se comunicava com ele, que era o mais importante da humanidade, Septimus, que há pouco havia sido levado da vida à morte, o Senhor que viera recuperar a sociedade, que jazia feito uma manta, uma manta de neve tocada apenas pelo sol, o eterno mártir, mas não era o que ele queria, resmungou, afastando com um acenar da mão aquele sofrimento eterno, aquela solidão eterna.

— Veja — repetiu ela, pois ele não deveria falar consigo mesmo em voz alta fora de casa.

— Ora, veja — implorou ela. Mas o que havia para ver? Algumas ovelhas. Só isso.

Para onde fica a estação Regent's Park do metrô — alguém poderia indicar o caminho para a estação Regent's Park do metrô? —, queria saber Maisie Johnson. Ela chegara de Edinburgh havia só dois dias.

— Não é por aqui... é para lá! — exclamou Rezia, dispensando-a para que não visse Septimus.

Como eram estranhos, pensou Maisie Johnson. Tudo parecia muito estranho. Era a primeira vez que vinha a Londres, viera trabalhar com o tio na Leadenhall Street, e agora, ao caminhar pelo Regent's Park de manhã, foi surpreendia por aquele casal sentado nas cadeiras; a jovem parecia estrangeira, o homem era esquisito; de tal forma que mesmo quando estivesse bem velha, ainda se lembraria e aquilo saltaria em sua memória, o fato de ter atravessado o Regent's Park em uma linda manhã de verão havia cinquenta anos. Até porque só tinha dezenove anos e finalmente conseguira o que tanto queria, vir a Londres; e agora como era estranho, esse casal para o qual ela perguntara o caminho, e a garota que se sobressaltou e a dispensou, e o homem — era tão esquisito; discutindo, talvez; despedindo-se para sempre, talvez; algo estava acontecendo, tinha certeza; e agora todas essas pessoas (ela havia retornado para a Broad Walk), os tanques de pedra, as flores frescas, os velhos e as velhas, em sua maioria idosos e em cadeiras de rodas — tudo parecia, comparado a Edinburgh, muito esquisito. E Maisie Johnson, ao se juntar àquela gente que se arrastava com olhares vagos e beijados pela brisa — os esquilos empoleirados e se limpando, os pardais agitados em busca de migalhas, cachorros ocupados com as cercas, ocupados uns com os outros, enquanto a brisa cálida e suave envolvia a todos, concedia a eles algo de excêntrico e tranquilo ao olhar fixo e impassível com o qual encaravam a vida — Maisie Johnson sentiu que deveria gritar, oh! (pois aquele jovem no banco a havia surpreendido. Havia algo de errado, tinha certeza).

Que horror! Que horror!, queria gritar. (Estava longe de seu povo; e eles avisaram que isso aconteceria.)

Por que não tinha ficado em casa?, resmungou, girando a barra do gradil de ferro.

A garota, pensou Mrs. Dempster (que guardava cascas de pão para os esquilos e costumava almoçar no Regent's Park), ainda não entendeu nada; e pareceu-lhe melhor ser um pouco intrépida, um pouco indiferente, um pouco moderada nas próprias expectativas. Percy bebia. Bem, mesmo assim era melhor ter um filho, pensou Mrs.

Dempster. Tivera uma vida difícil, e não conseguia deixar de sorrir ao ver uma garota como aquela. Vai se casar, já que é bem bonita, pensou Mrs. Dempster. Vai se casar, pensou, e então vai entender. Ah, os criados, e tudo o mais. Todo homem tem seus caprichos. Mas quem sabe se eu teria feito as mesmas escolhas se soubesse antes, pensou Mrs. Dempster, e não pôde deixar de sentir vontade de dizer algumas palavras para Maisie Johnson; de sentir o beijo de piedade em seu rosto velho e enrugado. Sua vida havia sido difícil, pensou Mrs. Dempster. O que ela já não tinha cedido? Rosas; corpo; até os pés. (Ela cobriu o inchaço com a saia).

Rosas, pensou com ironia. Não servem para nada, querida. Porque entre comer, beber e acasalar, entre os dias ruins e bons, a vida não tinha sido um mar de rosas, e além disso, digo-lhe, Carrie Dempster não tinha nenhuma vontade de trocar sua vida com a de nenhuma de Kentish Town! Porém, implorava por pena. Pena, por não ter tido rosas. Pena era o que pedia a Maisie Johnson, parada ao lado dos canteiros de jacinto.

Ah, mas o avião! Mas ela não sempre tivera o desejo de ir às terras estrangeiras? Ela tinha um sobrinho, missionário. Subiu alto e mergulhou. Ela sempre entrava no mar em Margate, sem nunca perder a praia de vista, mas não tinha paciência com mulheres que tinham medo da água. Rasgou os céus e mergulhou. Sentiu o estômago na boca. Subiu de novo. Deve haver um belo rapaz a bordo, apostou Mrs. Dempster, e o avião se afastou cada vez mais, rápido e desaparecendo, o avião disparou para longe; voando por cima de Greenwich e todos os mastros; por cima da ilhota de igrejas cinzas, St. Pauls e o resto até haver, cercando Londres, campos se alastrando e florestas escuras onde tordos aventureiros e saltitantes, olhando rapidamente, capturam uma lesma e a batem contra uma pedra, uma, duas, três vezes.

O avião ia para cada vez mais longe, até não passar de uma faísca brilhante; uma aspiração, uma concentração; um símbolo (pelo menos era o que parecia para Mr. Bentley, que estirava seu tapete de grama em Greenwich) da alma dos homens; de sua determinação, pensou Mr. Bentley, varrendo ao redor do pomar, de abandonar o próprio corpo, de sua casa, por meio do pensamento, Einstein, especulações, matemática, a teoria mendeliana — o avião se distanciou.

Então, enquanto um homem de aparência insignificante e desleixada com uma bolsa de couro parava nas escadas da St. Paul's Cathedral e hesitava, pois lá dentro encontraria um bálsamo, um acolhimento caloroso, várias sepulturas com estandartes tremulando, símbolos de vitória não contra exércitos, pensou, mas contra aquele espírito incômodo da busca pela verdade que me deixou sem ocupação, e mais do que isso, a catedral propicia companhia, refletiu, te convida a ser membro da sociedade; homens importantes fazem parte dela; mártires morreram por ela; por que não entrar?, pensou, colocar sua bolsa de couro cheia de folhetos em frente a um altar, a uma cruz, o símbolo de algo que se alçou para além da busca e indagação e junção de palavras e se tornou um espírito, desencarnado, fantasmagórico — por que não entrar?, pensou e, enquanto hesitava, o avião passou por cima do Ludgate Circus.

Era esquisito; estava tudo inerte. Não era possível ouvir qualquer barulho acima do tráfego. Parecia sem direção; voando por vontade própria. E agora, subindo e formando curvas, subindo em linha reta; como algo chegando ao êxtase, em pura alegria, e deixando para trás uma fumaça branca que escrevia um T, um O e um F.

***

— Para o que estão olhando? — perguntou Clarissa Dalloway quando a criada abriu a porta.

O saguão de entrada da casa estava tão frio quanto uma cripta. Mrs. Dalloway levou a mão aos olhos, e quando a criada fechou a porta e ela ouviu o balançar das saias de Lucy, sentiu-se como uma freira que abandonou o mundo e é envolvida por véus familiares e pelas respostas a velhas orações. A cozinheira assobiava na cozinha. Ela ouviu o clique da máquina de escrever. Era sua vida e, ao se debruçar no aparador, entregou-se àquele sentimento, sentiu-se abençoada e purificada, comentando consigo mesma, ao pegar a caderneta onde havia uma mensagem telefônica, que momentos iguais àquele eram os botões da árvore da vida, flores da escuridão, pensou (como se uma linda rosa tivesse florescido apenas para que ela visse); nem por um momento acreditara em Deus; por isso mesmo era necessário retribuir, no dia –a –dia, aos criados, aos cachorros e canários e, acima de tudo, a seu marido, Richard, que era o alicerce de tudo — dos sons alegres, das luzes verdes, até mesmo do assobio da cozinheira, pois Mrs. Walker era irlandesa e passava o dia assobiando — era preciso retribuir esse depósito secreto de momentos extraordinários, pensou, pegando a caderneta enquanto Lucy esperava ao seu lado, tentando explicar que...

— Senhora, Mr. Dalloway...

Clarissa leu a caderneta. "Lady Bruton deseja saber se Mr. Dalloway almoçará com ela hoje."

— Senhora, Mr. Dalloway pediu para avisar que não almoçará em casa hoje.

— Puxa! — disse Clarissa, e Lucy, como esperado, compartilhou de sua decepção (mas sem o sofrimento); sentiu o acordo entre elas; entendeu a deixa; pensou em como a nobreza ama; dourou seu próprio futuro com calma; e pegando a sombrinha de Mrs. Dalloway, manuseou-a como se fosse a arma sagrada descartada por uma Deusa após deixar com honra o campo de batalha e a colocou no suporte de guarda-chuvas.

— Não temas mais — disse Clarissa. Não temas mais o calor do sol; pois o choque causado por Lady Bruton convidar Richard para almoçar sem ela fez aquele momento estremecer, como quando uma planta à margem do rio sente o choque de um remo e estremece; assim ela balançou; assim ela estremeceu.

Millicent Bruton, cujos almoços eram conhecidos por serem extremamente divertidos, não a havia convidado. Nenhum ciúme tolo podia separá-la de Richard. Mas temia a passagem do tempo e lia no rosto de Lady Bruton, como se ele fosse um marcador em uma pedra impassível; o declínio da vida; como ano após ano sua porção diminuía; como a pequena margem que restava não podia mais se ampliar, de absorver, como fazia nos anos de juventude, as cores, os sais, os tons da existência, de forma que preenchia os aposentos em que entrava, e muitas vezes sentia, ao hesitar por um momento na soleira de sua sala de estar, uma estranha suspensão, como um mergulhador deve sentir antes de saltar, enquanto o mar escurece e reflete abaixo dele e as ondas ameaçam quebrar, mas só rompem de leve na superfície, avançam, encobrem e logo incrustam as ervas-daninhas com pérolas.

Ela devolveu a caderneta ao aparador. Começou a subir as escadas sem pressa, segurando o corrimão como se tivesse saído de uma festa, onde ora esse amigo ora aquele tivesse refletido seu rosto, sua voz; como se tivesse fechado a porta, saído e ficado sozinha, uma figura solitária diante daquela terrível noite, ou melhor, sendo precisa, diante do olhar daquela manhã simples de junho; para alguns, suave como o brilho das pétalas de rosas, ela sabia e sentiu, ao parar em frente à janela da escada que deixava entrar o som das cortinas batendo, dos cachorros latindo, pensou, sentindo-se de repente enrugada, envelhecida, sem peito, os rangidos, os sopros, o florescer do dia, para além das portas, para além da janela, para além de seu corpo e cérebro que agora falhavam desde que Lady Bruton, cujos almoços eram famosos por serem extraordinariamente divertidos, não a convidara.

Como uma freira se recolhendo ou uma criança explorando uma torre, ela subiu as escadas, parou em frente à janela, foi até o banheiro. Lá havia o linóleo verde e uma torneira pingando. Havia um vazio no coração da vida; um sótão. As mulheres devem retirar seus trajes elegantes. Ao meio-dia, devem se despir. Enfiou o alfinete na almofadinha e depositou o chapéu amarelo de penas na cama. Os lençóis estavam limpos, bem esticados, formando uma faixa de um lado ao outro. Sua cama ficaria cada vez mais estreita. A vela estava queimada até a metade e ela tinha avançado bem na leitura das *Memórias* do Barão Marbot. Tinha lido até a madrugada sobre a retirada de Moscou. Pois Richard ficava até tão tarde na Câmara que depois de sua doença passou a insistir que ela dormisse sem ser incomodada. E, sendo sincera, preferia mesmo ler sobre a retirada de Moscou. Ele sabia. Então o quarto era um sótão; a cama era estreita; e deitada ali lendo; já que dormia mal; não conseguia escapar de uma virgindade preservada pelo parto, que grudava nela feito um lençol. Encantadora na juventude, de repente chegou um momento — por exemplo, no rio abaixo da floresta de Cliveden — em que, por influência desse espírito frio, ela o desapontara. E então em Constantinopla, e mais e mais vezes. Ela entendia o que lhe faltava. Não era beleza; não era inteligência. Era algo fundamental que se irradiava; algo cálido que rompia as superfícies e estremecia o contato frio entre homem e mulher, ou entre duas mulheres. Pois *isso* ela podia perceber levemente. Ressentia-se, tinha um escrúpulo adquirido sabe-se lá onde, ou, era o que sentia, enviado pela Natureza (que é sempre sábia); ainda assim, não conseguia resistir e cedia ao charme de uma mulher, não uma garota, a mulher confessando, como costumavam confessar a ela, alguma enrascada, alguma loucura. E fosse por pena, fosse pela beleza delas, ou por ela ser mais velha, ou por acidente — como um aroma fraco ou um violino na casa ao lado (como era estranha a força que os sons tinham em certos momentos), ela sem dúvidas sentiu naquele momento o que os homens sentiam. Foi só um momento; mas bastou. Era como uma revelação repentina, uma coloração como um rubor que a pessoa tentava conter, e ao se alastrar, cedia a sua expansão, e corria até a orla mais distante e lá estremecia e sentia o mundo se aproximar, repleto de um significado surpreendente, uma pressão arrebatadora que partia a pele fina e fazia jorrar e se derramar com um alívio extraordinário pelas rachaduras e feridas! Então, naquele momento, algo se iluminou; um fósforo queimando na flor de açafrão; um significado oculto quase revelado. Mas o que estava perto se retirou; o que era duro amoleceu. Havia acabado — aquele momento. Esses momentos (e mulheres também) contrastavam (ao depositar o chapéu) a cama e o Barão Marbot e a vela meio queimada. Deitada acordada, o chão rangeu; a casa iluminada de repente escureceu, e se ela levantasse a cabeça poderia escutar a maçaneta girada com o maior cuidado possível por Richard, que subia as escadas de meias e muito frequentemente derrubava a garrafa de água quente e xingava! Como ela ria!

Mas essa questão do amor (pensou, guardando o casaco), isso de se apaixonar por mulheres. Como, por exemplo, Sally Seton; sua relação antigamente com Sally Seton. Afinal, aquilo não tinha sido amor?

Ela estava sentada no chão — essa foi a primeira impressão que teve de Sally — ela estava sentada no chão abraçando os joelhos e fumando um cigarro. Onde será que foi? Na casa do Mannings? Dos Kinloch-Joneses? Foi em alguma festa (onde, não tinha certeza), pois tinha a memória vivida de perguntar ao homem que acompanhava, "Quem é aquela?" E ele lhe contou e disse que os pais de Sally não se davam bem (como aquilo a havia chocado — que os pais de alguém discutiam!). Mas durante aquela noite inteira, não conseguiu tirar os olhos de Sally. Tinha uma beleza extraordinária, do tipo que ela mais admirava, era morena, de olhos grandes, e aquela qualidade que, por não pertencer a ela, sempre invejou: uma espécie de desapego, como se pudesse fazer qualquer coisa, dizer qualquer coisa; uma qualidade muito mais comum em estrangeiros do que nas mulheres inglesas. Sally sempre dizia que sangue francês corria em suas veias, que um de seus ancestrais tivera um caso com Maria Antonieta, fora decapitado e deixara um anel de rubi. Talvez tenha sido naquele verão que apareceu no Bourton, entrando de supetão sem um tostão furado após o jantar, e assustando tanto a pobre tia Helena que nunca foi perdoada. Houvera uma briga horrível em casa. Ela literalmente não tinha nem um tostão quando apareceu — tinha penhorado um broche para ir. Tinha fugido por impulso. Ficaram conversando até tarde da noite. Foi Sally quem fez com que ela percebesse, pela primeira vez, como a vida em Bourton era protegida. Ela não sabia nada sobre sexo — nada sobre problemas sociais. Uma vez vira um homem cair morto no campo — já vira vacas logo depois de darem luz aos bezerros. Mas tia Helena não gostava de discussão alguma (quando Sally a presenteou com um livro de William Morris, teve que embrulhá - lo em papel pardo. Lá ficaram, por horas a fio, conversando em seu quarto no último andar da casa, conversando sobre a vida, sobre como mudariam o mundo. Pensaram em começar uma sociedade para abolir a propriedade privada, até mesmo escreveram uma carta, mas não a enviaram. As ideias eram de Sally, é claro — mas logo ela ficou igualmente animada — lia Platão na cama antes do desjejum; lia Morris; lia Shelley sem parar.

Os poderes de Sally eram incríveis, seu dom, sua personalidade. Ela tinha jeito com as flores, por exemplo. No Bourton sempre deixavam vasinhos rijos na mesa. Sally saía, colhia malvas-rosa, dálias — todo tipo de flor que nunca se via juntas — cortava os botões e os colocava para nadar em tigelas de água. O efeito era extraordinário — ao se entrar para jantar no crepúsculo. (É claro que tia Helena considerava crueldade tratar as flores daquela forma). Certa vez esqueceu a esponja e correu nua pelo corredor. A velha e rabugenta empregada, Ellen Atkins, começou a resmungar: "Será que algum dos cavalheiros viu?" Ela realmente chocava as pessoas. Era descuidada, dizia papai.

A parte estranha, ao olhar para trás, era a pureza, a integridade, de seu sentimento por Sally. Não era como o que se sentia por um homem. Era totalmente desinteressado e tinha uma qualidade que só poderia existir entre as mulheres, mulheres que acabaram de ficar adultas. Era um sentimento protetor da parte dela; surgia de uma sensação de aliança, do pressentimento de que algo estava destinado a separá-las (sempre falavam do casamento como se fosse uma catástrofe), o que levava a esse cavalheirismo, esse sentimento protetor que vinha muito mais de seu lado do que do de Sally. Pois naquela época ela era totalmente imprudente; fazia as coisas mais idiotas por bravata; andava de bicicleta no parapeito do terraço; fumava charutos. Absurda, ela era... muito absurda. Mas seu charme era irresistível, ao menos para ela, de modo que se lembrava de estar no quarto, no último andar da casa com uma caneca de água quente em mãos, dizendo em voz alta "Ela está debaixo desse teto... ela está debaixo desse teto!"

Não, essas palavras já não significavam nada para ela. Não conseguia nem sentir um eco desse antigo sentimento. Mas conseguia se lembrar de como se arrepiava de tanta animação, de arrumar o cabelo em uma espécie de êxtase (agora o antigo sentimento retornava enquanto ela tirava os grampos, colocava-os na penteadeira, e começava a pentear o cabelo), as gralhas se exibindo para cima e para baixo na luz rosada do entardecer, e de se vestir, de descer as escadas, e de sentir ao atravessar o corredor "a morte para mim agora seria de extrema felicidade". Esse era seu sentimento — o sentimento de Otelo, e tinha certeza de que o sentira com a mesma intensidade que Shakespeare queria fazer com que Otelo sentisse, e tudo porque estava descendo para jantar de vestido branco com Sally Seton!

Ela estava vestindo um tule rosa — isso era possível? Ela *parecia*, de toda forma, toda luminosa, resplandecendo, como um pássaro ou bola que sai voando e fica presa a um espinheiro por um momento. Mas nada é tão estranho quando se está apaixonada (e o que seria isso além de estar apaixonada?) quanto a completa indiferença das outras pessoas. Tia Helena ia embora depois do jantar; papai lia o jornal. Peter Walsh talvez estivesse lá e a velha Miss Cummings também; Joseph Breitkopf com certeza estava, já que vinha todo verão, pobrezinho, passava semanas e semanas ali, fingindo ler em alemão com ela, mas na verdade tocava piano e cantava Brahms desafinado.

Tudo isso era apenas pano de fundo para Sally. Ela estava em frente à lareira conversando, com aquela linda voz que fazia tudo parecer uma carícia, com papai, que havia começado a ficar encantado por ela contra a própria vontade (ele nunca superou quando lhe emprestou um de seus livros e depois o encontrou encharcado no terraço), quando de repente ela disse, "Que desperdício ficarmos dentro de casa!", e todos foram até o terraço e andaram para cima e para baixo. Peter Walsh e Joseph Breitkopf discutiam sobre Wagner. Ela e Sally ficaram um pouco para trás. Então o momento mais extraordinário de sua vida aconteceu ao passarem por um vaso de pedra com flores. Sally parou de andar; pegou uma flor; beijou-a na boca. Era como se o mundo tivesse virado de cabeça para baixo! Os outros desaparecem; lá estava ela, sozinha com Sally. E sentiu como se tivesse recebido um presente, embrulhado, e que deveria apenas guardá-lo, sem olhar — um diamante, algo de uma preciosidade infinita, embrulhado e que, enquanto andavam (para cima e para baixo, para cima e para baixo), ela desembrulhava, ou seu brilho incendiava, a revelação, o sentimento religioso! — quando o velho Joseph e Peter apareceram:

— Admirando as estrelas? — disse Peter.

Foi como dar de cara com uma parede de mármore na escuridão! Foi chocante; foi horrível!

Não por ela mesma. Só conseguia sentir como Sally já estava sendo atacada, maltratada; sentiu a hostilidade dele; seu ciúme; sua determinação em se intrometer no companheirismo das duas. Ela viu tudo isso como se vê uma paisagem no clarão de um raio — e Sally (ela nunca a tinha admirado tanto) seguiu seu caminho sem se abalar. Ela riu. Pediu que o velho Joseph nomeasse as estrelas e ele o fez de forma séria. Ela ficou ali: ouviu. Escutou os nomes das estrelas.

— Ora, que horror! — disse a si mesma, como se desde o princípio soubesse que algo interromperia, que azedaria seu momento de felicidade

Porém, mais tarde, passou a dever muito a ele. Sempre que lembrava de Peter por algum motivo pensava nas discussões que tinha — talvez porque ela desejava tanto sua aprovação. Devia-lhe algumas palavras: "sentimental", "civilizada"; davam início a todos os dias de sua vida como se a protegessem. Um livro era sentimental; o modo como via a vida era sentimental. Talvez estivesse sendo "sentimental" ao pensar no passado. O que ele acharia dela, perguntou-se, quando voltasse?

Que ela estava mais velha? Ele diria isso, ou ela veria que esse era seu pensamento ao voltar, que ela estava mais velha? Era verdade. Desde que adoecera, ficara praticamente toda grisalha.

Colocando o broche na mesa, ela de repente teve um espasmo, como se, refletiu, as garras geladas tivessem tido a chance de cravarem nela. Ainda não era velha. Tinha acabado de fazer cinquenta e dois anos. Meses e meses continuavam intocados. Junho, julho, agosto! Todos continuavam quase inteiros, e como se parar pegar a gota que cai, Clarissa (indo até a penteadeira) mergulhou no coração daquele momento, paralisou-o, ali — o momento dessa manhã de junho na qual estava a pressão de todas as outras manhãs, olhando para o espelho, para a penteadeira, e todos os frascos, reunindo toda sua totalidade em um ponto (enquanto olhava para o espelho), vendo o rosto rosado e delicado da mulher que naquela mesma noite daria uma festa; de Clarissa Dalloway; dela mesma.

Quantas milhões de vezes não tinha visto o próprio rosto e sempre com aquela mesma contração imperceptível! Ela franziu os lábios ao olhar para o espelho. Era para dar um ângulo ao rosto. Aquela era ela: pontuda; feito uma seta; precisa. Aquela era ela quando algum esforço, quando algum chamado para que fosse ela mesma, para que reunisse as partes, só ela sabia como eram diferentes, como eram incompatíveis e as arranjava para o mundo em único centro, um diamante, uma mulher sentada em sua sala e fazia dela um ponto de encontro, sem dúvidas um brilho em algumas vidas pacatas, um refúgio para onde iam os solitários, talvez; ela já ajudou alguns jovens, que se sentiam gratos; tentara ser sempre a mesma, sem nunca mostrar nenhum sinal de seus outros lados — erros, invejas, vaidades, desconfianças, como essa história de Lady Bruton não a convidar para almoçar; isso era, pensou (por fim penteando o cabelo), uma crueldade sem tamanho! Agora, onde estava seu vestido?

Seus vestidos de festa estavam pendurados no armário. Clarissa, colocando a mão naquela maciez, pegou o vestido verde com cuidado e o levou até a janela. Ela o havia rasgado. Alguém tinha pisado na saia. Sentira um puxão na festa da Embaixada, na parte de cima, próximo às pregas. O verde brilhava na luz artificial, mas perdera a cor no sol. Ela o remendaria. Suas empregadas já tinham muito a fazer. Ela o usaria aquela noite. Levaria suas sedas, suas tesouras, seu — como era o nome? — dedal, é claro, para a sala, já que também precisava escrever e garantir que tudo estivesse relativamente em ordem.

Que estranho, pensou, ao parar no patamar da escada, e constituindo aquela forma de diamante, aquela pessoa única, que estranho como a dona de uma casa conhece a exata situação, o exato temperamento de seu lar! Sons abafados subiram em espiral pelo vão da escada; o varrer de um esfregão; batidas; um barulho alto quando a porta da frente foi aberta; uma voz repetindo uma mensagem no porão; o tilintar da prataria em uma bandeja; prataria limpa para a festa. Era tud o para a festa.

(E Lucy, entrando na sala de estar com sua bandeja, colocou castiçais gigantes em cima da lareira, o porta-joias no centro e virou o golfinho de cristal na direção do relógio. Eles viriam, ficariam ali de pé, falariam da forma rebuscada que ela sabia imitar, as damas e os cavalheiros. Entre todos, sua patroa era a mais adorável — sua patroa de prata, de algodão, de louça, pois o sol, a prata, as portas fora das dobradiças, os homens de Rumpelmayer, davam-lhe a sensação, ao colocar o abridor de cartas na mesa de madeira decorada, de algo alcançado. Vejam! Vejam! Disse ao conversar com os velhos amigos na padaria, onde teve seu primeiro emprego, ao olhar pela vitrine. Ela era Lady Angela, servindo a Princesa Mary, quando Mrs. Dalloway entrou.)

— Oh, Lucy — disse —, a prataria está linda! E o que...— continuou, virando o golfinho para que ficasse reto — o que achou da peça ontem?

— Ah, tiveram que ir embora antes do fim! Precisavam estar de volta às dez!

Então não sabem o que aconteceu — respondeu Lucy.

— Que azar — disse ela (já que seus empregados podiam ficar fora até mais tarde se pedissem. — É uma pena mesmo — falou, pegando a almofada velha e surrada do meio do sofá e entregando a Lucy e falando, com um empurrãozinho:

— Leve isso daqui! Entregue a Mrs. Walker e ofereça meus cumprimentos! Leve isso daqui!

E Lucy parou na porta da sala de estar, segurando a almofada, e perguntou com timidez e ficando um pouco corada, se não podia ajudar a remendar o vestido.

Mas, disse Mrs. Dalloway, ela já estava com as mãos cheias, ocupada demais para se preocupar com aquilo.

— Mas obrigada, Lucy, oh, obrigada — disse Mrs. Dalloway, e obrigada, obrigada, continuou dizendo (sentando-se no sofá com o vestido, tesouras e sedas no colo), obrigada, obrigada, continuou expressando sua gratidão aos empregados em geral por a ajudarem a ser assim, a ser o que queria, gentil e de coração bondoso. Os empregados gostavam dela. E então esse vestido — onde estava o rasgo? e agora a agulha para costurar. Era um de seus vestidos favoritos, feito por Sally Parker, praticamente o último que fizera, pois Sally se aposentara e morava em Ealing, e se um dia eu tiver um tempinho, pensou Clarissa (mas ela nunca mais teria um tempinho), a visitarei em Ealing. Pois ela é uma figura, pensou Clarissa, uma verdadeira artista. Ela pensava de modo pouco convencional, mas seus vestidos nunca eram estranhos. Era possível usá-los em Hartfield; no Palácio de Buckingham. Já os havia usado em Hartfield; no Palácio de Buckingham.

A tranquilidade recaiu sobre ela, calma, contente, conforme sua agulha puxava o fio de seda até uma suave pausa, juntava as pregas verdes e as costurava, com muita calma, ao cinto. Assim como as ondas de um dia de verão se acumulam, se avolumam e quebram; se acumulam e quebram; e o mundo todo parece dizer "já chega" de forma cada vez mais grave, até o coração do corpo que se deita ao sol na praia diz. Já chega. Não temas mais, diz o coração. Não temas mais, diz o coração, entregando seu fardo a algum oceano, que suspira em conjunto por todas as mágoas, e se renova, começa, acumula, quebra.

E o corpo, sozinho, escuta a abelha passando; a onda quebrando; o cachorro latindo longe, latindo e latindo.

— Céus, a campainha! — exclamou Clarissa, parando a agulha. Levantou-se e escutou.

— Mrs. Dalloway me receberá — disse o homem idoso no saguão. — Ah, sim, ela *me* receberá — repetiu, afastando Lucy com benevolência e subindo as escadas com pressa. — Sim, sim, sim — murmurou ao correr escada acima. — Ela vai me receber. Depois de cinco anos na Índia, Clarissa vai me receber.

— Quem pode... o que pode... — perguntou Mrs. Dalloway (achando absurdo ser interrompida às onze da manhã do dia em que daria uma festa), ao ouvir um passo nas escadas. Ouviu uma mão na porta. Fez menção de esconder o vestido, como uma virgem protegendo a castidade, respeitando a privacidade. Então a maçaneta de bronze girou. Então a porta se abriu e por ela entrou — por um pequeno segundo ela não conseguiu lembrar qual era o nome dele!, de tão perplexa que ficou ao vê-lo, tão feliz, tão tímida, tão surpreendida por Peter Walsh ter ido visitá-la inesperadamente naquela manhã! (Ela não havia lido a carta dele.)

— E como vai você? — perguntou Peter Walsh, realmente tremendo; segurando as duas mãos dela; beijando as duas mãos dela. Ela envelheceu, pensou ao se sentar. Não devo fazer nenhum comentário a respeito, pensou, pois envelheceu. Está olhando para mim, pensou, de repente sendo tomado por um constrangimento, apesar de ter beijado suas mãos. Colocando a mão no bolso, ele pegou um grande canivete e abriu um pouco a lâmina.

Exatamente igual, pensou Clarissa; a mesma expressão estranha; o mesmo terno xadrez; seu rosto está um pouco diferente, um pouco mais magro, mais seco, talvez, mas parece estar ótimo, e exatamente igual.

— Que felicidade revê-lo! — exclamou ela. Ele segurava o canivete. Isso é tão típico dele, pensou.

Ele chegara à cidade na noite anterior, disse ele; logo teria que ir para o interior; e como estava tudo, como estavam todos — Richard? Elizabeth?

— E o que é tudo isso? — disse, usando o canivete para indicar o vestido verde. Ele está muito bem-vestido, pensou Clarissa; e mesmo assim sempre *me* critica.

Aqui está ela remendando o vestido; remendando o vestido como sempre, pensou ele; ficou aqui sentada por todo o período em que eu estava na Índia; remendando o vestido; divertindo-se; indo a festas; indo e voltando da Câmara, pensou, ficando cada vez mais irritado, cada vez mais agitado, porque para algumas mulheres nada faz mais mal do que o casamento, pensou; e a política; e ter um marido conservador como o admirável Richard. É assim, é assim, pensou, fechando o canivete com um estalo.

— Richard está muito bem. Richard está em um comitê — disse Clarissa.

E ela abriu as tesouras e perguntou se ele se importaria que ela terminasse o que estava fazendo com o vestido, já que dariam uma festa à noite.

— Para a qual não vou convidá-lo — disse. — Meu caro Peter! — disse.

Mas era uma delícia ouvi-la dizer aquilo — meu caro Peter! Realmente, tudo era uma delícia — a prataria, as cadeiras; tudo uma delícia!

Por que ela não o convidaria para a festa?, perguntou ele.

Ora, pensou Clarissa, como ele é encantador! Totalmente encantador! Agora me lembro de como foi difícil decidir — e por que eu decidi — não me casar com ele, perguntou-se, naquele verão horrível?

— Mas foi uma surpresa maravilhosa você ter vindo essa manhã! — exclamou ela, colocando as mãos, uma embaixo da outra, no vestido.

— Você se lembra — disse ela — de como as venezianas balançavam em Bourton?

— Balançavam mesmo — respondeu ele; e se lembrou de como tomava café da manhã sozinho, de modo muito constrangedor, como o pai dela; que falecera; e ele não escrevera para Clarissa. Mas ele nunca havia se dado bem com o velho Parry, aquele velho resmungão e frouxo, Justin Parry, o pai de Clarissa.

— Muitas vezes me arrependo de não ter me dado melhor com seu pai — disse ele.

— Mas ele nunca gostou de nenhum...dos nossos amigos — disse Clarissa; e poderia ter mordido a língua por ter lembrado a Peter que ele já quis casar-se com ela.

É claro que quis, pensou Peter; e isso quase quebrou meu coração, pensou; e foi tomado pelo próprio sofrimento, que se ergueu como a lua vista de um terraço, espantosamente bela com a luz do dia poente. Estava mais infeliz do que nunca, pensou.

E como se estivesse mesmo sentado lá no terraço, ele se aproximou um pouco de Clarissa; estendeu a mão; ergueu-a; deixou-a cair. Lá estava acima deles, aquela lua. Ela também parecia estar sentada com ele no terraço, sob a luz da lua.

— Agora é de Hebert — disse ela. — Não vou mais lá — disse ela.

Então, assim como acontece em um terraço à luz da lua, quando uma pessoa começa a sentir vergonha por já estar entediado, mas o outro continua em silêncio, muito quieto, olhando triste para a lua, sem o desejo de falar, mexe o pé, pigarreia, nota um arabesco de ferro na perna de uma mesa, mexe em uma folha, mas não diz nada — assim como Peter Walsh fazia afora. Para que voltar assim ao passado? Pensou. Para que fazê-lo pensar nisso de novo? Para que fazê-lo sofrer se já o tinha torturado de forma tão infernal? Para quê?

— Lembra-se do lago? — disse ela de forma abrupta, sob a pressão de uma emoção que agarrou seu coração, tornou os músculos de sua garganta tensos e franziu seus lábios em um espasmo ao dizer "lago". Pois ela era uma criança sentada entre os pais enquanto jogava pão aos patos, e ao mesmo tempo uma mulher adulta indo até os pais que estavam em frente ao lago, levando a vida nos braços, que ficava cada vez maior ao se aproximar deles, até se tornar uma vida plena, uma vida completa, que ela colocou ao lado deles e disse: — Foi isso o que fiz dela! Isso! — E o que ela tinha feito dela? De verdade, o quê?, sentada naquela manhã costurando na companhia de Peter.

Olhou para Peter Walsh; seu olhar, atravessando toda aquela época e emoção, o alcançou hesitante; pousou nele de forma lacrimosa; ergueu-se e voou para longe; assim como um pássaro toca um galho, ergue-se e voa para longe. Ela apenas enxugou os olhos.

— Sim — disse Peter. — Sim, sim, sim — falou, como se ela tivesse trazido à tona algo que ao se aproximar o ferisse. Chega! Chega!, queria gritar. Ele não estava velho; sua vida não havia acabado; de jeito nenhum. Acabara de fazer cinquenta anos. Será que devo dizer a ela, pensou, ou não? Queria deixar tudo esclarecido. Mas ela é fria demais, pensou, costurando, com suas tesouras; Daisy pareceria comum perto de Clarissa. E me consideraria um fracasso, e é o que sou na perspectiva deles, pensou; na perspectiva dos Dalloway. Ah, sim, disso ele não tinha dúvidas; ele era um fracasso, comparado a tudo isso: a mesa de madeira ornamentada, a faca de abrir cartas, o golfinho e os castiçais, as capas das cadeiras e as valiosas gravuras inglesas — era um fracasso! Detesto toda essa frescura, pensou; era obra de Richard, não de Clarissa; exceto pelo fato de que ela se casara com ele. (Então Lucy entrou na sala, carregando prataria, mais prataria, mas ela era charmosa, esbelta e graciosa, pensou ele quando ela se abaixou para ajeitá-los). E isso acontece desde sempre! Pensou; semana após semana; a vida de Clarissa; enquanto eu... pensou; e de repente tudo pareceu irradiar dele; viagens, cavalgadas, discussões, aventuras, partidas de bridge, casinhos amorosos; trabalho; trabalho; trabalho! e ele pegou seu canivete sem disfarçar — seu velho canivete de cabo de chifre, que Clarissa jurava ser o mesmo dos últimos trinta anos — e o cerrou dentro do punho.

Que costume extraordinário, pensou Clarissa; sempre brincando com o canivete. Sempre fazendo a outra pessoa também se sentir fútil; cabeça-oca; uma tagarela boba, como costumava. Mas eu também, pensou, e voltando a dar atenção à agulha, convocou, como uma Rainha cujos guardas caíram no sono deixando-a desprotegida (ela ficara bastante surpresa com aquela visita — aquilo a incomodava), de modo que qualquer um poderia passar e vê-la deitada sob os arbustos, convocou as coisas que ela fazia; as coisas das quais ela gostava; seu marido; Elizabeth; ela mesma, em resumo, a quem Peter mal conhecia agora, para que todos aparecessem em seu auxilio e derrotassem o inimigo.

— Bem, e como você está? — perguntou ela. Porque antes do início de uma batalha, os cavalos escavam o chão; balançam a cabeça; a luz reflete em seus flancos; seus pescoços se curvam. Então Peter Walsh e Clarissa, sentados lado a lado no sofá azul, se desafiaram. A força borbulhava e se agitava dentro dele. Reuniu todo tipo de coisa de lados diferentes; elogios; sua carreira em Oxford; seu casamento, do qual ela não sabia nada; a forma como se apaixonara e mesmo assim fazia seu trabalho.

— Um milhão de coisas! — exclamou e, impulsionado pela liga de poderes que agora disparavam para lá e para cá e davam a ele o sentimento ao mesmo tempo assustador e extremamente animador de ser lançado ao ar nos ombros de pessoas que não podia mais ver, levou as mãos à testa.

Clarissa empertigou-se; respirou fundo.

— Estou apaixonado — falou, não para ela, mas para alguém que se levantara até a escuridão, de modo que não era possível tocá-la, apenas depositar sua guirlanda na grama sob a sombra.

— Apaixonado — repetiu, agora falando de forma seca com Clarissa Dalloway; — apaixonado por uma garota da Índia. Depositara a guirlanda. Clarissa poderia pensar o que quisesse.

— Apaixonado! — respondeu ela. Que ele, nessa idade, com a gravata borboleta, tenha sido sugado por esse monstro! E não havia carne em seu pescoço; suas mãos estavam vermelhas; e ele é seis meses mais velho que eu!. voltou o olhar para si mesma; mas em seu coração sentia, de toda forma; ele está apaixonado. É verdade, sentiu; ele está apaixonado.

Mas o egoísmo indomável que sempre atropela aqueles que são contrários, o rio que diz siga em frente, siga em frente, siga em frente; mesmo que admita que talvez não haja um objetivo final para nós, siga em frente, siga em frente; esse egoísmo indomável tingiu suas bochechas; fez com que parecesse muito jovem; muito corada; com olhos muito brilhantes sentada com o vestido no colo, e a agulha parada no tecido verde, tremendo um pouco. Ele estava apaixonado! Não por ela. Por uma mulher mais jovem, é claro.

— E quem é ela? — perguntou.

Agora essa estátua deve ser tirada do pedestal e disposta entre eles.

— Uma mulher casada, infelizmente — disse —; esposa de um major do Exército Indiano.

E com uma doçura estranha e irônica, ele sorriu ao expô-la daquela forma ridícula em frente à Clarissa.

(Não importa, está apaixonado, pensou Clarissa.)

— Ela tem — continuou, de forma muito racional — dois filhos pequenos; um menino e uma menina; e já falei com meus advogados a respeito do divórcio.

Aqui estão eles!, pensou. Pense deles o que quiser, Clarissa! Aqui estão eles! E a cada segundo mais parecia que a esposa do major do Exército Indiano (sua Daisy) e os dois filhos pequenos ficavam mais e mais adoráveis conforme Clarissa os observava; como se ele tivesse incendiado uma pequena bolota cinza em um prato, e dele tivesse crescido uma linda árvore no ar salgado da intimidade dos dois (pois, de certa forma, ninguém o compreendia, sentia o que ele sentia, como Clarissa) — essa intimidade rara.

Ela o lisonjeava; ela o enganava; pensou Clarissa; dando forma à mulher, esposa do Major do Exército Italiano, com três traços de uma faca. Que desperdício! Que tolice! Peter fora enganado assim durante toda a vida; primeiro ao ser expulso de Oxford; depois ao se casar com aquela garota no navio que ia para a Índia; agora com a esposa de um major — graças aos céus tinha se recusado a casar-se com ele! Ainda assim, ele estava apaixonado; seu velho amigo; seu querido Peter, estava apaixonado.

— Mas o que você vai fazer? — perguntou ela. Ah, os advogados e procuradores de Lincoln's Inn, Mr. Hooper e Mr. Grateley, vão dar um jeito nisso, respondeu ele. E então começou a aparar as unhas com o canivete.

Pelo amor de Deus, largue esse canivete!, gritou para si mesma com uma irritação incontrolável; era falta de educação tola, sua fraqueza; a falta de percepção do que os outros sentiam que a irritavam, sempre a irritaram; e nessa idade, francamente!

Sei de tudo isso, pensou Peter; sei o que estou enfrentando, pensou, passando o dedo na lâmina da faca, Clarissa e Dalloway e todos os outros; mas mostrarei a ela — e então, para sua total surpresa, de repente lançado por forças incontroláveis, lançado no ar, debulhou-se em lágrimas; chorou; chorou sem vergonha alguma, sentado no sofá com as lágrimas escorrendo pelas bochechas.

E Clarissa se inclinou para a frente, pegou sua mão, trouxe-o para perto, beijou-o, — na verdade, sentira o rosto dele junto ao dela antes que pudesse conter o brandir de plumas prateadas, como capim-dos-pampas em uma ventania tropical em seu peito, que, ao se acalmar, deixou-a segurando sua mão, dando tapinhas em seu joelho e sentindo-se, ao se recostar, extraordinariamente à vontade e tranquila, e de repente percebeu, Se eu tivesse me casado com ele, teria essa alegria para mim o dia inteiro!

Estava tudo acabado para ela. O lençol estava estendido e a cama era estreita. Ela subira para a torre e os deixara colhendo amoras no sol. A porta se fechara, e lá em meio à poeira do reboco e os restos de ninhos de pássaros, como parecia distante aquela vista, e os barulhos chegavam baixos e frios (certa vez, em Leith Hill, lembrou-se), e Richard, Richard!, exclamou, como quando alguém acorda de repente e estica a mão no escuro à procura de ajuda. Está almoçando com Lady Bruton, lembrou-se. Ele me abandonou; estou sozinha para sempre, pensou, cruzando as mãos no colo.

Peter Walsh havia se levantado e atravessado a sala até a janela, estava em pé e de costas para ela, balançando um lenço de bolso de um lado para o outro. Parecia imponente, sério e desolado, os ombros erguendo levemente o casaco; assoando o nariz com força. Leve-me com você, Clarissa pensou de forma impulsiva, como se ele estivesse prestes a partir em uma incrível viagem; e então, no próximo segundo, era como se os cinco atos de uma peça muito empolgante e emocionante tivessem acabado e ela tivesse vivido toda uma vida nelas, tivesse fugido, e tivesse morado com Peter, e agora tudo tivesse acabado.

Era hora de ir embora e, como uma mulher que reúne suas coisas, o casaco, as luvas, os binóculos de ópera e se levanta para sair do teatro e voltar à rua, ela se levantou do sofá e foi até Peter.

E era tão estranho, pensou ele, como ela ainda tinha o poder, ao se aproximar fazendo barulho, ainda tinha o poder ao atravessar a sala, de fazer a lua, que ele detestava, surgir no céu de verão no terraço de Bourton.

— Me conte — começou ele, com as mãos nos seus ombros. — Você está feliz,

Clarissa? Richard...

A porta se abriu.

— Eis minha Elizabeth — disse Clarissa, de forma emocionada, talvez até dramática.

— Como vai? — perguntou Elizabeth, se aproximando.

O Big Ben badalou entre eles anunciando a meia hora com um vigor extraordinário, como se um jovem forte, indiferente, sem consideração, estivesse arremessando halteres de um lado para o outro.

— Olá, Elizabeth! — exclamou Peter, colocando o lenço no bolso, indo rapidamente em sua direção, despedindo-se de Clarissa sem olhar para ela, saindo da sala às pressas, descendo as escadas correndo e abrindo a porta da frente.

— Peter! Peter! — exclamou Clarissa, seguindo-o até o patamar. — A festa essa noite! Não esqueça a festa essa noite! — disse, tendo que elevar o tom de voz contra os barulhos da rua, e sobrepujada pelo trânsito e o som de todos os relógios marcando a hora, sua voz que gritava "Não esqueça a festa essa noite" pareceu fraca, fina e muito distante enquanto Peter Walsh fechava a porta.

***

Não esqueça a festa, não esqueça a festa, disse Peter Walsh ao sair na rua, falando consigo mesmo de forma ritmada, no mesmo compasso do fluxo sonoro, do som do Big Ben anunciando a meia hora. (Os círculos plúmbeos dissolvendo-se no ar.) Ah, essas festas, pensou; as festas de Clarissa. Por que ela dá essas festas? Pensou. Não que culpasse a ela ou esse homem de casaco e cravo na lapela que vinha em sua direção. Só uma pessoa poderia estar como ele estava, apaixonado. E lá estava ele, esse homem sortudo, ele mesmo, refletido na vitrine de um fabricante de carros na Victoria Street. Deixara a Índia para trás; as planícies, montanhas, epidemias de cólera; uma cidade duas vezes maior que a Irlanda; as decisões que precisara tomar sozinho — ele, Peter Walsh; que agora estava, pela primeira vez na vida, apaixonado. Clarissa havia endurecido, pensou; e também ficara um pouco sentimental, suspeitava, enquanto observava os grandes automóveis capazes de fazer... quantos quilômetros com quantos litros? Pois tinha um interesse por mecânica; inventara um arado em seu distrito, encomendara carrinhos de mãos vindos da Inglaterra, mas os cules não quiseram usá-lo, coisas das quais Clarissa não fazia e ideia.

A forma como ela disse "Eis minha Elizabeth!" — aquilo o irritara. Por que não apenas "Aqui está Elizabeth"? Não foi sincero. E Elizabeth também não gostou. (Ainda assim, os últimos tremores da grande voz ribombante balançavam o ar ao seu redor; a meia hora; ainda cedo; apenas onze e meia.) Pois ele entendia os jovens; gostava deles. Sempre houve algo de frio em Clarissa, pensou. Sempre teve, mesmo quando menina, um tipo de timidez, que com a chegada da meia-idade torna-se conveniente, e então já era, já era, pensou, olhando com seriedade para o infinito de vidro, e perguntando-se se a tinha irritado ao aparecer àquela hora; de repente tomado de vergonha por ter agido feito tolo; chorado; ter sido emotivo; contado tudo a ela, como sempre, como sempre.

Quando uma nuvem cobre o sol, o silêncio cai sobre Londres; e cai sobre a mente. O esforço cessa. O tempo se agita no mastro. Lá paramos; lá ficamos. Rígidos, o esqueleto do hábito sozinho sustenta a estrutura humana. Onde não há nada, Peter Walsh disse para si mesmo; sentindo vazio, totalmente oco. Clarissa me rejeitou, pensou. Ficou ali pensando, Clarissa me rejeitou.

Ah, disse St. Margaret's, como uma anfitriã que entra na sala de estar exatamente ao badalar do relógio e vê que os convidados já chegaram, não estou atrasada. Não, é exatamente onze e meia, diz ela. Ainda assim, por mais que esteja certa, sua voz, por ser a voz da anfitriã, é relutante em impor sua individualidade. Certa mágoa pelo passado a contém; certa preocupação pelo futuro. São onze e meia, diz ela, e o barulho de St. Margaret's desliza nos côncavos do coração e se enterra ali, soar a soar, como algo vivo que quer se confessar, se dispersar, que quer, com um tremor de prazer, descansar — como a própria Clarissa, pensou Peter Walsh, descendo as escadas ao badalar do relógio, vestida de branco. É a própria Clarissa, pensou, com grande emoção e uma lembrança extraordinariamente clara, mas curiosa dela, como se esse sino tivesse entrado na sala anos atrás, onde estavam sentados em algum momento de grande intimidade, e passado de um para o outro e ido embora, como uma abelha com o mel, carregando o momento. Mas que sala? Que momento? E por que ele ficara tão feliz quando o relógio badalava? Então, conforme o barulho da St. Margaret's definhava, ele pensou, ela estava doente, e o som representava apatia e sofrimento. Era o coração dela, lembrou-se; e o volume repentino da última badalada anunciou a morte que chegava de surpresa no meio da vida. Clarissa falecendo de repente, no meio da sala de estar. Não! Não!, gritou ele. Ela não está morta! Eu não estou velho, gritou, e subiu a Whitehall a passos largos, como se lá estivesse exposto, vigoroso, infinito, seu futuro.

Ele não estava nem um pouco velho, ou acabado ou esgotado. Em relação a se importar com o que diziam a seu respeito — os Dalloway, os Whitbreads e todos eles, não dava a mínima — a mínima (mesmo que tivesse, vez ou outra, pedido a Richard que lhe arranjasse um emprego). Avançando, encarando, olhou feio para a estátua do Duque de Cambridge. Ele havia sido expulso de Oxford — verdade. Fora um socialista, de certa forma um fracasso — verdade. Ainda assim, o futuro da civilização, pensou, está nas mãos de jovens assim; jovens como ele era há trinta anos; com o amor que sentem por conceitos abstratos; mandando que livros de Londres fossem entregues em algum pico nos Himalaias; lendo ciência; lendo filosofia. O futuro está nas mãos de jovens assim, pensou.

Um farfalhar como o farfalhar de folhas num bosque soou atrás dele, acompanhado por baques ritmados, que o dominaram ao martelarem em seus pensamentos, subindo a Whitehall a passos firmes, sem que ele pudesse controlar. Garotos uniformizados, carregando armas, marchavam olhando para a frente, marchavam com os braços tensos, e em seus rostos, uma expressão como as inscrições na base de uma estátua, clamando o dever, a gratidão, lealdade e o amor pela Inglaterra.

Foram muito bem treinados, pensou Peter Walsh ao começar a acompanhar o ritmo deles. Mas não pareciam fortes. A maioria era magricela, garotos de dezesseis anos que amanhã poderiam estar atrás do balcão com tigelas de arroz ou barras de sabão. Agora exibiam, intocados pelo prazer sexual ou preocupações rotineiras, a solenidade da coroa de flores que carregaram de Finsbury Pavement até o túmulo vazio. Haviam feito o juramento. O tráfego respeitava; os furgões paravam.

Não consigo acompanhá-los, pensou Peter Walsh, enquanto eles marchavam Whitehall acima, e realmente, seguiram marchando, deixando-o para trás, deixando todos para trás, em seu ritmo constante, como se uma única vontade controlasse as pernas e braços de forma uniforme, e a vida, como suas variedades, com suas irreticências, tivesse sido enterrada sob um pavimento de monumentos e coroas de flores e transformada em um cadáver rijo pela disciplina. Era preciso respeitar; poderia até se achar graça; mas era preciso respeitar, pensou ele. Lá vão eles, pensou Peter Walsh, parando na beira da calçada; e todas as admiradas estátuas, Nelson, Gordon, Havelock, as imagens espetaculares e pretas dos grandes soldados diante deles, como se também tivessem feito a mesma renúncia (Peter Walsh sentia que ele também havia feito a grande renúncia), esmagados pelas mesmas tentações, até conquistar um olhar de pedra. Mas aquele olhar não desejava nem um pouco para si mesmo; apesar de respeitá-lo nos outros. Podia respeitá-lo nos garotos. Eles ainda não conheciam os tormentos da carne, pensou, enquanto os garotos desapareciam, marchando na direção da Strand, tudo pelo que passei, pensou, atravessando a rua e parando embaixo da estátua de Gordon, a quem adorava quando garoto, Gordon, solitário com uma perna erguida e os braços cruzados... pobre Gordon, pensou.

E já que ninguém além de Clarissa sabia que ele estava em Londres e o continente, depois da viagem, ainda lhe parecia uma ilha, a estranheza de estar ali sozinho, vivo, desconhecido, às onze e meia na Trafalgar Square, o dominou. O que é isso? Onde estou? E por que, afinal, alguém faz isso? pensou, o divórcio parecendo sem sentido. E sua mente achatou-se feito um pântano, e foi tomado por três grandes emoções; compreensão; imensa filantropia; e por fim, como consequência das outras, um prazer irrepreensível e extraordinário; como se dentro de seu cérebro, outra mão puxasse os fios, mexesse nas persianas, e ele, sem ter nada a ver com isso, continuasse diante de infinitas avenidas, nas quais poderia perambular se assim quisesse. Há anos não se sentia tão jovem.

Havia escapado! Estava totalmente live, como acontece quando, ao abandonar um hábito, a mente se curva e dobra e parece prestes a se apagar como uma chama desprotegida. Há anos não me sinto tão jovem!, pensou Peter, fugindo (apenas por uma hora ou mais, é claro) de ser exatamente quem ele era, e sentindo-se com uma criança que corre ao ar livre, e vê, enquanto corre, sua antiga babá acenando para a janela errada. Mas ela é tão extraordinariamente atraente, pensou, enquanto atravessava a Trafalgar Square na direção do Haymarket, e se deparou com uma jovem que, ao passar pela estátua de Gordon, parecia, Peter pensou (já que era muito influenciável), se livrar de um véu atrás do outro, até se tornar a mulher que estava sempre em sua mente: jovem, mas elegante; feliz, mas discreta; negra, mas encantadora.

Endireitando-se e mexendo no canivete, ele começou a seguir essa mulher, essa empolgação que parecia, mesmo de costas, iluminá-lo com um brilho que os conectava, que o destacava, como se o barulho aleatório do tráfego formasse conchas com as mãos e sussurrasse seu nome, não Peter, mas o nome particular com o qual ele se chamava apenas nos pensamentos. "Você", disse ela, apenas "você", falou com as luvas brancas e os ombros. Então, a capa fina e comprida que o vento esvoaçava enquanto ela passava pela loja Dent na Cockspur Street soprou com uma gentileza envolvente, uma ternura triste, como braços que se abrem e aceitam o cansado...

Mas ela não é casada; ela é jovem; muito jovem, pensou Peter, o cravo vermelho que a vira usando quando atravessou a Trafalgar Square mais uma vez queimando seus olhos e pintando os lábios dela de vermelho. Ela não era mundana, como Clarissa; nem rica como Clarissa. Será que era, perguntou-se enquanto ela andava, respeitável? Esperta, como a língua rápida de um lagarto, pensou (pois era preciso inventar, permitir a si mesmo uma pequena distração), uma esperteza fria e paciente, veloz; silenciosa.

Ela se moveu; atravessou; ele a seguiu. A última coisa que queria era constrangê-la. Porém, se ela parasse, ele diria, "Quer tomar um sorvete?", e ela diria simplesmente "Sim."

Mas outras pessoas se colocaram entre eles na rua, obstruindo seu caminho, apagando-a. Ele perseguiu; ela mudou. Havia cor nas suas bochechas; zombaria em seu olhar; ele era um aventureiro, imprudente, pensou, ligeiro, ousado, sim (já que chegara noite passada da Índia) um pirata romântico, indiferente a todas essas malditas propriedades, vestidos amarelos, charutos, varas de pesca, nas vitrines; e decoro e festas noturnas e velhos arrumados vestindo camisas brancas por baixo dos coletes. Era um bucaneiro. Ela seguiu em frente, atravessou Piccadilly, e subiu a Regent Street, à frente dele, sua capa, suas luvas, seus ombros que combinavam com as franjas e rendas e chapéus de pena nas vitrines para conjurar o espírito da elegância e do capricho que escapavam das lojas para a calçada, como a luz de uma lâmpada que toca as sebes na escuridão.

Rindo e adorável, ela cruzara a Oxford Street e a Great Portland Street e virara em uma das ruelas, e agora, e agora, o grande momento se aproximava, pois ela desacelerou, abriu a bolsa, e com um olhar na sua direção, mas não para ele, um olhar de quem se despede, que resumia toda a situação e a descartava triunfantemente para sempre, encaixou a chave, abriu a porta, e sumiu! A voz de Clarissa dizendo Não se esqueça da festa, Não se esqueça da festa, ressoou em seus ouvidos. A casa era uma daquelas vermelhas achatadas com vasos de flores pendurados de vaga indecência.

Bom, ao menos me diverti; me diverti, pensou, olhando para as cestas de gerânio branco que balançavam. E foi reduzida a átomos, sua diversão, pois parte dela era inventada, e ele sabia muito bem; inventada, essa aventura com a garota; inventada como se inventa grande parte da vida, pensou — criando-se; criando-a; concebendo uma incrível diversão, e algo a mais. Mas como era estranho e verdadeiro; tudo isso nunca se podia compartilhar — reduzida a átomos.

Ele virou; subiu a rua pensando em encontrar um lugar para se sentar até dar a hora de ir ao Lincoln's Inn — de ir ver Mr. Hooper e Mr. Grateley. Onde deveria ir? Tanto faz. Subiu a rua, então, na direção do Regent's Park. As botas na calçada marcavam o ritmo de "tanto faz"; porque estava cedo, ainda estava bem cedo.

E era uma manhã esplêndida. Como as batidas de um coração perfeito, a vida atingia diretamente a rua. Não havia incerteza — não havia hesitação. Avançando e desviando, perfeitamente, pontualmente, quietamente, lá, exatamente no instante perfeito, o automóvel parou em frente à porta. A garota, vestindo meias de seda, penas, evanescente, mas, na sua opinião, não era particularmente atraente (pois tivera sua aventura), iluminou-se. Mordomos admiráveis, chow-chows marrons, o piso em xadrez preto e branco e cortinas brancas esvoaçantes, Peter viu tudo pela porta aberta e aprovou. Era, de certa forma, uma conquista esplêndida, até porque, Londres; a estação; civilização. Tendo vindo de uma família anglo-indiana que há pelo menos três gerações administrava os negócios de um continente inteiro (e como era curioso o que sentia em relação a isso, já que desgostava tanto da Índia, do império e do exército), havia momentos em que a civilização, mesmo daquela forma, parecia tão valiosa a ele quanto suas posses; momentos em que sentia orgulho da Inglaterra; dos mordomos; chow-chows; garotas confiantes. Era ridículo, mas fazer o quê, pensou. E os médicos e homens de negócio e mulheres competentes seguindo seus afazeres, pontuais, alertas, robustos, pareciam a ele totalmente admiráveis, boas pessoas, a quem se confiaria a vida, companheiros na arte de viver, pessoas com quem podia se contar. Apesar de uma coisa ou outra, o espetáculo era realmente tolerável; e ele se sentaria sob a sombra e fumaria.

Lá estava o Regent's Park. Sim. Quando era criança, caminhara no Regent's Park — que estranho, pensou, como questões da infância continuam me vindo à mente — talvez seja por ter visto Clarissa; já que as mulheres vivem muito mais no passado do que nós, pensou. Sempre se apegam a lugares; e a seus pais — as mulheres sempre têm orgulho dos pais. Bourton era um belo lugar, um ótimo lugar, mas nunca consegui me dar bem com o velho, pensou. Uma noite, houve uma cena e tanto — uma discussão sobre uma coisa ou outra, o quê, ele não se lembrava. Provavelmente política.

Sim, ele se lembrava do Regent's Park; a grande passarela; a casinha à esquerda onde vendiam-se balões; uma estátua absurda com uma inscrição em alguma parte. Ele procurou um banco vazio. Não queria ser incomodado (sonolento como estava) por pessoas pedindo as horas. Uma babá idosa e grisalha, com um bebê dormindo no carinho: era a melhor opção que tinha; sentar-se na ponta do banco com aquela babá.

Que garota estranha, pensou, de repente lembrando-se de quando Elizabeth entrou na sala e parou ao lado da mãe. Estava grande; bem crescida, mas não era exatamente bonita; e sim tinha feições fortes; e não poderia ter mais do que dezoito anos. Provavelmente não se dá bem com Clarissa. "Eis minha Elizabeth" — esse tipo de coisa — por que não apenas "Eis Elizabeth"? —, tentando fingir, como a maioria das mães, que as coisas são diferentes do que são. Ela confia demais no próprio charme, pensou. Abusa dele.

A fumaça densa e benigna do charuto descia friamente por sua garganta; ele soltou-a novamente, formando anéis que se mantiveram no ar bravamente por um momento; azuis e circulares — devo tentar dar uma palavrinha a sós com Elizabeth essa noite, pensou —, então começaram a se transformar em formas de ampulheta e se dissipar; como assumem formas estranhas, pensou. De repente, fechou os olhos, ergueu a bituca grossa do charuto e a jogou longe. Uma grande escova passou suavemente por sua mente, varrendo os galhos que se moviam, as vozes das crianças, o som de passos, as pessoas passando, o zunido do trânsito, que aumentava e diminuía. Afundou cada vez mais nas plumas e penas do sono, afundou e caiu no silêncio.

***

A babá grisalha voltou a tricotar enquanto Peter Walsh, sentado ao seu lado no banco quente, começou a roncar. Em seu vestido cinza, movendo as mãos silenciosamente, mas sem parar, ela parecia a maior guardiã dos direitos dos adormecidos, como uma presença espectral que surge, ao crepúsculo, em matas feitas de céu e galhos. O viajante solitário, assombração de veredas, perturbação das samambaias e devastador de grandes plantas de cicuta, de repente olha para cima e avista a grande figura no final da trilha.

Talvez ateu por convicção, ele é surpreendido por momentos de extraordinária exaltação. Não existe nada fora de nós, exceto por um estado de espírito, pensa; um desejo por consolo, por alívio, por algo além desses pigmeus infelizes, esses homens e mulheres fracos, feios e covardes. Porém, se ele consegue imaginá-la, de alguma forma ela existe, pensa ele, e seguindo pela trilha observando o céu e os galhos, logo ele confere a eles uma feminilidade; admirado com a solenidade que assumem; com a forma majestosa que, ao serem agitadas pela brisa, espalham com o sombrio balançar das folhas, caridade, compreensão, perdão e então, erguendo-se de súbito, dão à piedade de sua aparência um aspecto de celebração descontrolada.

Tais são as visões que oferecem grandes cornucópias cheias de frutas ao viajante solitário, ou sussurram em seu ouvido como sereias nadando vagarosas nas ondas verdes do oceano, ou são atiradas em seu rosto como maços de rosas, ou sobem à superfície como os rostos pálidos que os pescadores, debatendo-se nas correntes de água, tentam alcançar.

Tais são as visões que surgem à tona, seguem ao lado, colocam-se em frente à coisa real; muitas vez sobrepujando o viajante solitário e arrancando dele o sentido da terra, o desejo de retornar, e como dando-lhe como substituto uma paz geral, como se (ele pensa conforme avança pela trilha da floresta) toda essa febre de viver fosse a própria simplicidade; e miríades de coisas se unissem em uma coisa só; e essa figura, feita de céu e galhos, tivesse emergido do mar agitado (ele está velho, já passou dos cinquenta) como uma forma sugada das ondas para jorrar compaixão, compreensão, absolvição de suas magnificas mãos. Então, pensa, que eu nunca volte à luz da lâmpada; à sala de descanso; que nunca termine meu livro; nunca esvazie meu charuto; nunca chame Mrs. Turner para vir limpar; em vez disso, que eu possa caminhar diretamente até essa incrível figura que vai, com um movimento da cabeça, deixar-me subir em suas faixas de luz e me lançar para o nada com todo o resto.

Tais são as visões. O viajante solitário logo atravessa a mata; e lá, aproximando- se da porta com um olhar cansado, talvez aguardando seu retorno, com as mãos erguidas, o avental branco esvoaçando, está uma mulher idosa que parece (tão poderosa é essa enfermidade) procurar no deserto um filho perdido; procurar um cavaleiro destruído; ser a figura da mãe cujos filhos foram mortos nas batalhas no mundo.

Então, conforme o viajante solitário segue pela rua da aldeia onde as mulheres tricotam e os homens cavam o jardim, a noite parece agourenta; as figuras paradas; como se um destino augusto, do qual estão cientes e aguardam destemidos, estivesse prestes a varrê-los completamente da existência.

Dentro da casa em meio às coisas comuns, o armário, a mesa, o parapeito cheio de gerânios, de repente surge a silhueta da senhoria, curvando-se para tirar a mesa, assume uma suave claridade, um símbolo adorável que apenas a lembrança das frias relações humanas nos impede de aceitar. Ela pega a geleia; ela a guarda no armário.

— Só isso por hoje, senhor?

Mas a quem o viajante solitário responde?

***

Assim a babá idosa tricotava ao cuidar do bebê adormecido no Regent's Park.

Assim Peter Walsh roncava.

Ele despertou num sobressalto, dizendo para si mesmo:

— A morte da alma.

— Senhor, Senhor! — disse para si mesmo em voz alta, espreguiçando-se e abrindo os olhos. — A morte da alma. — As palavras impregnaram-se a alguma cena, a alguma sala, a algum passado com o qual ele estivera sonhando.

Era em Bourton naquele verão, no começo dos anos noventa, quando ele estava tão perdidamente apaixonado por Clarissa. Havia um bom número de pessoas lá, rindo e conversando ao redor de uma mesa depois do chá, e o aposento estava banhado em luz amarela e cheio de fumaça de cigarro. Estavam conversando sobre um homem que se casara com a empregada, era um dos fidalgos vizinhos, não se lembrava do nome. Ele se casara com a empregada, e ela fora visitar Bourton — foi uma péssima visita. Ela estava ridiculamente enfeitada, "como uma cacatua", dissera Clarissa, imitando-a, e nunca parava de falar. Falava e falava e falava. Clarissa a imitou. Então alguém disse, — Sally Seton — que diferença faria se alguém soubesse que ela já tinha tido um filho antes de se casarem? (Era muita ousadia dizer isso em grupos mistos naquela época.) Ainda se lembrava de Clarissa, ficando totalmente corada; de alguma forma se encolhendo ao dizer, "Ah, nunca mais vou falar com ela!" Com isso, todo o grupo sentado à mesa de chá pareceu vacilar. Foi muito constrangedor.

Não a culpara por pensar assim, pois naqueles dias uma garota criada como ela não sabia de nada, mas foi o modo que ela disse que o irritou; tímida; grosseira; arrogante; puritana. "A morte da alma." Ele havia dito isso por instinto, categorizando esse momento como costumava fazer: a morte da alma dela.

Todos estremeceram; todos pareciam se curvar enquanto ela falava e então se reerguer de forma diferente. Ainda se lembrava de Sally Seton, como uma criança pega aprontando, aproximando-se bem corada, querendo conversar, mas com medo, e Clarissa dava mesmo medo nas pessoas. (Ela era a melhor amiga de Clarissa, sempre em sua casa, uma criatura atraente, bonita, negra, naqueles dias com reputação de grande ousadia, e ele costumava lhe dar charutos, os quais ela fumava no próprio quarto, e ou ela tinha terminado o noivado com alguém ou brigado com a família, e o velho Parry detestava ambos na mesma medida, o que criava um grande vínculo.) Então Clarissa, ainda com ar de ofendida com todos, levantou-se, inventou alguma desculpa e foi embora sozinha. Ao abrir a porta, aquele cão peludo enorme que corria atrás das ovelhas entrou. Jogou-se em cima dele em puro êxtase. Era como se dissesse a Peter — sabia que aquilo era dirigido a ele — "Sei que achou o que eu disse sobre aquela mulher absurdo; mas veja como sou gentil; veja como amo Rob!"

Sempre tiveram esse talento estranho de se comunicar sem palavras. Ela sabia na hora quando ele o criticava. E então fazia algo extremamente óbvio para se defender, como esse exagero com o cachorro — mas ele nunca caía no jogo, sempre enxergava através de Clarissa. Não que dissesse alguma coisa, é claro; só ficava sentado carrancudo. Era assim que a maioria das discussões dos dois começava.

Ela fechou a porta. No mesmo instante, ele sentiu-se extremamente deprimido. Tudo parecia inútil — continuar apaixonado; continuar discutindo; continuar fazendo as pazes, e foi perambular sozinho, entre os alpendres e estábulos, observando os cavalos. (O lugar era modesto; os Parry nunca foram tão bem de vida; mas sempre havia criados e cavalariços na propriedade — Clarissa amava cavalgar — e um velho cocheiro — como se chamava? — e uma velha babá, a velha Moody, velha Goody, algum nome assim, a quem sempre iam visitar em um quartinho cheio de fotografias, cheio de gaiolas.)

Fora uma noite horrível! Ele ficou cada vez mais carrancudo, não só sobre aquilo; mas sobre tudo. E não tinha como vê-la; não tinha como se explicar; não tinha como resolver. Sempre tinha gente por perto — ela seguira a vida como se nada tivesse acontecido. Essa era a parte cruel a seu respeito — essa frieza, essa rigidez; algo muito profundo dentro dela, que ele sentira mais uma vez naquela manhã ao conversarem; uma impenetrabilidade. Mas só os Céus sabiam como ele a amara. Ela tinha um talento horrível para mexer com os nervos das pessoas, de transformar os nervos das pessoas em cordas de um violino.

Ele havia entrado para jantar tarde, por uma ideia idiota de querer que sentissem sua ausência, e sentou-se ao lado de Miss Parry — tia Helena —, a irmã de Mr. Parry, que supostamente presidia a casa. Lá estava ela em seu xale de caxemira branca, com a cabeça contra a janela

— era uma mulher temida, mas gentil com ele, pois certa vez ele lhe dera uma flor rara, e ela era uma ótima botânica, saindo por aí com botas pesadas e uma lata preta de alumínio a tiracolo. Ele se sentou ao lado dela, sem conseguir falar.

Tudo parecia passar por ele em um borrão; ele só ficou sentado lá, comendo. Então, na metade do jantar, ele se obrigou a olhar para Clarissa, do outro lado da mesa, pela primeira vez. Ela estava conversando com um jovem à sua direita. De repente, algo lhe ocorreu. "Ela vai se casar com aquele homem", disse para si mesmo. Ele nem mesmo sabia qual era seu nome.

Então é claro que foi naquela tarde, naquela fatídica tarde, que Dalloway aparecera; e Clarissa o chamou de "Wickham"; foi assim que tudo começou. Viera acompanhando alguém; e Clarissa errou seu nome. Ela o apresentou a todos como Wickham. Por fim, ele disse "Me chamo Dalloway!" — essa foi a primeira impressão que teve de Richard — um rapaz pálido, um tanto desajeitado, sentado em uma espreguiçadeira e deixando escapar "Me chamo Dalloway!" Sally não deixou isso de lado, a partir de então sempre o chamou de "Me chamo Dalloway!"

Ele era vítima de revelações naquela época. Esta — de que Clarissa se casaria com Dalloway — foi cegante — sobrepujante no momento. Havia uma certa — como poderia descrever? — certa descontração na postura dela diante dele; algo maternal; algo gentil. Estavam conversando sobre política. Ele passou o jantar inteiro tentando ouvir o que diziam.

Mais tarde, lembrava-se de estar no escritório em pé ao lado da cadeira velha de Miss Parry. Clarissa apareceu, com perfeita etiqueta, como uma verdadeira anfitriã, dizendo que queria apresentá-lo a uma pessoa — falou como se nunca tivessem se conhecido, o que o enfureceu. Mas, mesmo assim, admirou-se com isso. Admirou sua coragem; seu bom traquejo social; admirou seu talento para lidar com as coisas. "A anfitriã perfeita", disse a ela, fazendo com que se encolhesse inteira. Mas a intenção era que se abalasse. Teria feito qualquer coisa para magoá-la depois de vê-la com Dalloway. Então ela o deixou sozinho. E ele teve a sensação de que estavam todos juntos conspirando contra ele — rindo e conversando — por trás de suas costas. Ele ficou lá, ao lado da cadeira de Miss Parry, como se tivesse sido entalhado na madeira, conversando sobre flores silvestres. Nunca, nunca sofrera tanto! Ele deve ter esquecido até mesmo de fingir ouvir; por fim, despertou; viu Miss Parry parecendo perplexa, muito indignada; encarando-o fixamente com seus olhos esbugalhados. Ele quase gritou que não podia se fazer presente pois estava no inferno! As pessoas começaram a sair do aposento. Ele as ouviu pedindo por seus casacos; falando sobre como a água estava fria e tudo o mais. Iriam andar de canoa no lago sob a luz da lua — mais uma das ideias malucas de Sally.

Ele conseguia ouvi-la descrevendo a lua. E todos saíram. Ele foi deixado totalmente sozinho.

— Não quer ir com eles? — disse a pobre tia Helena! Ela tinha percebido. E ele se virou e se deparou mais uma vez com Clarissa. Ela voltara para buscá-lo. Ele ficou emocionado com sua generosidade. Sua bondade.

— Vamos — disse ela. — Estão te esperando.

Ele nunca se sentira tão feliz quanto naquele instante! Sem dizer nada, haviam se resolvido. Seguiram para o lago. Ele teve vinte minutos da mais perfeita felicidade. Sua voz, sua risada, seu vestido (esvoaçante, branco e carmesim), seu espírito aventureiro; ela fez com que todos desembarcassem para explorar a ilha; assustou uma galinha; deu risada; cantou. E o tempo todo, ele teve plena certeza, Dalloway estava se apaixonando por ela; ela estava se apaixonando por

Dalloway; mas não parecia importar. Nada importava. Eles se sentaram no chão e conversaram — ele e Clarissa. Entraram e saíram das mentes um do outro sem dificuldade. E então, em um segundo, tudo acabou. Ele disse a si mesmo quando voltavam para a canoa, "Ela se casará com aquele homem", apático, sem ressentimento; mas era algo óbvio. Dalloway se casaria com Clarissa.

Dalloway remou a canoa deles. Não disse nada. Mas, de alguma forma, enquanto o viam saltar na bicicleta para se embrenhar trinta quilômetros pela mata, serpenteando pela estrada, acenando e desaparecendo, ele obviamente sentiu, instintivamente, tremendamente, fortemente, tudo aquilo; a noite; o romance. Clarissa. Ele merecia ficar com ela.

Quanto a si mesmo, ele era absurdo. O que exigia de Clarissa (agora podia ver) era absurdo. Ele pedia por coisas absurdas. Fazia cenas terríveis. Talvez ela ainda o tivesse aceitado, se ele fosse menos absurdo. Era o que Sally pensava. Durante todo aquele verão, ela lhe enviou longas cartas; sobre como haviam falado deles; como ela o havia elogiado, como Clarissa se pôs a chorar! Foi um verão extraordinário — com todas as cartas, cenas, telegramas —, chegava em Bourton de manhã cedinho, passava o tempo até que os empregados despertassem; *tête-à-têtes* terríveis com o velho Mr. Parry durante o café da manhã; tia Helena, que era intimidadora, mas gentil; Sally arrastando-o para conversar na horta; Clarissa de cama por causa das dores de cabeça.

A cena final, a tenebrosa cena que ele acreditava ter sido mais importante do que qualquer outra coisa em toda sua vida (talvez fosse exagero, mas era o que lhe parecia agora), aconteceu às 15h de um dia de muito calor. Foi por causa de uma ninharia: Sally falando algo sobre Dalloway durante o almoço e chamando-o de "Meu nome é Dalloway"; quando de repente Clarissa ficou rígida, corou daquele jeito dela, e esbravejou ríspida, "Já cansamos dessa piadinha". Foi só isso; mas para ele foi como se ela tivesse dito, "Só estou passando o tempo com você; já tenho um acordo com Richard Dalloway". Foi o que ele entendeu. Passou noites sem dormir. "Isso precisa acabar, de um jeito ou de outro", pensou. Falou para Sally enviar um bilhete a ela, pedindo que o encontrasse na fonte às 15h. "Aconteceu uma coisa muito importante", escreveu no final.

A fonte ficava no meio de um jardinzinho afastado da casa, com arbustos e árvores a cercando. Lá ela apareceu, até mesmo adiantada, e os dois ficaram separados pela fonte, o chafariz (estava quebrado) pingando água sem parar. Como as imagens ficam presas na mente! Por exemplo, o musgo verde-vivo.

Ela não se mexeu.

— Diga a verdade, diga a verdade. — Ele ficou repetindo. Sentia que a cabeça ia rachar. Ela parecia encolhida, petrificada. Não se mexeu. — Diga a verdade — repetiu, quando de repente o velho Breitkopf, carregando uma cópia do *Times*, colocou a cabeça para dentro do jardim; encarou-os; arquejou; e foi embora. Nenhum dos dois se moveu.

— Diga a verdade — repetiu mais uma vez. Era como se estivesse ralando algo rígido; ela não cedia. Era como ferro; sílex, rígida até a espinha. E quando ela falou:

— Não adianta. Não adianta. Acabou. — Depois de ele ter falado pelo que pareceram ser horas, com lágrimas escorrendo pelo rosto; foi como se ela tivesse lhe dado um tapa na cara. Ela se virou, abandonou-o, foi embora.

— Clarissa — gritou ele. — Clarissa! — Mas ela nunca voltou. Era o fim. Ele foi embora naquela noite. Nunca mais a viu.

***

Foi horrível, gritou, horrível, horrível!

Ainda assim, o sol brilhava. Ainda assim, a gente superava as coisas. Ainda assim, a vida dava um jeito de somar um dia após o outro. Ainda assim, pensou, bocejando e começando a se dar conta — o Regent's Park havia mudado muito pouco desde sua infância, exceto pelos esquilos — ainda assim, presumia que havia um lado bom — quando a pequena Elise Mitchell, que estava pegando pedrinhas para a coleção que ela e o irmão tinham na lareira do quarto das crianças, jogou um punhado de pedrinhas no joelho da babá e saiu correndo em direção às pernas de uma moça. Peter Walsh riu em voz alta.

Mas Lucrezia Warren Smith estava dizendo para si mesma, Isso é perverso; por que tenho que sofrer?, perguntava-se ao caminhar. Não; não aguento mais, dizia depois de deixar Septimus, que não era mais Septimus, sozinho no banco ali do lado, dizendo coisas duras, cruéis, perversas, falando consigo mesmo, falando com um morto; quando a criança esbarrou com ela, estatelou-se e caiu no choro.

Foi até reconfortante. Ela levantou a menina, tirou a poeira do vestidinho e a beijou.

Mas não achava que tinha feito algo de errado; amara Septimus; fora feliz; tivera um lindo lar, onde suas irmãs ainda moravam, fazendo chapéus. Por que *ela* tinha que sofrer?

A menininha foi correndo para a babá, e Rezia a viu sendo repreendida, consolada, pega no colo pela babá que deixara o tricô de lado, e o homem de jeito gentil lhe deu seu relógio para que se distraísse o abrindo — mas por que *ela* tinha que ficar vulnerável? Por que não ficou em Milão? Por que era torturada? Por quê?

Levemente distorcidos pelas lágrimas, a alameda, a babá, o homem de cinza, o carrinho de bebê, iam para cima e para baixo diante de seus olhos. Ser atormentada por aquele torturador maligno era seu destino. Mas por quê? Ela era como um passarinho buscando abrigo sob uma folha fina, que pisca para o sol quando a folha se move; que se assusta com o estalo de um graveto seco. Ela estava vulnerável; estava cercada por enormes árvores; uma vastidão de nuvens de um mundo indiferente, vulnerável; torturada; e por que tinha que sofrer? Por quê?

Ela franziu o cenho; bateu o pé. Tinha que ir até Septimus porque já era quase hora de visitarem Sir William Bradshaw. Ela tinha que voltar e avisá-lo, voltar para ele, sentado no banco verde sob a árvore, falando sozinho, ou com o falecido Evans, a quem ela só vira uma vez na loja. Parecera um rapaz bom e discreto; era um grande amigo de Septimus e havia morrido na guerra. Mas esse tipo de coisa acontece a qualquer um. Todos têm algum amigo que morreu na guerra. Todos abrem mão de alguma coisa quando se casam. Ela abrira mão de sua casa. Tinha ido morar ali, naquela cidade horrível. Mas Septimus se deixava pensar em coisas terríveis, e ela também conseguia se tentasse. Ele ficara cada vez mais estranho. Dizia que tinha pessoas falando por trás das paredes do quarto. Mrs. Filmer achou estranho. Também via coisas — vira a cabeça de uma mulher velha no meio de uma samambaia. Mas ele conseguia ser feliz quando assim decidia. Eles foram ao Hampton Court no andar de cima do ônibus e estavam perfeitamente felizes. A grama estava cheia de florezinhas vermelhas e amarelas, pareciam luzes flutuantes, d isse ele, e conversaram e riram e inventaram histórias. De repente, ele disse, "Esse é o momento em que vamos nos matar", quando estavam observando o rio, contemplando-o com aquele olhar que ela já o vira assumir quando um trem ou um ônibus passavam — era como se achasse algo fascinante; e ela sentiu que ele ia se afastar e o pegou pelo braço. Mas no caminho de volta, ele estava perfeitamente tranquilo, perfeitamente racional. Ele dava motivos pelos quais deveriam se matar; explicava como as pessoas eram cruéis; como podia vê-los inventando mentiras ao passarem por eles na rua. Ele conhecia todos os pensamentos dela, disse; conhecia tudo. Conhecia o significado do mundo, disse.

Então, quando chegaram de volta, ele mal conseguia andar. Deitou-se no sofá e a obrigou a segurar sua mão para impedir que ele caísse, gritou, nas chamas! E viu rostos nas paredes rindo dele, xingando-o de nomes horripilantes, e mãos despontando do biombo. Ainda assim, estavam sozinhos. Mas ele começou a falar em voz alta, respondendo pessoas, discutindo, rindo, gritando, ficando muito empolgado e mandando- a fazer anotações. Um monte de absurdos; sobre a morte; sobre Miss Isabel Pole. Ela não aguentava mais. Tinha que voltar.

Estava perto dele agora, podia vê-lo fitando o céu, murmurando com as mãos unidas. Mas o Dr. Holmes disse que não tinha nada de errado com ele. Então, o que tinha acontecido — então por que ele se fora, por que se sobressaltou quando ela se sentou ao seu lado, franziu o cenho, afastou-se e apontou para a mão dela, segurou a mão e a encarou assustado?

Era porque ela tinha tirado a aliança?

— Minha mão emagreceu muito — disse ela. — Coloquei na bolsa.

Ele largou a mão dela. O casamento dos dois havia acabado, pensou ele, com aflição, com alívio. A corda se rompeu; ele se aprumou; estava livre, de acordo com o decreto de que ele, Septimus, senhor dos homens, deveria ser livre; sozinho (já que sua esposa tinha jogado fora a aliança; já que ela o abandonara), ele, Septimus, estava sozinho, convocado antes do resto dos homens para ouvir a verdade, entender o significado, que por fim, depois de todos os esforços da civilização — gregos, romanos, Shakespeare, Darwin, e agora ele mesmo — deveria ser dado em sua inteireza a...

— A quem? — perguntou em voz alta.

— Ao Primeiro-ministro — responderam as vozes que farfalhavam acima de sua cabeça. O segredo supremo deve ser revelado ao gabinete; primeiro, que as árvores estão vivas; segundo que não há crime; terceiro, o amor, o amor universal, murmurou, arquejando, tremendo, arrancando de si essas verdades profundas que, por serem tão profundas, tão difíceis, precisavam de um esforço imenso para serem proferidas, mas o mundo foi para sempre transformado completamente por elas.

Não há crime; amor; repetiu ele, procurando seu bloquinho e caneta, quando um skye terrier cheirou suas calças e ele se sobressaltou, aflito de tanto medo. Estava se transformando em homem! Ele não podia ver isso acontecer! Era horrível, terrível ver um cachorro se transformar em homem! O cachorro logo trotou para longe.

O céu era divinamente misericordioso, infinitamente benevolente. Poupava-o, perdoava sua fraqueza. Mas qual era a explicação científica (pois é preciso ser científico acima de todas as coisas)? Por que ele podia enxergar através de corpos, vislumbrar o futuro, quando cachorros se transformariam em homens? Provavelmente era a onda de calor, afetando um cérebro que ficou sensível depois de éons de evolução. Cientificamente falando, a carne havia derretido, abandonando o mundo. Seu corpo fora macerado até sobrarem apenas as fibras nervosas. Estava estendido como um véu sobre pedra.

Ele se recostou na cadeira, exausto, porém empertigado. Ficou descansando, esperando que, com esforço e agonia, voltasse a servir de intérprete para a humanidade. Estava lá no alto, no dorso do mundo. A terra tremia abaixo dele. Flores vermelhas cresciam em sua carne; as folhas rígidas farfalhando perto de sua cabeça. Uma música começou a ressoar entre as pedras lá em cima. É a buzina de um carro na rua, murmurou; mas lá em cima ela rimbombava de pedra em pedra, separando-se e formando choques sonoros que se erguiam em colunas lisas (ser capaz de ver a música era uma descoberta para ele) e tornou-se um hino, um hino agora arrematado pela flauta de um pastor (é um velho tocando pífaro em frente ao pub, murmurou) que, enquanto o garoto permanecia imóvel, borbulhava de sua flauta, e então, enquanto ele subia, deixava escapar sua lamúria sutil, com o trânsito rugindo abaixo. A elegia desse rapaz é tocada em meio ao tráfego, pensou Septimus. Agora ele se retira para a neve, cercado de rosas — as rosas espessas e vermelhas que crescem na parede do meu quarto, lembrou a si mesmo. A música parou. O garoto tinha conseguido sua moeda, concluiu, e foi para o próximo pub.

Quanto a ele, continuou em sua pedra no alto, como um marinheiro afogado em uma pedra. Eu me inclinei na borda do barco e caí, pensou. Fui para o fundo do mar.

Estive morto, e ainda assim agora estou vivo, mas me deixe descansar, implorou (estava falando sozinho de novo — era horrível, horrível!); e como antes de despertar, o canto dos pássaros e o barulho das rodas ressoam e tagarelam em uma estranha harmonia num volume cada vez mais alto, e a pessoa adormecida sente-se cada vez mais atraída pelas margens da vida, agora ele sentia que estava sendo puxado à vida, o sol ficando mais quente, os gritos ficando mais altos, algo espetacular estava prestes a acontecer.

Ele só precisava abrir os olhos; mas havia um peso neles; um medo. Estreitou os olhos; se concentrou; olhou; viu o Regent's Park à sua frente. Longos raios de sol caíam sobre seus pés. As árvores acenavam, balançavam. Acolhemos, o mundo parecia dizer; aceitamos; criamos. Beleza, o mundo parecia dizer. E como se para provar (cientificamente), onde quer que ele olhasse, para as casas, para as grades, os antílopes erguendo as cabeças por cima da cerca, a beleza surgiu instantaneamente. Observar uma folha tremer com o sopro do vento trazia uma alegria extraordinária. No alto do céu, andorinhas mergulhando, desviando, lançando-se de um lado para o outro, dando voltas, mas sempre sob perfeito controle, como se estivessem presas por elásticos; e as moscas subindo e descendo; e o sol banhando esta folha, depois aquela, caçoando, ofuscando-a com um suave dourado por puro bom humor; e vez ou outra um tinido (talvez fosse a buzina de um automóvel) ressoava divinamente sobre os talos de grama — tudo isso, calmo e sensato como era, feito de coisas simples, era a verdade; beleza, essa era a verdade. A beleza estava por toda a parte.

— Está na hora — disse Rezia.

A palavra "hora" se partiu; despejando suas riquezas sobre ele; e de seus lábios caíram feito cascas, feito as aparas de uma plaina, sem que as formulasse, palavras duras, pálidas, imortais, alçaram voou para ocupar seu lugar na ode ao Tempo; uma ode imort al ao Tempo. Ele cantou. Evans respondeu de trás de uma árvore. Os mortos estavam na Tessália, cantou Evans, entre as orquídeas. Lá aguardavam até que a guerra acabasse, e agora os mortos, agora o próprio Evans...

— Pelo amor de Deus, não venha! — gritou Septimus. Pois ele não podia olhar para os mortos.

Mas os galhos se separaram. Um homem de cinza realmente estava indo até eles. Era Evans! Mas não havia lama nele; nem ferimentos; ele não mudara. Tenho que contar para todo o mundo, gritou Septimus, erguendo a mão (conforme o homem de terno cinza se aproximava), erguendo a mão como uma figura colossal que passara eras lamentando o destino do homem, sozinho em um deserto com as mãos na testa, vincos de desespero nas bochechas, e agora vê uma luz nos limites do deserto que se amplia e atinge a figura de preto retinto (e Septimus levantou parcialmente da cadeira), e com legiões de homens prostados às suas costas, ele, o gigante enlutado, recebe por um momento em seu rosto todo o...

— Mas estou tão infeliz, Septimus — disse Rezia, tentando fazê-lo se sentar.

As multidões se lamentaram; seu sofrimento durava décadas. Ele se virara, em alguns segundos diria a ela, só mais alguns segundos desse alívio, dessa felicidade, dessa maravilhosa revelação...

— A hora, Septimus — repetiu Rezia. — Que horas são?

Ele estava falando, estava começando, aquele homem com certeza o notava.

Estava olhando para eles.

— Vou falar as horas — disse Septimus, de forma muito lenta, muito arrastada, com um sorriso misterioso para o falecido de terno cinza. Enquanto sorria sentado, bateu o quarto da hora: quinze para o meio-dia.

E a juventude se resumia a isso, pensou Peter Walsh ao passar por eles. Fazer uma cena horrível — a pobre garota parecia totalmente desesperada — no meio da manhã. Mas era sobre o quê, se perguntou; o que o rapaz de sobretudo vinha dizendo para fazê-la assumir aquela expressão; em que problema se meteram para os dois parecerem tão desesperados numa linda manhã de verão? A parte interessante de voltar para a Inglaterra depois de cinco anos era a forma como, pelo menos nos primeiros dias, as coisas chamavam a atenção como nunca chamaram antes; casais discutindo embaixo de uma árvore; a vida doméstica de uma família no parque. Nunca vira Londres tão encantadora — a suavidade das distâncias; a opulência; o verde; a civilização, depois da Índia, pensou, atravessando o gramado.

Ser tão suscetível às impressões sem dúvidas foi sua ruína. Mesmo nessa idade ainda tinha, como um menino ou até uma menina, essas alterações de humor; dias bons, dias ruins, por nenhum motivo aparente, felicidade ao ver um rosto bonito, pura tristeza ao ver uma careta. É claro que depois de voltar da Índia acabaria se apaixonando por qualquer mulher que visse. Havia algo de novo nelas; até as mais pobres com certeza se vestiam melhor do que há cinco anos; e, aos seus olhos, a moda nunca foi tão bela; os longos casacos pretos; a magreza; a elegância; e também o delicioso e aparentemente universal hábito de ser maquiar. Todas as mulheres, até as mais sérias, tinham um rubor da cor de rosas; lábios delineados com precisão; cachos na cor de nanquim; havia planejamento e arte por toda a parte; algum tipo de mudança sem dúvidas acontecera. Sobre o que os jovens pensavam?, perguntou-se Peter Walsh.

Suspeitava que aqueles cinco anos — de 1918 a 1923 — tinham sido, de alguma forma, muito importantes. As pessoas pareciam diferentes. Os jornais pareciam diferentes. Agora mesmo, por exemplo, um homem escrevia abertamente sobre vasos sanitários em um semanal respeitável. Isso não seria possível há dez anos: escrever abertamente sobre vasos sanitários em um semanal respeitável. E também essa coisa de pegar um bastão de ruge ou pó de arroz e se maquiar em público. No navio de volta, havia vários garotos e garotas — lembrava-se especificamente de Betty e Bertie — de namorico à vista de todos; a mãe idosa os observava enquanto tricotava, totalmente indiferente. A garota retocava o pó do nariz na frente de todos. E não estavam noivos; só se divertindo; sem remorso de nenhum dos dois lados. Osso duro de roer — Betty Não Sei O Quê —, mas boa pessoa. Seria uma ótima esposa aos trinta — se casaria quando tivesse vontade de se casar; se casaria com um homem rico e moraria em um casarão próximo a Manchester.

Quem tinha feito isso mesmo?, Peter Walsh perguntou para si mesmo, entrando na Broad Walk — quem tinha se casado com um homem rico e morava em um casarão próximo a Manchester? Alguém que havia lhe escrito uma carta longa e efusiva sobre "hortênsias azuis" recentemente. Foram as hortênsias azuis que a fizeram pensar nele e nos velhos tempos — Sally Seton, é claro! Foi Sally Seton — a última pessoa do mundo que ele esperava se casar com um homem rico e morar em um casarão próximo a Maschester, a louca, a corajosa, a romântica Sally!

Mas, de toda aquela turma antiga, os amigos de Clarissa — os Whitbreads, Kinderleys, Cunninghams, Kinloch-Joneses —, Sally provavelmente era a melhor. De qualquer modo, pelo menos tentava fazer as coisas do jeito certo. De qualquer modo, viu a verdade por trás de Hugh Whitbread — o respeitado Hugh — quando Clarissa e os outros estavam a seus pés.

— Os Whitbread? — ainda podia ouvir ela dizendo. — Quem são os Whitbread?

Vendedores de carvão. Comerciantes respeitáveis.

Por algum motivo, ela detestava Hugh. A única preocupação dele era com a própria aparência, disse ela. Devia ter sido Duque. Se certificaria de casar-se com uma das Princesas. E é claro que, entre todas as pessoas que já conhecera, Hugh tinha o mais extraordinário, o mais natural, o mais sublime respeito pela aristocracia britânica. Até Clarissa tinha de admitir isso. Ah, mas ele era tão querido, tão altruísta, parou de caçar porque a mãe idosa pediu... lembrava-se do aniversário das tias, e assim por diante.

Sally, por sua vez, enxergava através de tudo isso. Uma das coisas que ele mais se lembrava era de uma discussão, em certa manhã de domingo, sobre os direitos das mulheres (esse assunto antediluviano), quando Sally de repente perdeu a cabeça e, irritada, disse a Hugh que ele representava tudo de mais detestável na classe média britânica. Disse que o considerava responsável pela situação daquelas "pobres garotas em Picadilly" — Hugh, o cavalheiro perfeito, pobre Hugh! — nunca vi um homem parecer tão horrorizado! Ela fez de propósito, admitiu depois (pois os dois costumavam se encontrar na horta para trocar impressões). "Ele nunca leu nada, nunca pensou nada, nunca sentiu nada", ele ainda podia ouvi-la dizer naquela voz enfática que era muito mais alta do que ela imaginava. Os garotos do estábulo têm mais alma que Hugh, disse ela. Ele era o exemplo perfeito de um aluno de escola de elite, disse ela. Não poderia ter saído de nenhum país além da Inglaterra. Ela estava sendo bem cruel por algum motivo; guardava algum rancor contra ele. Algo tinha acontecido — ele já não lembrava mais o quê — no fumódromo. Ele havia a insultado — a beijado? Incrível! Ninguém acreditava em nada que se dizia contra Hugh, é claro. Quem acreditaria? Beijar Sally no fumódromo! Se ainda tivesse sido uma Honourable Edith ou Lady Violet, mas não a pobretona que era Sally, sem um tostão furado e cujo pai ou mãe viviam jogando em Monte Carlo. Pois de todas as pessoas que ele já conhecera, Hugh era o mais esnobe — o mais obsequioso —, mas não chegava a bajular. Era pedante demais para isso. A melhor comparação seria com um empregado de primeira classe — alguém que andava no encalço carregando malas; em quem podia se confiar para enviar telegramas — indispensável para as damas da sociedade. E ele encontrara seu emprego — se casara com sua Honourable Evelyn; conseguiu uma posiçãozinha na corte, cuidava das adegas do rei, polia as fivelas imperiais, andava de calções e babados de renda. Como a vida era implacável! Um empreguinho na corte!

Ele havia se casado com essa dama, Honourable Evelyn, e Peter achava que eles moravam ali por perto (ao olhar para as casas pomposas em frente ao parque), pois certa vez havia almoçado ali em uma casa que tinha, como tudo que era de Hugh, algo que nenhuma outra casa poderia ter — um armário para roupas de cama, devia ser. A pessoa tinha que ir e olhar — sempre tinha que passar um bom tempo admirando o que quer que fosse — armários de roupa de cama, fronhas, móveis de madeira antiga, quadros, que

Hugh tinha comprado por uma pechincha. Mas Mrs. Hugh às vezes entregava o jogo. Ela era uma dessas mulherezinhas soturnas e com cara de rato que admiram homens importantes. Era quase possível esquecê-la. Até que de repente ela dizia algo muito inesperado — algo mordaz. Talvez guardasse ecos da antiga nobreza. O carvão a vapor era um pouco forte demais para ela — deixa o ar pesado. E então ali viviam, com os armários para roupa de cama e as pinturas de grandes mestres e as fronhas com acabamento de renda, provavelmente por cerca de cinco ou dez mil libras por ano, enquanto ele, que era dois anos mais velho que Hugh, implorava por um emprego.

Aos cinquenta e três anos, tinha que procurá-los e pedir que lhe arranjassem um cargo em alguma secretaria, que encontrassem um emprego de auxiliar, dando aulas de latim para criancinhas, à disposição de um figurão de escritório, algo que lhe rendesse quinhentas libras ao ano; pois se ele se casasse com Daisy, mesmo com sua pensão, não sobreviveriam com menos. Whitbread provavelmente conseguiria lhe arranjar; ou Dalloway. Não via problemas em pedir a Dalloway. Ele era uma boa pessoa; um pouco limitado; meio cabeça de vento; mas uma boa pessoa. Fazia tudo que se propunha da mesma forma prática e sensata; sem nem um toque de imaginação, sem nem um lampejo de criatividade, mas com a gentileza inexplicável de um sujeito como ele. Ele deveria ter sido um proprietário rural — era um desperdício estar na política. Se saía melhor ao ar livre, com cães e cavalos — como se saíra bem, por exemplo, naquela vez em que o cachorro peludo de Clarissa foi pego em uma armadilha e teve metade da pata arrancada, Clarissa ficou tonta e Dalloway resolveu tudo; enfaixou, colocou uma tala, disse para Clarissa parar de bobagem. Talvez fosse disso que ela gostava nele — era do que precisava. "Vamos, querida, pare de bobagem. Segure isso... pegue aquilo". o tempo todo falando com o cachorro como se fosse um ser humano.

Mas como ela podia engolir toda aquela história sobre poesia? Como podia deixar que dissesse aquilo sobre Shakespeare? Sério e solene, Richard Dalloway se empertigava e dizia que nenhum homem decente deveria ler os sonetos de Shakespeare, pois seria como ouvir pelo buraco da fechadura (além disso, não era uma relação que ele aprovava). Nenhum homem decente deixaria a esposa visitar a irmã de uma esposa falecida. Só faltava bombardeá-lo com amêndoas açucaradas — era durante o jantar. Mas Clarissa engolia tudo; considerava aquilo honesto da parte dele; independente da parte dele; só Deus sabe se ela não considerava a mente dele a mais original que já conhecera!

Esse era um dos vínculos que tinha com Sally. Havia um jardim pelo qual costumavam passear, um lugar isolado, com roseiras e couves-flores gigantes — ele ainda se lembrava de Sally pegando uma rosa, parando para admirar a beleza das folhas de repolho sob a luz da lua (era extraordinário como se lembrava de tudo tão vividamente, coisas nas quais ele não pensava havia anos), enquanto implorava, meio de brincadeira é claro, para que ele fugisse com Clarissa, que a salvasse dos Hugh e dos Dalloway e todos os outros "cavalheiros perfeitos" que "sufocariam sua alma" (ela escrevia resmas de poesia naquela época), que a transformariam em uma mera dama da sociedade, encorajando seu mundanismo. Mas era preciso ser justo com Clarissa. Ela não se casaria com Hugh, de qualquer forma. Ela sabia muito bem o que queria. Seus sentimentos ficavam todos na superfície. Por baixo, ela era muito astuta — julgava o caráter das pessoas muito melhor do que Sally, por exemplo, e com tudo o que fazia, era puramente feminina; com aquele talento extraordinário, aquele talento de mulher, de criar um mundo próprio onde quer que estivesse. Ela entrava em um aposento; aguardava, como muitas vezes ele vira, na passagem com várias pessoas ao redor. Mas era Clarissa que ficava na memória. Não por ser deslumbrante; nem mesmo bonita; não havia nada de pitoresco nela; nunca dizia nada particularmente inteligente; no entanto lá estava ela; lá estava ela.

Não, não, não! Ele não estava mais apaixonado por ela! Só parecia, depois de vê-la naquela manhã, entre as tesouras e as sedas, preparando-se para a festa, que não conseguia escapar dos pensamentos a seu respeito; Clarissa continuava a esbarrar nele, como um adormecido em um vagão do trem; e isso não era estar apaixonado, é claro; isso era pensar nela, criticá-la, voltar a, depois de trinta anos, tentar dar sentido a ela. A coisa mais óbvia a ser dita sobre ela era que era mundana; se importava demais com a hierarquia social e em se destacar no mundo — o que, de certa forma, era verdade, ela mesmo admitira. (Ao se dar ao trabalho, sempre podia-se fazer com que admitisse; ela era muito honesta.) Ela dizia que odiava os desleixados, os antiquados, os fracassados, talvez como ele mesmo era; achava que as pessoas não tinham o direito de ficar de bobeira com as mãos nos bolsos; deveriam fazem algo; ser algo; e essas grã-finas, essas duquesas, essas velhas condessas que podiam ser encontradas em seu escritório, em sua opinião infinitamente distantes de qualquer coisa que importasse, para ela representavam algo real. Lady Bexborough, disse certa vez, estava sempre com a cabeça erguida (assim como a própria Clarissa, nunca relaxava em nenhum sentido da palavra; sempre ereta feito uma flecha, na verdade, até um pouco rígida.) Ela disse que elas tinham um tipo de coragem que, com o passar dos anos, ela respeitava cada vez mais. Em tudo isso havia muito de Dalloway, é claro; aquele espírito típico do interesse público, do império britânico, dos reformistas da classe dominante, que havia se enraizado nela, como costuma acontecer. Mesmo com o dobro de sua inteligência, tinha que ver as coisas de seu ponto de vista — uma das tragédias da vida de casada. Mesmo com opinião própria, sempre tinha que estar citando Richard — como se não desse para saber exatamente o que Richard pensava só de ler o *Morning Post*! Essas festas, por exemplo, eram todas para ele, ou pela ideia que ela tinha dele (sendo justo com Richard, ele estaria mais feliz em uma fazenda em Norfolk). Ela fazia da sala de estar uma espécie de espaço de reuniões; era boa nisso. Várias vezes ele a vira pegar um rapaz ainda cru, torcê-lo, transformá-lo, despertá-lo; colocá-lo no caminho certo. Um número infinito de pessoas tediosas se reunia ao redor dela, é claro. Mas apareciam pessoas inesperadas; às vezes um artista; às vezes um escritor; como peixes fora d'água naquele ambiente. E por trás disso tudo, havia um esquema de visitas, deixar cartões, ser gentil com as pessoas; sair por aí com buquês de flores, mimos; fulana estava indo para França... precisava de um colchão inflável; esgotava as forças dela; esse tipo de vaivém que mulheres como ela tinham que manter; mas ela fazia de coração, por um instinto natural.

Por mais estranho que fosse, ela era uma das céticas mais convictas que ele já conhecera, e talvez (essa era uma teoria que ele costumava usar para explicá-la, tão transparente em alguns aspectos e tão incompreensível em outros), talvez dissesse a si mesma, Já que nossa espécie já está condenada, acorrentada a um navio naufragado (sua leitura favorita quando criança era Huxley e Tyndall, e eles adoravam metáforas náuticas), já que é tudo uma piada ruim, que pelo menos façamos nossa parte em mitigar o sofrimento de nossos colegas de cela (Huxley mais uma vez); vamos decorar o calabouço com flores e almofadas infláveis; ser o mais decentes possível. Os deuses, esses miseráveis, não deviam conseguir tudo o que queriam — em sua cabeça, os deuses, que nunca perdiam uma oportunidade de ferir, frustrar, prejudicar as vidas humanas, ficavam realmente desconcertados se, mesmo assim, alguém se comportava feito uma dama. Ela disse isso logo depois da morte de Sylvia — uma situação terrível. Ver a própria irmã ser morta pela queda de uma árvore (tudo culpa de Justin Parry e seu descuido) bem em frente aos seus olhos, uma garota na flor da idade, a mais talentosa entre eles, Clarissa sempre dizia, era o suficiente para deixar alguém rancoroso. Depois, não mostrou mais ter tanta certeza; acreditava que não existiam deuses; que ninguém tinha culpa; e então criou essa religião ateísta de fazer o bem apenas pelo próprio bem.

E é claro que ela aproveitava muito a vida. Era de sua natureza aproveitar (porém, só Deus sabia como ela tinha suas reservas; era só um esboço, muitas vezes sentia, mesmo depois de todos esses anos, que ele tinha de Clarissa). De qualquer forma, não havia amargura nela; nada daquele senso de virtude moral que é tão repulsivo em mulheres boas. Ela gostava de praticamente tudo. Ao caminhar com ela no Hyde Park, uma hora ela era vista ela feliz com o canteiro de tulipas, depois com um bebê no carrinho, e então com algum drama que ela inventava no calor do momento. (Muito provavelmente teria ido falar com aquele casal, se tivesse visto que estavam infelizes.) Ela tinha um senso de humor muito peculiar, mas precisava de outras pessoas, sempre as pessoas, para fazê-lo vir à tona, e o resultado inevitável era que ela desperdiçava o próprio tempo com almoços, jantares, com aquelas festas incessantes, falando bobagens, dizendo coisas que não pretendia, embotando o fio da mente, perdendo o discernimento. Lá ficava à cabeceira da mesa, fazendo esforços infinitos para agradar algum velho que talvez fosse útil a Dalloway — eles conheciam as pessoas mais entediantes da Europa — ou então chegava Elizabeth e tudo perdia espaço para *ela*. Estava no colegial, na fase do silêncio na última vez que ele a visitou, uma garota de olhos redondos, rosto pálido, sem nenhuma semelhança com a mãe, uma criatura quieta e impassível que aceitava tudo, deixava que a mãe fizesse todo aquele alarde em relação a ela para então dizer "Agora posso ir embora?" como uma criança de quatro anos; saindo, explicou Clarissa em uma mistura de divertimento e orgulho que o próprio Dalloway parecia causar nela, para jogar hóquei. E agora Elizabeth estava crescida, supostamente; considerava-o um velhote, ria dos amigos da mãe. Bem, que seja. A recompensa por envelhecer, pensou Peter Walsh enquanto saía do Regent's Park com o chapéu na mão, era simplesmente essa; as paixões continuavam fortes como nunca, mas o sujeito ganhava — por fim! — o poder que adicionava o sabor supremo à existência — o poder de ter o controle de uma experiência e virá-la, lentamente, sob a luz.

Essa era uma confissão terrível (ele voltou a vestir o chapéu), mas agora, aos cinquenta e três anos, mal precisava de outras pessoas. A própria vida, cada momento dela, cada gota dela, aqui, neste instante, agora, no sol, no Regent's Park, bastava. Até demais. Uma vida inteira era pouco para trazer à tona, agora que se tinha o poder, o sabor completo; para extrair cada vestígio de prazer, cada tom de significado; ambos muito mais sólidos no que costumavam ser, muito menos pessoais. Seria impossível sofrer de novo da maneira que Clarissa o fizera sofrer. Por horas a fio (Deus queira que possa dizer essas coisas sem que escutem!), por horas e dias a fio, não pensava em Daisy.

Lembrando-se então da tristeza, da tortura, da paixão extraordinária daqueles dias, será que agora estava apaixonado por ela? Era algo totalmente diferente — algo muito mais agradável —, pois a verdade era, é claro, que agora ela estava apaixonada por ele. E talvez esse seja o motivo pelo qual ele tenha sentido tanto alívio quando o navio partiu, tudo o que mais queria era ficar sozinho; ficou irritado ao encontrar todos os seus pequenos presentes — charutos, bilhetes, um tapete para a viagem — na cabine. Se todos fossem honestos, admitiriam; depois dos cinquenta, ninguém quer pessoas em volta; ninguém quer ficar dizendo às mulheres que são lindas; isso é o que a maioria dos homens de cinquenta diriam se fossem honestos, pensou Peter Walsh.

Mas e esses acessos espantosos de emoções: cair em lágrimas no meio da manhã, por que aquilo? O que Clarissa teria pensado dele? provavelmente que era um tolo, e não pela primeira vez. Era o ciúme que estava por trás daquilo — é o ciúme que perpassa qualquer outro sentimento da humanidade, pensou Peter Walsh, segurando o canivete com o braço estendido. Ela vinha se encontrando com Major Orde, dissera Daisy na última carta; dissera de propósito, ele sabia bem; falou para deixá-lo com ciúme; ele podia até vê-la franzindo a testa ao escrever, pensando no que falar para magoá-lo; e mesmo assim, não fazia diferença; ele estava furioso! Toda essa história de vir à Inglaterra e se encontrar com advogados não era para se casar com ela, e sim para a impedir de se casar com outra pessoa. Era isso o que o torturava, foi isso o que tomou conta dele ao ver Clarissa tão calma, tão fria, tão concentrada no vestido ou qualquer coisa do tipo; perceber do que ela poderia ter lhe poupado, ao que ela o havia reduzido — um velhote resmungão e chorão. Mas as mulheres, pensou, fechando o canivete, não sabem o que é paixão. Clarissa era fria feito gelo. Ficou lá, sentada ao seu lado no sofá, deixou que pegasse sua mão, deu um beijo em sua bochecha. Ele chegou no cruzamento.

Um som o interrompeu; um som baixo e trêmulo, uma voz ecoando sem direção, vigor, início ou fim, fluindo fraca e estridente e sem qualquer significado humano em

ee um fah um so
foo swee too eem oo

a voz sem idade ou gênero, a voz de uma fonte antiga jorrando da terra; que vinha do outro lado da estação de metrô do Regent's Park, de uma figura alta e trêmula, como um funil, como uma bomba enferrujada, como uma árvore castigada pelo vento, para sempre desprovida de folhas, que deixa o vento correr para cima e para baixo em seus galhos, cantando

ee um fah um so
foo swee too eem oo

e balança e range e geme na eterna brisa.

Atravessando todas as eras — quando a calçada era grama, quando era um pântano, atravessando a era da presa e do mamute, atravessando a era do amanhecer silencioso, a mulher maltratada — já que vestia uma saia — com a mão direita exposta, a esquerda segurando o flanco, permanecia cantando sobre o amor — um amor que durara um milhão de anos, um amor que perdurava, e há milhões de anos, seu amante, que estava morto havia séculos, passeara, cantou, com ela em maio; mas com a passagem das eras, tão longas quanto os dias de verão, e ardentes, lembrou, com nada além de ásteres vermelhos, ele partira; a foice gigante da morte varrera aquelas enormes colinas, e quando ela por fim deitou sua cabeça grisalha e envelhecida na terra, que agora se reduzira a gelo, implorou aos deuses para que posicionassem ao seu lado um maço de urze violeta, no alto de sua sepultura que era agraciada pelos últimos raios do último sol; pois então o espetáculo do universo acabaria.

Enquanto a antiga canção borbulhava em frente à estação de metrô do Regent's Park, a terra continuava verde e florida, embora emitida de uma boca tão rude, uma mera fenda na terra, lamacenta também, emaranhada com raízes e gramas, ainda assim a canção brotava borbulhante, empapando as raízes entrançadas de infinitas eras, e esqueletos e tesouros, fluía em filetes pela calçada e pela Marylebone Road, seguindo até Euston e deixando uma mancha úmida e fertilizante.

Ainda se lembrando de certo maio primaveril em que caminhou com seu amado, essa bomba enferrujada, essa velha maltratada com a mão estendida pedindo moedas, a outra apertando o flanco, ainda estaria lá em dez milhões de anos, lembrando-se de quando caminhou em maio, onde agora o oceano flui, com quem não importava — era um homem, ah, sim, um homem que a amara. Mas o passar dos anos havia dissipado a claridade daquele antigo dia de maio; as flores de pétalas brilhantes estavam pálidas e embranquecidas pela neve; e ela já não via, ao implorar a ele (como claramente fazia agora) "olhe para mim com seus doces e atentos olhos", não via mais olhos castanhos, costeletas pretas ou rosto bronzeado, mas uma figura sinistra, uma figura sombria, para a qual, com o frescor de pássaro dos anciões, ela ainda chilreava "dê-me sua mão e deixe que eu a aperte gentilmente" (Peter Walsh não conseguiu se negar a dar uma moeda para a pobre criatura ao entrar no táxi) "e se alguém vir, de que importa?", perguntou ela com o punho fechado ao lado do corpo, e sorriu, guardando o xelim, e todos os olhares inquisitivos pareceram se apagar, e as gerações passando — a calçada estava lotada de pessoas da classe média — sumiram, feito folhas, para serem pisoteadas, encharcadas, maceradas e transformadas em mofo por aquela fonte eterna —

> ee um fah um so
> foo swee too eem oo

— Pobre senhora — disse Rezia Warren Smith. Ah, pobre coitada!, disse, esperando para atravessar.

E se chovesse à noite? E se o pai dela, ou alguém que a tivesse conhecido em dias melhores, passasse e a visse ali, na sarjeta? E onde ela dormia à noite?

Alegre, quase animado, o fio invencível da canção subiu no ar feito a fumaça da chaminé de uma casinha, serpeando por entre as faias limpas e se dissolvendo em um tufo de fumaça azul entre as folhas mais altas. "E se alguém vir, de que importa?"

Por estar havia semanas e semanas tão infeliz, Rezia passou a dar significado aos acontecimentos, às vezes quase sentia que precisava parar as pessoas na rua, se parecessem boas e gentis, apenas para dizer "Estou infeliz"; e essa senhora que cantava "E se alguém vir, de que importa?" na rua de repente fez com que ela sentisse que tudo ficaria bem. Eles visitariam Sir William Bradshaw; ela gostava de como o nome dele soava; ele finalmente curaria Septimus. E então viu a carroça do cervejeiro, e seus cavalos cinza tinham cerdas de palha espetadas na cauda; viu os anúncios de notícias. Ser infeliz era um sonho tão, tão tolo.

Então eles atravessaram, Mr. e Mrs. Septimus Warren Smith, e havia, afinal, qualquer coisa que atraísse a atenção a eles, qualquer coisa que faria um transeunte desconfiar que ali havia um rapaz que carregava a mais importante mensagem do mundo, e que é ao mesmo tempo o homem mais feliz e miserável do mundo? Talvez andassem mais devagar do que o resto das pessoas, e havia algo de hesitante, que se arrastava, no passo do homem, mas era mais do que o normal para um escrituário que não vinha à West End em um dia útil havia anos, ficar encarando o céu, observando isso, aquilo e aquilo outro, como se Portland Place fosse um aposento no qual ele entrara enquanto a família estava ausente, os lustres pendurados e embalados, e a zeladora, ao erguer a ponta de uma das persianas e deixar entrar faixas de luz empoeiradas que pousam nas poltronas esquisitas e desertas, explica aos visitantes o quanto aquele é um lugar incrível; o quanto é incrível, mas ao mesmo tempo, pensa ele, o quanto é estranho.

À primeira vista, poderia muito bem ser um escriturário, mas do melhor tipo; já que calçava botas marrons; tinha mãos bem-cuidadas; seu perfil também — anguloso, com um nariz grande, um perfil inteligente e racional; mas não os lábios, já que eram frouxos; e seus olhos (como olhos costumam ser) eram só olhos; castanhos, grandes; assim ele era, no conjunto, uma mistura, nem uma coisa, nem outra; talvez acabasse comprando uma casa em Purley e um automóvel, ou talvez continuasse alugando apartamentos em ruelas por toda a vida; era um daqueles homens semieducados e responsáveis pela própria educação, que aprendem tudo de livros emprestados de bibliotecas públicas, lidos à noite depois do expediente, por recomendação de autores famosos consultados por cartas.

Quanto às outras experiências, as solitárias, aquelas que as pessoas enfrentam sozinhas, em seus quartos, em seus escritórios, andando pelos campos e ruas de Londres, ele passou por elas; saiu de casa quando era apenas um garoto, por causa da mãe; ela mentiu; porque ele desceu para o chá com as mãos sujas pela quinquagésima vez; porque ele não via futuro para um poeta em Stroud; então, fazendo a irmãzinha de confidente, fugiu para Londres, deixando para trás um bilhete absurdo, como homens importantes escrevem e o mundo lê mais tarde quando a história de suas dificuldades fica famosa.

Londres já havia engolido milhares de rapazes de nome Smith; não dava a mínima importância para nomes de batismo fantásticos como Septimus, que seus pais davam na intenção de distingui-los. Morando na Euston Road, houve experiências, de novo com as experiências, como a mudança, em dois anos, de um rosto corado, redondo e inocente para um rosto magro, franzido, hostil. Mas quanto a tudo isso, o que até mesmo o mais observador dos amigos poderia ter dito, exceto pelo que um jardineiro diz ao abrir a porta da estufa na manhã e encontrar uma nova flor em sua planta: floresceu; floresceu da vaidade, ambição, idealismo; paixão, solidão, coragem, preguiça, as sementes de sempre, que, misturadas (em um quarto na Euston Road), tornaram-no tímido, gaguejante, ansioso para se aprimorar, fizeram com que se apaixonasse por Miss Isabel Pole, que lecionava sobre Shakespeare na Waterloo Road.

Ele não era como Keats? Perguntou-se; e refletiu sobre deixá-lo experimentar *Antônio e Cleópatra* e os outros; emprestou-lhe livros; escreveu-lhe cartas; e acendeu nele um fogo que só queima uma vez na vida, sem calor, uma chama vermelho-dourada que tremeluzia infinitamente etérea e insubstancial sobre Miss Pole; *Antônio e Cleópatra;* e Waterloo Road. Ele a achava linda; perfeitamente sábia; escrevia-lhe poemas, que, ignorando o tema, ela corrigia em tinta vermelha; certa noite de verão, ele a vira passeando em uma praça com um vestido verde. "Floresceu", o jardineiro poderia ter dito caso ele tivesse aberto a porta; caso tivesse entrado em qualquer noite dessa época e encontrasse-o escrevendo; encontrasse-o rasgando o que escreveu; encontrasse-o terminando uma obra-prima às três da manhã e saindo para andar pelas ruas, e visitar igrejas, e jejuar um dia, beber no outro, devorar Shakespeare, Darwin, *A História da Civilização* e Bernard Shaw.

Mr. Brewer sabia que algo estava acontecendo; Mr. Brewer, escriturário na Sibleys and Arrowmiths, leiloeiros, avaliadores, agentes imobiliários e de propriedades; algo estava acontecendo, pensou, tendo um sentimento paternal com seus rapazes, e estimando muito as habilidades de Smith, e profetizando que, em dez ou quinze anos, ele passaria a se sentar na poltrona de couro sob a claraboia com várias caixas de documentos ao redor, "se mantiver-se saudável", disse Mr. Brewer, e o perigo era esse — ele parecia fraco; sugeriu que jogasse futebol; convidou-o para jantar e estava pensando em uma forma de sugerir um aumento de salário, quando aconteceu algo que acabou com muitos dos planos de Mr. Brewer, levou embora os melhores de seus rapazes e, por fim, tão insidiosos e invasivos eram os dedos da Guerra Europeia que quebraram uma estátua de gesso de Ceres, fizeram um rombo nos canteiros de gerânio, e arruinaram totalmente os nervos da cozinheira na residência de Mr. Brewer, em Muswell Hill.

Septimus foi um dos primeiros a se voluntariar. Ele foi à França salvar uma Inglaterra que consistia basicamente em peças de Shakespeare e Miss Isabel Pole passeando em uma praça com um vestido verde. Lá nas trincheiras, a mudança que Mr. Brewer desejava ao sugerir que jogasse futebol surgiu instantaneamente; ele desenvolveu a masculinidade; foi promovido; conquistou a atenção e até o afeto de seu superior, chamado Evans. Eram como dois cães brincando no tapete da lareira; um mastigando um papel, rosnando, latindo, dando uma mordiscada ou outra na orelha do cachorro mais velho; o outro deitado sonolento, piscando para o fogo, erguendo uma pata, virando-se e rosnando contente. Tinham que ficar juntos, compartilhar entre si, brigar, discutir. Mas quando Evans (Rezia, que só o vira uma vez, chamara-o de "quieto", um homem ruivo robusto, discreto na companhia de mulheres), quando Evans foi morto na Itália logo antes do armistício, Septimus, longe de demonstrar qualquer emoção ou de reconhecer que aquele era o fim de uma amizade, parabenizou-se por sentir muito pouco e muito racionalmente. Como a Guerra o havia ensinado. Era sublime. Ele havia passado por todo o espetáculo, amizade, Guerra Europeia, morte, uma promoção, ainda não tinha nem trinta anos e estava fadado a sobreviver. Ele estava bem ali. As últimas bombas não o atingiram. Ele as observou explodir com indiferença. Quando a paz se firmou, ele estava em Milão, estabelecido na casa de um estalajadeiro com pátio, flores em bacias, mesinhas a céu aberto, filhas produzindo chapéus, e com Lucrezia, a mais jovem, noivou em uma noite ao ser tomado pelo pânico — de que não tinha capacidade de sentir.

Pois agora que tudo havia acabado, a trégua assinada, e os mortos enterrados, ele tinha, especialmente à noite, esses choques repentinos de medo. Ele não tinha capacidade de sentir. Ao abrir a porta do quarto onde as garotas italianas produziam chapéus, ele podia vê-las; podia escutá-las; estavam colocando contas coloridas em um fio de arame; estavam virando os moldes de entretela de um lado para o outro; a mesa estava coberta por penas; lantejoulas; tecidos; rendas; tesouras batiam na mesa; mas algo lhe faltava; ele não conseguia sentir. Ainda assim, as tesouras batendo, garotas rindo, chapéus sendo produzidos o protegiam; tinha a garantia da segurança; tinha um refúgio. Mas ele não podia passar a noite sentado ali. Às vezes acordava bem cedinho. A cama estava caindo; ele estava caindo. Ah, pelas tesouras e a luz do lampião e os moldes de entretela! Ele pediu a mão de Lucrezia em casamento, a mais nova das duas, a animada, a fútil, com seus dedinhos de artesã que ela levantava e dizia "está tudo neles". Seda, penas, tudo ganhava vida neles.

— A coisa mais importante é o chapéu — dizia ela quando passeavam juntos. Ela examinava todo chapéu que passava; e a capa e o vestido e a forma como a mulher se portava. Ela criticava as malvestidas e exageradas com discrição, pequenos movimentos impacientes da mão, como um pintor que afasta de si uma impostura óbvia, gritante, mas bem-intencionada; e então, com generosidade, mas sempre crítica, ela reconhecia uma vendedora que havia dado um toque elegante ao seu negócio, ou elogiava abertamente, com entusiasmo e conhecimento profissional, uma dama francesa descendo da carruagem, vestida em pele de chinchila, mantos e pérolas.

— Que lindo — murmurava, cutucando Septimus para que ele visse. Mas a beleza ficava atrás de um painel de vidro. Nem o sabor (Rezia gostava de sorvetes, chocolates doces) lhe trazia prazer. Ele colocou a xícara na mesinha de mármore. Olhou para as pessoas do lado de fora; pareciam felizes, reunindo-se no meio da rua, gritando, rindo, discutindo por nada. Mas ele não conseguia saborear, não conseguia sentir. Na loja de chás, em meio às mesas e garçonetes tagarelas, aquele medo paralisante tomou conta dele: ele não era capaz de sentir. Conseguia pensar; conseguia ler Dante, por exemplo, com muita facilidade ("Septimus, por favor, largue o livro", disse Rezia, fechando *A Divina Comédia* com gentileza), conseguia fazer contas; seu cérebro estava em perfeita condição; devia ser culpa do mundo, então — ele não ser capaz de sentir.

— Os ingleses são tão quietos — disse Rezia. Ela gostava, dizia. Respeitava os homens ingleses, e queria ver Londres, e os cavalos ingleses, e os ternos de alfaiataria, e lembrava-se de que sua tia, que se casara e morava em Soho, dissera que as lojas lá eram incríveis.

Talvez fosse possível, pensou Septimus, observando a Inglaterra pela janela do trem, enquanto partiam de Newhaven; talvez fosse possível que o próprio mundo não tivesse significado.

No escritório, o promoveram para um cargo de responsabilidade considerável.

Tinham orgulho dele, havia sido condecorado.

— Você já cumpriu seu dever; agora cabe a nós... — começou Mr. Brewer; e não conseguiu completar, tamanha era sua emoção. Eles foram viver em ótimos aposentos na Tottenham Court Road.

Então ele voltou a abrir Shakespeare. Aquela obsessão juvenil pela linguagem — Antônio e Cleópatra — havia murchado totalmente. Como Shakespeare desprezava a humanidade: se vestir, conceber filhos, a sordidez da boca e do estômago. Isso agora era revelado a Septimus; a mensagem escondida na beleza das palavras. O sinal secreto de que uma geração passa a outra em segredo é o ódio, o desprezo, o desespero. Assim foi com Dante. E igual com Aeschylus (traduzido). Lá, Rezia sentava-se à mesa enfeitando chapéus. Ela enfeitava chapéus para as amigas de Mrs. Filmer; era paga pela hora. Ela parecia pálida, misteriosa, como um lírio afogado, debaixo d'água, pensou ele.

— Os ingleses são tão sérios — dizia ela, envolvendo Septimus com os braços, encostando a bochecha à dele.

O amor entre um homem e uma mulher era repulsivo para Shakespeare. Achava a coisa da cópula imunda até o fim. Porém, Rezia disse, tinham que ter filhos. Já estavam casados havia cinco anos.

Visitaram a Torre de Londres juntos; o Museu Victoria and Albert; esperaram com a multidão para ver o Rei abrir o Parlamento. E havia as lojas — lojas de chapéu, lojas de vestido, lojas com bolsas de couro na vitrine, onde ela parava para ficar admirando. Mas tinha que ter um menino.

Ela tinha que ter um filho como Septimus, disse. Mas ninguém nunca poderia ser como Septimus; tão gentil; tão sério; tão inteligente. Será que ela não poderia ler Shakespeare também? Shakespeare era um autor difícil?, perguntou ela.

Não era certo trazer uma criança a um mundo como este. Não era certo perpetuar o sofrimento ou multiplicar a espécie desses animais lascivos, que não têm sentimentos duradouros, só desejos e vaidades, levando-os para um lado e depois a outro.

Ele a observava aparar, modelar, como alguém observa um pássaro pular e voar na grama, sem ousar levantar sequer um dedo. Pois a verdade era (e ela que ignorasse) que os seres humanos não demonstram bondade, fé ou generosidade para além daquilo que serve para aumentar o prazer de um momento. Eles caçam em matilhas. As matilhas vasculham o deserto e somem uivando ao horizonte. Abandonam os feridos. Têm o rosto revestido de escárnio. Como Brewer no escritório, com seu bigode modelado, alfinete coral na gravata, camisa branca e emoções amistosas — por dentro, era frio e pegajoso — seu gerânios arruinados na Guerra —, os nervos de sua cozinheira destruídos; ou então Amelia Não Sei Do Quê, que oferecia xícaras de chá exatamente às cinco — uma megera obscena, repulsiva e desprezível; e os Tom e Berties, suas camisas engomadas pingando gotas grossas de perversão. Mal sabiam que ele os desenhava nus em seu caderninho. Na rua, furgões passavam rapidamente por ele; a violência era exposta nas manchetes; homens presos nas minas; mulheres queimadas vivas; e certa vez passou por ele uma fila de lunáticos sendo exibidos na Tottenham Court Road para a diversão da ralé (que gargalhava), cambaleando e assentindo e sorrindo para eles, em parte como quem pede desculpa, mas também triunfante, por infligir sua desgraça desesperadora. E será que ele enlouqueceria?

Durante o chá, Rezia disse a ele que a filha de Mrs. Filmer estava grávida. Ela não podia envelhecer sem ter filhos! Era muito solitária, muito infeliz! Pela primeira vez desde que se casaram, ela chorou. De longe a ouviu soluçando; ouviu com precisão, notou com clareza; comparou ao som de um pistão batendo. Mas não sentiu nada.

Sua esposa chorava e ele não sentia nada; porém, a cada vez que ela soltava um daqueles soluços profundos, silenciosos, desesperançosos, ele entrava mais dentro do abismo.

Por fim, com um gesto dramático que ele considerou forçado e totalmente ciente da própria insinceridade, ele levou a cabeça às mãos. Agora havia se rendido; agora outras pessoas precisavam ajudá-los. Era preciso chamar alguém. Ele desistira.

Nada podia fazê-lo se levantar. Rezia o colocou na cama. Chamou um médico — Dr. Holmes, que atendia Mrs. Filmer. Dr. Holmes o examinou. Não havia nada de errado, disse Dr. Holmes. Ah, que alívio! Que homem gentil, que homem bondoso!, pensou Rezia. Quando se sentia assim, ele ia ao teatro, disse Dr. Holmes. Tirava um dia de folga e ia jogar golfe com a esposa. Por que não tenta dar a ele duas pastilhas de brometo dissolvidas na água antes de dormir? Essas casas velhas de Bloomsbury, disse Dr. Holmes batendo na parede, muitas vezes têm ótimos painéis, que os proprietários fazem o desserviço de cobrir com papel. Outro dia mesmo, ao visitar um paciente, Senhor Fulano de Tal, na Bedford Square...

Então não havia desculpa; nada de errado, exceto o pecado pelo qual fora condenado até a morte pela natureza humana: não era capaz de sentir. Não se importara quando Evans foi morto; isso foi o pior; mas todos os outros crimes ergueram a cabeça, apontaram o dedo e zombaram e escarneceram, por cima do gradil da cama, de manhã bem cedinho, o corpo prostado que percebia sua degradação; de como se casara com a esposa sem a amar; mentira para ela; a enganara; ultrajara Miss Isabel Pole; e estava tão marcado e cheio de cicatrizes pela perversão que as mulheres estremeciam ao passar por ele na rua. O veredicto da natureza humana sobre um ser tão miserável era a morte.

Dr. Holmes visitou novamente. Um homem grande, corado, bonito, tirando o pó das botas, olhando-se no espelho, descartou tudo — dores de cabeça, insônia, medos, sonhos — sintomas nervosos e nada além, disse. Se Dr. Holmes percebesse que seu peso estava sequer meio quilo abaixo de setenta, pedia à esposa que preparasse outro prato de mingau no desjejum. (Rezia aprenderia a preparar mingau). Porém, continuou, a saúde muitas vezes está sob nosso controle. Envolva-se em atividades ao ar livre; desenvolva um passatempo. Ele abriu Shakespeare — Antônio e Cleópatra; afastou Shakespeare. Algum passamento, disse Dr. Holmes, ele mesmo devia sua própria saúde (e ele trabalhava tanto quanto qualquer homem de Londres) ao fato de que sempre dividia sua atenção entre os pacientes e mobília antiga. E que belo pente, se lhe permitiam dizer, Mrs. Warren Smith estava usando!

Quando o idiota apareceu mais uma vez, Septimus se recusou a vê-lo. Foi mesmo?, disse Dr. Holmes com um sorriso amistoso. Na verdade, teve que dar um empurrãozinho naquela dama simpática, Mrs. Smith, para passar por ela e entrar no quarto do marido.

— Então está para baixo — disse, amistoso, sentando-se ao lado do paciente. Ele tinha mesmo falado que se mataria à esposa, uma ótima garota, estrangeira, não era? Isso não deu a ela uma impressão muito esquisita dos maridos ingleses? Será que ele não tinha um dever para com a esposa? Não era melhor fazer alguma coisa que não fosse ficar deitado na cama? Pois ele tinha quarenta anos de experiência; e Septimus podia confiar na palavra de Dr. Holmes: não havia nada de errado com ele. E Dr. Holmes esperava encontrar Smith fora da cama na próxima vez que viesse, e não fazendo com que aquela dama encantadora que era sua esposa se preocupasse com ele.

A natureza humana, resumindo, estava de olho nele — aquela criatura repulsiva, com narinas da cor de sangue. Holmes estava de olho nele. Dr. Holmes aparecia todos os dias, sem falta. Uma vez que você tropeça, Septimus escreveu atrás de um cartão postal, a natureza humana te alcança. Holmes te alcança. A única chance que tinham era de escapar; sem avisar a Holmes; para a Itália — para qualquer lugar, qualquer lugar, longe de Dr. Holmes.

Mas Rezia não conseguia compreendê-lo. Dr. Holmes era um homem tão gentil. Tão preocupado com Septimus. Só queria ajudá-los, disse. Ele tinha quatro filhos pequenos e a havia convidado para um chá, disse a Septimus.

Então ele tinha sido abandonado. O mundo inteiro gritava: mate-se, mate-se, pelo nosso bem. Mas por que deveria se matar pelo bem deles? A comida era agradável; o sol era quente; e essa história de se matar, como alguém fazia, com uma faca de pão, de forma terrível, com rios de sangue, — inalando um cano de gás? Ele estava fraco demais; mal conseguia erguer a mão. Além disso, agora que estava sozinho, condenado, abandonado, sozinho como aqueles que estão prestes a morrer se encontram, havia um certo deleite naquilo, um isolamento sublime; uma liberdade da qual os apegados nunca terão ciência. Holmes tinha vencido, é claro; aquele monstro de narinas vermelhas havia ganhado. Mas nem mesmo Holmes podia tocar esta última relíquia nos confins do mundo, esta pária, que olhava para as regiões inabitadas, que se deitava, feito um marinheiro afogado, na costa do mundo.

Foi neste momento (Rezia tinha ido às compras) que uma grande revelação o acometeu. Uma voz falou por detrás do biombo. Evans estava falando. Os mortos estavam com ele.

— Evans! Evans! — gritou.

— Mr. Smith está falando sozinho — gritou Agnes, a criada, para Mrs. Filmer na cozinha.

— Evans! Evans! — dissera ele quando ela apareceu com a bandeja. Ela pulou de susto. Saiu correndo escada abaixo.

E Rezia chegou com suas flores, atravessou o quarto, e colocou as rosas no vaso, o qual o sol atingia diretamente, e ria, saltitando pelo quarto.

Ela precisou comprar as flores, disse Rezia, de um pobre na rua. Mas já estavam quase mortas, disse, ajeitando as rosas.

Então havia um homem lá fora; provavelmente Evans; e as rosas, que Rezia disse que estavam quase mortas, foram colhidas por ele em campos da Grécia. Comunicação é saudável; comunicação é felicidade. Comunicação, murmurou.

— Do que está falando, Septimus? — perguntou Rezia, olhos arregalados de medo, já que ele falava sozinho.

Ela pediu que Agnes fosse correndo chamar Dr. Holmes. Seu marido, disse ela, estava louco. Ele mal a reconhecia.

— Seu monstro! Seu monstro! — gritou Septimus ao ver a natureza humana, ou seja, Dr. Holmes, entrar no quarto.

— Que confusão é essa — disse Dr. Holmes, da forma mais amistosa do mundo.

— Está falando bobagens para assustar sua esposa? — Mas ele lhe daria algo para dormir. E se fossem pessoas ricas, disse Dr. Holmes, olhando o quarto com ironia, que fossem à Harley Street; se não confiavam nele, disse Dr. Holmes, não parecendo mais tão gentil.

Foi exatamente ao meio-dia; doze horas pelo Big Ben; cuja badalada flutuou pela parte norte de Londres; unindo-se às dos outros relógios, misturando-se de uma forma discreta e etérea com as nuvens e fios de fumaça, e dissipando-se lá no alto com as gaivotas — a badalada do meio-dia soou quando Clarissa Dalloway estirou seu vestido verde na cama e os Warren Smith seguiram pela Harley Street. Estavam marcados para o meio-dia. Provavelmente, pensou Rezia, aquela casa com o automóvel cinza na frente é do Sir William Bradshaw. Os anéis de chumbo dissolveram-se no ar.

Era mesmo — o automóvel de Sir William Bradshaw; baixo, poderoso, cinza e com as iniciais gravadas no painel, como se as pompas da heráldica fossem incongruentes, esse homem, o servente fantasmagórico, o sacerdote da ciência; e, assim como o automóvel era cinza, para combinar com a sobriedade suave, mantas de pele cinza e tapetes prateados foram espalhados no interior para manter sua esposa aquecida enquanto esperava. Já que Sir William muitas vezes viajava quase cem quilômetros ou mais campo adentro para visitar os ricos, os aflitos, que podiam custear o preço alto que Sir William cobrava por seu atendimento. Sua esposa aguardava uma hora ou mais com os tapetes sobre os joelhos, encostada, às vezes pensando no paciente e, às vezes, como era de se esperar, na montanha de dinheiro que crescia a cada minuto que passava; a montanha de dinheiro que crescia entre eles e em todas as mudanças e ansiedades (ela os enfrentou bravamente; eles haviam passado por problemas) até que ela se sentia confortada por um oceano tranquilo, onde sopram apenas ventos aromáticos; respeitada, admirada, invejada, sem precisar desejar por quase nada, apesar de se arrepender de ter engordado; grandes jantares todas as noites de quinta para os colegas de profissão; às vezes um bazar que precisava organizar; homenagens à realeza; pouquíssimo tempo, portanto, com seu marido, cujo trabalho só aumentava; tinha um filho bem-sucedido em Eton; gostaria de ter tido uma filha também; interesses, no entanto, ela tinha aos montes; o bem-estar das crianças; o cuidado com os epiléticos, e a fotografia, de modo que, se passasse por uma igreja em construção ou uma igreja em ruínas, ela subornava o sacristão, pegava a chave e tirava fotos, que mal podiam ser diferenciadas de um trabalho profissional, enquanto aguardava.

Sir William já não era mais jovem. Ele havia trabalhado muito; conquistara seu prestígio por puro talento (já que era filho de um lojista); amava a profissão que tinha; era uma ótima figura em cerimônias e falava bem — tudo isso havia lhe dado uma aparência cansada, pesada, quando foi condecorado (o fluxo incessante de pacientes, as responsabilidades e privilégios de sua profissão tão onerosa), tal cansaço, junto ao seu cabelo grisalho, acrescentou a distinção extraordinária de sua presença e deu-lhe a reputação (de suma importância ao tratar de doenças nervosas) não apenas de uma habilidade lampejante e precisão de diagnóstico quase infalível, mas de simpatia; tato; compreensão da alma humana. Enxergou assim que entraram na sala (chamavam-se Warren Smiths); teve certeza assim que viu o homem; era um caso extremamente grave. Era um caso de completo colapso — um colapso físico e nervoso, todos os sintomas já em estágio avançado, ele aferiu em dois ou três minutos (anotando as respostas, murmurou discretamente, em um cartão rosa).

Há quanto tempo Dr. Holmes o estava tratando? Seis semanas.

Prescreveu um pouco de brometo? Disse que não havia nada de preocupante? Ah, sim (esses clínicos gerais!, pensou Sir William. Passou metade da consulta desfazendo suas trapalhadas. Algumas já eram irreparáveis).

— Serviu à Guerra com grande honra?

O paciente repetiu a palavra "guerra" de forma interrogativa.

Estava atribuindo significados simbólicos às palavras. Um sintoma sério que precisava ser anotado no cartão.

— A Guerra? — perguntou. A Guerra Europeia? Aquela reuniãozinha de garotos com pólvora? Tinha servido com grande honra? Não se lembrava. Na Guerra em si, ele tinha falhado.

— Sim, serviu com grande honra — confirmou Rezia ao médico. — Foi promovido.

— E você é muito respeitado no escritório? — murmurou Sir William, olhando de relance a carta de palavras generosas escrita por Mr. Brewer. — Então não há nenhum motivo de preocupação, nenhum problema financeiro, nada?

Ele havia cometido um crime terrível e a natureza humana o condenara à morte.

— Eu... eu — começou a falar — cometi um crime...

— Ele não fez absolutamente nada de errado — Rezia assegurou ao doutor. Se Mr. Smith pudesse esperar, disse Sir William, ele conversaria com Mrs. Smith na sala ao lado. Seu marido estava seriamente doente, disse Sir William. Ele ameaçou se suicidar?

Ah, ameaçou, sim, exclamou ela. Mas não falou sério, disse ela. É claro que não. Era só uma questão de repouso, disse Sir William; repouso, repouso, repouso; um bom repouso na cama. Havia uma casa adorável no campo onde o marido dela seria muito bem cuidado. Longe dela?, perguntou Rezia. Infelizmente, sim; as pessoas com as quais mais nos importamos não nos fazem bem quando estão doentes. Mas ele não estava louco, estava? Sir William respondeu que nunca mencionou "loucura"; referia-se àquilo como a perda de um senso de proporção. Mas seu marido não gostava de médicos. Se recusaria a ir. De forma breve e gentil, Sir William explicou a gravidade da situação. Ele ameaçara se matar. Não havia alternativa. Era uma questão de lei. Ele repousaria na cama de uma bela casa no campo. As enfermeiras eram ótimas. Sir William o visitaria uma vez por semana. Se Mrs. Warren Smith realmente não tivesse mais nenhuma pergunta — ele nunca apressava os pacientes — voltariam a se reunir com seu marido. Ela não tinha mais nada a perguntar — não a Sir William.

Então se juntaram ao mais exaltado entre os homens; o criminoso que enfrentou seus juízes; a vítima exposta nas alturas; o fugitivo; o marinheiro afogado; o poeta da ode imortal; o Senhor que havia ido da vida à morte; a Septimus Warren Smith, sentado na poltrona sob a claraboia, fitando uma fotografia de Lady Bradshaw vestida para a corte, murmurando palavras sobre beleza.

— Já conversamos — disse Sir William.

— Ele disse que você está seriamente doente — disse Rezia.

— Estamos organizando tudo para que vá a uma casa de repouso — disse Sir William.

— Uma das casas de Holmes? — desprezou Septimus.

O sujeito causava uma péssima impressão. Pois dentro de Sir William, cujo pai era comerciante, havia um respeito natural pela educação e boa vestimenta, que se ofendia com o desleixo; ainda mais profundamente, havia em Sir William, que nunca tivera tempo para ler, um rancor, bem enterrado, contra pessoas cultas que apareciam em seu consultório e insinuavam que médicos, cuja profissão é uma tensão constante entre todas as mais elevadas faculdades, não eram homens inteligentes.

— Uma de minhas casas, Mr. Warren Smith — disse ele —, onde ensinaremos o senhor a repousar.

E havia só mais uma coisa.

Ele tinha certeza de que, quando estava bem, Mr. Warren Smith seria a última pessoa do mundo que poderia assustar a esposa. Mas ele falara em se matar.

— Todos temos nossos momentos de depressão — disse Sir William.

Assim que você tropeça, repetiu Septimus para si mesmo, a natureza humana te alcança. Holmes e Bradshaw te alcançam. Vasculham o deserto e somem uivando ao horizonte. O cavalinho e os anjinhos de tortura são implementados. A natureza humana é impiedosa.

— Ele já foi tomado por impulsos? — perguntou Sir William, com a caneta no cartão rosa.

— Isso é da minha conta — respondeu Septimus.

— Ninguém vive só para si mesmo — disse Sir William, olhando para a fotografia da esposa vestida para a corte.

— E você tem uma carreira brilhante pela frente — disse Sir William. A carta de Mr. Brewer estava sobre a mesa. — Uma carreira excepcionalmente brilhante.

Mas e se ele confessasse? E se comunicasse? Então o deixariam em paz, Holmes e Bradshaw?

— Eu... eu... — gaguejou.

Mas qual foi seu crime? Não conseguia se lembrar.

— Sim? — encorajou Sir William. (Mas estava ficando tarde.) Amor, árvores, não há crime — qual era a mensagem?

— Eu... eu... — gaguejou Septimus.

— Tente pensar o menos possível em si mesmo — disse Sir William com gentileza. Ele realmente não podia ficar sozinho.

Tinham mais alguma pergunta? Sir William organizaria (murmurou para Rezia) e a avisaria entre cinco e seis da tarde.

— Podem deixar tudo comigo — disse ele, e os dispensou.

Rezia nunca, nunca, tinha sofrido tanto em sua vida! Pedira ajuda e fora abandonada! Ele falhou com o casal! Sir William Bradshaw não era um bom homem.

Só a manutenção daquele automóvel deve custar uma fortuna, disse Septimus, quando saíram da casa.

Ela segurou seu braço. Tinham sido abandonados. Mas o que além disso ela poderia querer?

Dedicava quarenta e cinco minutos aos pacientes; e se, nessa ciência rigorosa que lida com algo sobre o qual, afinal de contas, nada sabemos — o sistema nervoso, o cérebro humano — um doutor perde o senso de proporção, então ele falhou como médico. Precisamos ter saúde; e saúde é proporção; então, quando um homem entra em seu consultório dizendo que é Cristo (uma ilusão comum), e que tem uma mensagem, como a maioria tem, e ameaça, como a maioria faz, se matar, é necessário invocar a proporção; recomendar que repouse; um repouso solitário; silêncio e repouso; repouso sem amigos, sem livros, sem mensagens; seis meses de repouso; até que aquele que chegou pesando quarenta e sete quilos, saia pesando setenta e seis.

Proporção, a divina proporção, deusa de Sir William, foi conquistada por ele ao caminhar por hospitais, pescar salmão, gerar um filho na Harley Street com Lady Bradshaw, que também pescava salmões e tirava fotos que mal podiam ser diferenciadas da obra de profissionais. Ao venerar a proporção, Sir William não prosperava sozinho, mas fazia a Inglaterra prosperar, confinava seus lunáticos, castigava o desespero, impossibilitava que os desajustados propagassem suas ideias até que eles também compartilhassem de seu senso de proporção — o dele, se fossem homens, e o de Lady Bradshaw, se fossem mulheres (ela bordava, tricotava, passava quatro noites da semana em casa com o filho), de forma que não só seus colegas o respeitavam e os subordinados o temiam, mas os amigos e parentes de seus pacientes nutriam a mais sincera gratidão por insistir que esses Cristos proféticos, que profetizavam o fim do mundo, ou o advento de Deus, tomassem leite na cama, sob ordens de Sir William; Sir William tinha trinta anos de experiência com esses casos, e seu instinto infalível dizia, isso é loucura, isso é proporção; na verdade, seu senso de proporção.

Mas a proporção tem uma irmã, menos sorridente, mais assustadora, uma Deusa agora mesmo empenhada — no calor e desertos da Índia, na lama e pântanos da África, nos arredores de Londres, onde quer que o clima ou o diabo tente os homens a se afastarem da verdadeira crença, que também é a sua — agora mesmo empenhada em destruir templos, destroçar ídolos, e substituí-los por seu semblante severo. Seu nome é Conversão e ela se alimenta da vontade dos fracos, adora impressionar, impor, ama ver suas características estampadas na face do povo. No Hyde Park Corner, ela prega sobre um tonel; envolta em branco, caminha entre fábricas e o parlamento com ar penitente, sob o disfarce do amor fraternal; oferece ajuda, mas clama por poder; tira de seu caminho os dissidentes ou insatisfeitos; concede sua benção àqueles que, olhando para cima, captam submissos de seus olhos a luz dos próprios. Esta senhora também (Rezia Warren Smith supunha) tinha sua influência no coração de Sir William, ainda que escondida, como costuma estar, sob um disfarce plausível; um nome venerável; amor, dever, sacrifício. Como ele trabalhava — como se esforçava para angariar fundos, propagar reformas, criar instituições! Mas a Conversão, Deusa exigente, prefere o sangue ao tijolo, e se alimenta da vontade humana da forma mais sútil. Lady Bradshaw, por exemplo. Havia quinze anos, tinha cedido. Não foi nada que se pudesse perceber; não houve cena, nem estalo; só um afundar vagaroso e pesado, da vontade dela em meio à dele. Seu sorriso era doce, sua submissão imediata; jantares na Harley Street com oito ou nove pratos, alimentando dez ou quinze de seus colegas de profissão, tranquilos e elegantes. Apenas com o passar da noite um pequeno tédio, ou talvez inquietação, um tique nervoso, um mexe, remexe e confusão que indicavam o que era difícil de acreditar: a pobre senhora mentia. Antes, há muito tempo, ela pescava salmão livremente: agora, pronta para alimentar o desejo de controle e poder que dava brilho ao olhar do marido, ela se encolhia, apertava, aparava, podava, recuava, espiava; sem saber o que exatamente tornara a noite desagradável e causara essa pressão no topo da cabeça (que podia muito bem ser culpa da conversa profissional ou ao cansaço de um ótimo médico cuja vida, como dizia Lady Bradshaw, "pertencia aos pacientes e não a si mesmo"), mas realmente era desagradável: de forma que os convidados, assim que o relógio marcava as dez, respiravam o ar da Harley Street em êxtase; alívio esse, porém, que era negado a seus pacientes.

Lá no consultório cinzento, com os quadros na parede, a mobília valiosa, sob a claraboia de vidro fosco, eram informados da dimensão de suas transgressões; aconchegados nas poltronas, observavam-no praticar, para o benefício deles, um exercício curioso com os braços, que ele estendia e levava rapidamente de volta ao quadril para provar (se o paciente fosse obstinado) que Sir William tinha controle das próprias ações, ao contrário do paciente. Lá, os mais fracos caíam em prantos, cediam; outros, levados sabe se lá por qual loucura, chamavam Sir William de mentiroso na cara dele; questionavam, de forma ainda mais desrespeitosa, a própria vida. Para que viver? Exigiam saber. Sir William respondia que a vida era boa. Certamente para Lady Bradshaw, com suas penas de avestruz na cornija da lareira, e para ele, que ganhava pelo menos doze mil por ano. Mas para nós, protestavam, a vida não foi tão boa. Ele aquiescia. Não tinham senso de proporção. E talvez, afinal, não haja Deus? Ele dava de ombros. Resumindo, essa história de viver ou não viver cabia a nós? Mas era aí que se enganavam. Sir William tinha um amigo em Surrey, onde ensinavam o que Sir William tinha de admitir ser uma arte difícil: um senso de proporção. Havia, além disso, afeto familiar; honra; coragem; uma carreira brilhante. Sir William era um defensor incansável de todas essas questões. Se falhassem, defendia a polícia e o bem da sociedade, que, comentava baixinho, se encarregariam, lá em Surrey, de que esses impulsos antissociais, nutridos mais do que qualquer coisa pela falta de um sangue sadio, ficassem sob controle. E então saía de seu esconderijo e sentava-se em seu trono aquela Deusa cujo desejo é sobrepujar a oposição, carimbar indelevelmente a própria imagem nos santuários alheios. Despidos, indefesos, os exaustos, os sem amigos, recebiam a marca da vontade de Sir William. Ele invadia; ele devorava. Ele calava as pessoas. Era essa combinação de firmeza e humanidade que encantava tanto os parentes das vítimas de Sir William.

Porém, lamentava Rezia Warren Smith ao caminhar pela Harley Street, ela não gostava daquele homem.

Desfiando e fatiando, dividindo e redividindo, os relógios de Harley Street roeram aquele dia de junho, aconselhavam submissão, defendiam a autoridade e em um coro pontuavam as grandes vantagens encontradas em um senso de proporção, até que o monte de tempo foi tão reduzido que um relógio comercial, preso acima de uma loja na Oxford Street, anunciou, genial e fraternalmente, como se tivesse prazer em dar essa informação gratuitamente a Mr. Rigby e Mr. Lowndes, que era uma e meia.

Olhando para cima, parecia que cada letra de seus nomes representava uma das horas, subconscientemente ficava-se grato a

Rigby e Lowndes por fornecer a hora ratificada por Greenwich; e essa gratidão (ruminava Hugh Whitbread, enrolando ali em frente à vitrine) naturalmente depois se traduzia em comprar meias ou sapatos na Rigby and Lowndes. Ele ruminava. Era seu costume. Não se aprofundava. Tocava as superfícies; as línguas mortas, as vivas, a vida em Constantinopla, Paris, Roma; cavalgar, caçar, jogar tênis, como fora um dia. As más línguas diziam que agora ele montava guarda no Palácio de Buckingham, vestido em meias de seda e calções que iam até os joelhos, o motivo, ninguém sabia. Frequentava a nata da sociedade inglesa havia cinquenta e cinco anos. Conhecera primeiros-ministros. Tinha amizades profundas. E apesar de ser verdade que não tinha feito parte de nenhum dos grandes movimentos da época ou assumido um cargo importante, tinha em sua conta uma ou duas reformas modestas; uma delas foi o aprimoramento dos abrigos públicos; outra, a proteção das corujas de Norfolk; as criadas tinham motivo para serem gratas a ele; e seu nome nas cartas ao *Times*, pedindo financiamentos, apelando ao público para proteger, preservar, recolher o lixo, diminuir o fumo e acabar com a imoralidade nos parques, impunha respeito.

Além disso, tinha uma imagem esplêndida, pensou, parando um momento (conforme o badalar da meia-hora se dissipava) para lançar um olhar crítico e especialista sobre as meias e sapatos; impecável, sólido, como se comtemplasse o mundo com certa iminência e se vestisse de acordo; mas era ciente das obrigações impostas por porte, riqueza e saúde e, mesmo quando não era necessário, observava atentamente as pequenas cortesias, as cerimônias antiquadas que traziam algo de peculiar aos seus modos, algo a imitar, algo que fazia com que fosse lembrado, pois ele nunca ia jantar com Lady Bruton, por exemplo, a quem conhecia havia vinte anos, sem presenteá-la com um buquê de cravos e sem perguntar à Miss Brush, a secretária de Lady Bruton, sobre o irmão dela que estava na África do Sul, sendo que, por algum motivo, Miss Brush, que não tinha nenhum dos atributos do charme feminino, ressentia-se tanto que respondia "Está passando muito bem na África do Sul, obrigada", sendo que, há meia dúzia de anos, já estava em uma péssima situação em Portsmouth.

A própria Lady Bruton preferia Richard Dalloway, que chegara naquele mesmo momento. Inclusive encontraram-se na entrada.

É claro que Lady Bruton preferia Richard Dalloway. Ele era muito mais refinado. Mas não deixaria que tratassem mal seu querido Hugh. Nunca esqueceria de sua gentileza — realmente tinha sido muito gentil —, mas esquecera de qual fora a ocasião. Mas fora, sim, extraordinariamente gentil. De qualquer forma, a diferença entre os dois homens não era grande. Ela nunca vira o sentido em dissecar as pessoas, como fazia Clarissa Dalloway — dissecá-las e remontá-las; principalmente agora que tinha sessenta e dois anos. Aceitou os cravos de Hugh com seu sorriso taciturno e anguloso. Não vem mais ninguém, avisou. Havia inventado uma desculpa para chamá-los, para que a ajudassem com um problema...

— Mas primeiro vamos comer — disse ela.

E assim começou uma silenciosa e requintada movimentação de empregadas em toucas e uniformes brancos pelas portas vaivém, serviçais não por necessidade, mas adeptas ao mistério ou grande espetáculo criado pelas anfitriãs de Mayfair da uma e meia às duas, momento em que, com um acenar, o tráfego para, e no lugar surge uma grande ilusão primeiro sobre a comida — como pode ser gratuita; e, depois, de que a mesa se põe sozinha com cristais e prataria, descansos, pratos de frutas vermelhos; películas de creme marrom mascaram o linguado; pedaços de frango nadam em caçarolas; o fogo crepita colorido e indomável; e com o vinho e o café (também gratuitos) surgem visões alegres diante de olhos pensativos; olhos gentilmente especulativos; olhos que veem a vida de forma musical, misteriosa; olhos que agora se acendem para observar com genialidade a beleza dos cravos vermelhos que Lady Bruton (cujos movimentos eram sempre angulosos) colocou ao lado do prato, de modo que Hugh Whitbread, sentindo-se em paz com o universo inteiro e ao mesmo tempo totalmente confiante, disse, pousando o garfo:

— Não ficariam lindos contra a renda de seu vestido?

Miss Brush odiava essa familiaridade. Considerava-o um homem mal-educado.

Com isso, fazia Lady Bruton rir.

Lady Bruton ergueu os cravos, segurando-os de modo um tanto rígido, bem parecido com a postura com que o general segurava o pergaminho no retrato atrás dela; ela continuou parada, em transe. O que ela era mesmo? A bisneta do general? Tataraneta?

Perguntou-se Richard Dalloway. Sir Roderick, Sir Miles, Sir Talbot — isso mesmo. Era impressionante como a semelhança persistia nas mulheres. Ela mesma deveria ter sido uma general de cavalaria. E Richard a teria servido com alegria; a tinha em mais alta estima; adorava as ideias românticas em relação às senhoras nascidas em berço de ouro, e gostaria, com seu jeito bem-humorado, de levar alguns jovens teimosos que conhecia para almoçar com ela; como se alguém como ela pudesse ter saído de amigáveis fãs de chá! Ele conhecia o país dela. Seu povo. Havia uma videira, ainda dando frutos, sobre a qual Lovelace ou Herrick — ela nunca tinha lido nem uma palavra de poesia, mas era isso que os boatos diziam — haviam se sentado. Era melhor esperar antes de trazer a eles o problema que a incomodava (era sobre fazer um apelo ao público; em qual termos etc.), era melhor esperar até tomarem o café, pensou Lady Bruton; e colocou os cravos ao lado do prato.

— Como vai Clarissa? — perguntou de repente.

Clarissa sempre dizia que Lady Bruton não gostava dela. De fato, Lady Bruton era conhecida por se interessar mais por política do que por pessoas; de falar como um homem; de ter se envolvido em uma grande intriga nos anos 80, que agora estava começando a ser citada em livros de memórias. Certamente havia uma alcova em sua sala de estar, e uma mesa naquela alcova, e sobre a mesa, um retrato do General Sir Talbot Moore, já falecido, que havia escrito ali (certa noite dos anos 80), na presença de Lady Bruton, com seu conhecimento, talvez até sob seu conselho, um telegrama ordenando o ataque das tropas britânicas em uma ocasião histórica. (Ela guardou a caneta e contava a história). Então, quando perguntava "Como vai Clarissa?" daquele modo desinteressado, os maridos tinham dificuldade em convencer as esposas e, na verdade, por mais devotos que fossem, também desconfiavam secretamente do interesse dela em mulheres que muitas vezes ficavam no caminho dos esposos, impediam que aceitassem cargos no exterior, e precisavam ser levadas para o litoral para se recuperar de uma gripe em plena sessão parlamentar. Mesmo assim, a pergunta "Como vai Clarissa?" era conhecida pelas mulheres como um sinal inconfundível de alguém que lhes queria bem, uma companheira quase muda, cujas declarações (que só eram feitas meia dúzia de vezes no decorrer da vida) significavam o reconhecimento de certa camaradagem feminina que estava por trás dos almoços dos homens e unia Lady Bruton e Mrs. Dalloway, que quase não se viam, em um laço singular de indiferença e hostilidade.

— Encontrei com Clarissa no parque hoje de manhã — disse Hugh Whitbread, mergulhando na caçarola, ansioso para se dar aquele pequeno presente, pois mal chegara a Londres e já encontrara todos ao mesmo tempo; mas era ganancioso, um dos homens mais gananciosos que ela já conhecera, pensou Milly Brush, que observava os homens com imparcialidade inabalável, e era capaz de ser eternamente devota, sobretudo a pessoas de seu próprio sexo, já que era cheia de calombos, cicatrizes, angulosa e sem nenhum charme feminino.

— Sabem quem está na cidade? — disse Lady Bruton, de repente se lembrando.

Todos sorriram. Peter Walsh! E Mr. Dalloway estava genuinamente feliz, pensou Milly Brush; e Mr. Whitbread só pensava no frango.

Peter Walsh! Os três, Lady Bruton, Hugh Whitbread, e Richard Dalloway lembravam da mesma coisa — como Peter estivera perdidamente apaixonado; fora rejeitado; partiu para a Índia; deu com os burros n'água; meteu os pés pelas mãos; e Richard Dalloway também tinha grande carinho pelo antigo amigo. Milly Brush viu isso; viu uma profundidade em seus olhos castanhos; viu que hesitou; refletiu; e isso a deixou curiosa, Mr. Dalloway sempre a deixava curiosa, o que ele estava pensando, perguntou- se, sobre Peter Walsh?

Que Peter Walsh já esteve apaixonado por Clarissa; que logo depois do almoço iria atrás de Clarissa; que diria, de tantas formas; que a amava. Sim, é isso que ele diria.

Em outro momento, Milly Brush quase teria se apaixonado por esses silêncios; e Mr. Dalloway sempre era tão confiável; um cavalheiro e tanto. Agora, aos quarenta anos, Lady Bruton só precisava acenar ou virar a cabeça de lado abruptamente para que Milly Brush entendesse o sinal, por mais que estivesse profundamente mergulhada nessas reflexões de um espírito desapegado, de uma alma imaculada que a vida não conseguia enganar, porque a vida nunca lhe oferecera uma bugiganga sequer; nem um cacho, sorriso, lábio, bochecha, nariz; absolutamente nada; Lady Bruton só precisava menear a cabeça e Perkins era instruído a se apressar com o café.

— Pois é, Peter Walsh voltou — disse Lady Bruton. Era vagamente lisonjeiro para todos eles. Ele tinha retornado derrotado, fracassado, para a terra segura deles. Mas ajudá- lo, refletiram, era impossível;

havia um defeito em seu caráter. Hugh Whitbread disse que com certeza poderia mencioná-lo a fulano ou beltrano. Mas por consequência fazia uma careta lúgubre ao pensar nas cartas que escreveria aos chefes de gabinete sobre "meu velho amigo, Peter Walsh" etc. Mas isso não levaria a nada — ao menos não a nada permanente, por causa de seu caráter.

— Se meteu em problemas com alguma mulher — disse Lady Bruton. Todos eles já tinham suposto que esse era o cerne da questão.

— Porém — continuou ela, ansiosa para mudar de assunto — é melhor ouvirmos a história completa da boca de Peter.

(O café estava demorando a chegar)

— O endereço — murmurou Hugh Whitbread; e de repente ouve uma ondulação na maré cinza de serviços que banhava Lady Bruton todos os dias, recolhendo, separando, envolvendo-a em uma delicada trama que amortecia os abalos, diminuía as interrupções e espalhava pela casa em Brook Street uma rede fina onde as coisas eram retidas e identificadas com precisão e instantaneamente pelo grisalho Perkins, que passara os últimos trinta anos com Lady Bruton e agora anotava o endereço; entregou-o para Mr. Whitbread, que tirou do bolso a carteira, ergueu as sobrancelhas e o colocou entre documentos de grande importância, dizendo que pediria a Evelyn que convidasse Peter para um almoço.

(Estavam esperando Mr. Whitbread terminar para levar o café.)

Hugh era muito lento, pensou Lady Bruton. Estava engordando, percebeu. Richard sempre se matinha em ótima forma. Ela estava ficando impaciente; todo o seu ser se concentrava de forma positiva, inegável, dominadora, afastando com autoridade todas aquelas futilidades desnecessárias (Peter Walsh e seu problemas), no assunto que prendia sua atenção, não só sua atenção, mas aquela fibra que era a haste de sua alma, aquela parte essencial de seu ser que, se não existisse, Millicent Bruton não seria Millicent Bruton; aquele projeto de emigrar jovens de ambos os sexos, filhos de pais respeitáveis e ajudar a se estabelecerem, com boa perspectiva de sucesso, no Canadá. Ela exagerava. Talvez tenha perdido seu senso de proporção. A emigração não era para os outros o remédio óbvio, a resposta suprema. Para eles (Hugh, ou Richard, e nem mesmo a devota Miss Bruton), não era a liberação do egoísmo reprimido, que uma mulher forte e marcial, bem-nutrida, bem-criada, de impulsos diretos, sentimentos sinceros e pouco poder de introspecção (franco e simples — por que não podiam ser todos francos e simples?, perguntava-se) sente surgir dentro dela com o passar da juventude, e precisa se projetar em algum objeto — seja a emigração ou a emancipação; mas seja o que for, esse objeto em torno do qual a essência de sua alma é secretada dia após dia inevitavelmente torna- se prismático, reluzente, em parte espelho, em parte pedra preciosa; ora escondido com cuidado caso queiram desdenhar dele; ora exibido com orgulho. A emigração se tornara, basicamente, grande parte de Lady Bruton.

Mas ela tinha que escrever. E apenas uma carta ao *Times*, costumava dizer a Miss Brush, custava mais do que organizar uma expedição à África do Sul (coisa que ela tinha feito durante a guerra). Depois da batalha matinal, começando, rasgando, recomeçando, ela costumava sentir a futilidade de sua própria feminilidade como não sentia em nenhuma outra ocasião, e voltava, grata, o pensamento para Hugh Whitbread, que tinha— ninguém podia negar — o talento de escrever cartas ao *Times*.

Um ser construído de forma tão diferente dela mesma, com tanto domínio da linguagem; capaz de dizer as coisas como os editores gostavam que fossem ditas; tinhapaixões que não podiam ser simplesmente chamadas de ganância. Lady Bruton muitas vezes suspendia seu julgamento sobre os homens em respeito ao misterioso acordo que eles, diferente das mulheres, tinham com as leis do universo; sabiam como explicar as coisas; sabiam o que deveria ser dito; então, se Richard a aconselhava, e Hugh escrevia para ela, teria certeza de que, de alguma forma, estaria certa. Então deixou Hugh comer o suflê; perguntou como estava a pobre Evelyn; aguardou até que estivessem fumando, e disse:

— Milly, pode trazer os papéis?

E Miss Brush saiu, voltou; colocou os papéis na mesa; e Hugh pegou sua caneta- tinteiro; sua caneta-tinteiro prateada que, segundo ele, já vinha lhe prestando serviço havia vinte anos, disse ao tirar a tampa. Continuava nas mais perfeitas condições; havia mostrado aos fabricantes; disseram que não havia motivo para que não durasse para sempre; o que de certa forma era mérito de Hugh e dos sentimentos que sua caneta expressava (essa era a opinião de Richard Dalloway), enquanto Hugh começou a escrever as letras maiúsculas com capricho e floreios, dando coerência aos pensamentos confusos de Lady Bruton, com uma gramática tão impecável que o editor do *Times*, pensou Lady Bruton ao observar a espetacular transformação, deve respeitar. Hugh era lento. Hugh era obstinado. Richard disse que precisavam correr riscos. Hugh propôs modificações em benefício dos sentimentos das pessoas, que, disse de forma amarga quando Richard deu risada, "precisavam ser considerados" e leu em voz alta "sendo assim, portanto, é de nossa opinião que o momento chegou... a juventude supérflua da nossa população que só cresce... o que devemos aos mortos...", o que, segundo Richard, era tudo besteira e encheção de linguiça, mas nada que fizesse mal, é claro, e Hugh continuou a enumerar sentimentos da maior nobreza em ordem alfabética, afastando as cinzas de charuto do paletó e de tempo em tempo resumindo o progresso que fizeram até que, finalmente, leu o rascunho de uma carta que Lady Bruton considerou uma obra-prima. Como aquilo que ela tentou dizer podia soar assim?

Hugh não podia garantir que o editor publicaria; mas iria se reunir com alguém durante o almoço.

Em resposta, Lady Bruton, que raramente fazia algo encantador, colocou todos os cravos de Hugh no decote do vestido, esticou os braços e falou:

— Meu Primeiro-ministro!

Não tinha ideia do que faria sem eles. Eles se levantaram. E, como sempre, Richard se afastou para dar uma olhada no retrato do general, porque tinha a intenção, assim que tivesse um momento livre, de escrever sobre a história da família de Lady Bruton.

E Millicent Bruton tinha muito orgulho da própria família. Mas eles podiam esperar, eles podiam esperar, falou olhando o retrato; querendo dizer que sua família de militares, governantes e almirantes tinha sido homens de ação e cumprido seus deveres; e o dever principal de Richard era para com seu país, mas era mesmo um belo rosto, disse; e todos os documentos estariam esperando por Richard no Aldmixton quando a hora chegasse; estava falando do Partido Trabalhista.

— Ah, as notícias da Índia! — exclamou.

E então, enquanto estavam no vestíbulo pegando luvas amarelas de uma tigela da mesa de malaquita e Hugh oferecia a Miss Brush, com educação desnecessária, um ingresso que não usaria ou outro agrado, coisa que ela odiava do fundo do coração e a fazia corar feito um pimentão, Richard virou-se para Lady Bruton com o chapéu em mãos e disse:

— Nos vemos na festa hoje à noite? — E então Lady Bruton recuperou a imponência que a escrita da carta havia destruído. Talvez fosse; talvez não. Clarissa tinha uma energia maravilhosa. Festas aterrorizavam Lady Bruton. Mas é claro, estava ficando velha. Foi o que insinuou, parada na entrada; bonita; ereta; com o chow-chow deitado atrás dela, e Miss Brush desaparecendo atrás dela cheia de papéis nas mãos.

E Lady Bruton subiu em passos pesados e majestosos até o quarto e deitou-se, com um braço estendido, no sofá. Ela suspirou, roncou, não que estive dormindo, apenas sonolenta e pesada, sonolenta e pesada, com um campo de trevos ao sol daquele dia quente de junho, com abelhas voando de um lado para o outro e borboletas amarelas. Ela sempre voltava àqueles campos em Devonshire, onde pulava riachos montada em seu pônei, Patty, junto de seus irmãos, Mortimer e Tom. E havia os cachorros; havia os ratos; havia sua mãe e seu pai, sentados no quintal sob as árvores; o chá servido, e os canteiros de dálias, as malvas-rosa, o capim-dos-pampas; e eles, pestinhas que eram, sempre aprontando alguma!, esgueirando-se entre os arbustos para que não fossem vistos desgrenhados depois de alguma malandragem. O que a velha babá não falava dos vestidos dela!

Puxa vida, ela se lembrou — foi em uma quarta-feira na Brook Street. Aqueles bons camaradas, Richard Dalloway e Hugh Whtibread, haviam partido para o dia quente daquelas ruas cujo rumor veio até ela enquanto deitava-se no sofá. Ela tinha poder, posição, dinheiro. Vivera a vanguarda de seu tempo. Tivera bons amigos; conhecera os melhores homens de sua época. Os burburinhos de Londres chegaram até ela, e sua mão, apoiada no encosto do sofá, fechou-se em um bastão imaginário igual àqueles que seus antepassados podem ter empunhado, parecendo, sonolenta e pesada, estar comandando batalhões que marchavam até o Canadá, e aqueles bons camaradas que atravessavam Londres, seu território, aquele pedaço de tapete, Mayfair.

E eles se afastaram cada vez mais, presos a ela por um fino fio (desde que almoçaram juntos) que se esticava cada vez mais, afinava cada vez mais conforme atravessavam Londres; como se os amigos ficassem presos ao corpo uns dos outros, depois de almoçarem juntos, por um fino fio, que (ela cochilou) enturvava-se com o som dos sinos, anunciando a hora ou a missa, como a teia de uma única aranha que é atingida por gotas de chuva e, sobrecarregada, cede. Assim ela dormiu.

E Richard Dalloway e Hugh Whitbread hesitaram na esquina da Conduit Street no momento em que Millicent Bruton, deitada no sofá, deixou o fio se romper; roncou. Ventos contrários atingiram a esquina. Eles observaram uma vitrine; não tinham intenção de comprar ou conversar, e sim se despedir, mas com os ventos contrários que atingiam a esquina, com algum tipo de lapso nas marés dos corpos, duas forças formando um redemoinho, manhã e noite, eles hesitaram. O cartaz de um jornaleiro saiu voando, galante, primeiro como uma pipa, depois parou, mergulhou e alçou voo; e o véu de uma dama foi pendurado. Os toldos amarelos tremiam. A velocidade do tráfego matinal diminuiu e carroças sozinhas desciam aos solavancos por ruas parcialmente vazias. Em Norfolk, que ocupava parte dos pensamentos de Richard Dalloway, uma leve brisa quente soprou as pétalas; confundiu as águas; bagunçou os gramados floridos. Os ceifadores, que haviam se deitado embaixo das sebes para descansar do trabalho matinal, abriam as cortinas de folhagem verde; moviam globos trêmulos de cerefólio para ver o céu; o céu azul, firme e escaldante de verão.

Percebendo que estava frente a uma caneca de prata de duas alças da época do Rei Jaime I, e que Hugh Whitbread admirava com condescendência e ar de especialista um colar espanhol cujo preço pensou em perguntar caso fosse do gosto de Evelyn — Richard continuava entorpecido; não conseguia pensar em se mexer. A vida trazia à tona esses despojos; vitrines cheias de bijuterias coloridas, e quem observava era tomado pela letargia do antigo, enrijecido pelo antigo. Evelyn Whitbread talvez gostaria de comprar esse colar espanhol — talvez. Ele precisava bocejar. Hugh entraria na loja.

— Tem razão! — disse Richard, seguindo-o.

Deus sabia como ele não queria ir comprar colares com Hugh. Mas o corpo tem marés. A manhã encontra a tarde. Levado como uma frágil chalupa por uma corrente pesada, o bisavô de Lady Bruton e suas memórias e campanhas na América do Norte, foram submersos e naufragaram. E Millicent Bruton também. Também se afogou. Richard não se importava nenhum pouco com o futuro da Emigração; sobre aquela carta, se o editor a publicaria ou não. O colar estava pendurado entre os dedos admiráveis de Hugh. Que desse de presente a uma garota, se precisa comprar joias — qualquer garota na rua. Pois a inutilidade da vida atingiu Richard com força — comprar colares para Evelyn. Se tivesse tido um filho teria dito, trabalhe, trabalhe. Mas teve sua Elizabeth; ele adorava Elizabeth.

— Desejo falar com Mr. Dubonnet — disse Hugh de sua maneira seca e mundana. Pelo jeito, Mr. Dubonnet tinha as medidas do pescoço de Mr.Whitbread ou, mais estranho ainda, sabia qual era a opinião dela sobre joias espanholas e tudo o que possuía em sua coleção (coisa da qual Hugh não se lembrava). Tudo pareceu muito esquisito para Richard Dalloway. Pois ele nunca presenteava Clarissa, exceto por uma ou duas pulseiras havia dois ou três anos, que não agradou. Ela nunca usou. Ficava magoado ao pensar que ela nunca usou. E como a teia de uma única aranha, depois de oscilar aqui e ali, prende-se à ponta de uma folha, da mesma forma a mente de Richard, recuperando-se da letargia, concentrou-se em Clarissa, sua esposa, a quem Peter Walsh amara tanto; e de repente

Richard tivera uma visão dela no almoço; dele e de Clarissa; a vida dos dois juntos; e trouxe a bandeja com as antigas joias para perto, e pegando um broche aqui e um anel ali, perguntou:

— Quanto custa? — Apesar de duvidar do próprio gosto. Queria abrir a porta da sala com algo em mãos; um presente para Clarissa.

Mas o quê? Mas Hugh tomara conta da conversa de novo. Ele era indescritivelmente pomposo. Ora, depois de fazer negócios aqui por trinta e cinco anos, não seria desencorajado por um garoto que não entendia do que estava falando. Pelo jeito, Dubonnet não estava, e Hugh não compraria nada até ele voltasse; ao ouvir isso, o jovem corou e fez a reverência ideal. Era tudo perfeitamente ideal. Ainda assim, Richard jamais poderia dizer isso! Não conseguia entender por que as pessoas aguentavam tal insolência. Hugh estava se tornando um cretino insuportável. Richard Dalloway não aguentaria ficar mais uma hora ao seu lado. Então, erguendo o chapéu-coco em despedida, Richard dobrou a esquina da Conduit Street animado, sim, muito animado, para percorrer aquela teia de aranha que o levava até Clarissa; ele iria direto até ela, em Westminster.

Mas queria aparecer com algo em mãos. Flores? Sim, flores, já que não confiava no próprio gosto para joias; um número infinito de flores, rosas, orquídeas, para celebrar o que era, afinal, um acontecimento; aquilo que sentia em relação a ela quando conversaram sobre Peter Walsh no almoço; e os dois nunca falaram a respeito; há anos não falavam a respeito; e isso, pensou enquanto segurava juntas as rosas vermelhas e brancas (um grande buquê em papel de seda) foi o maior erro do mundo. Chega um momento em que é impossível dizer; fica-se tímido demais para dizer, pensou, embolsando um xelim ou dois de troco, caminhando até Westminster, com aquele grande buquê colado ao corpo, para dizer diretamente e com todas as palavras (sem se importar com o que ela pensaria dele), oferecendo as flores, "Eu te amo". Por que não? Sinceramente era um milagre, considerando a guerra, os milhares de pobres rapazes com um uma vida pela frente, enterrados juntos, já quase esquecidos; era um milagre. Aqui estava ele, atravessando Londres para dizer a Clarissa, com todas as palavras, que a amava. Coisa que ninguém costuma dizer. Parte por preguiça;

parte por timidez. E Clarissa — era difícil pensar nela; exceto de supetão como no almoço, quando a enxergou em muitos detalhes; assim como a vida inteira dos dois. Ele parou no cruzamento; e repetiu — por sua natureza simples e incorruptível, pois tinha marchado e atirado; sendo persistente e obstinado, tendo defendido os oprimidos e seguido seus instintos na Câmara dos Comuns; tendo preservado sua simplicidade, mas, ao mesmo tempo, tornando-se um tanto calado, um tanto severo — repetiu que era um milagre ele ter se casado com Clarissa; um milagre — sua vida fora um milagre, pensou; hesitando no cruzamento. Mas seu sangue fervia ao ver criancinhas de cinco ou seis anos atravessar a Picadilly sozinhas. A polícia deveria ter parado o tráfego na hora. Ele não se iludia com a polícia de Londres. Na verdade, estava juntando evidências de suas irregularidades; e aquele ambulantes, que não podia montar suas barracas nas ruas; e as prostitutas, por Deus, a culpa não era deles e nem dos rapazes, mas do nosso sistema social detestável e assim por diante; tudo que ele considerava, podia ser considerado cinza, obstinado, elegante, limpo, ao atravessar o parque para declarar o amor à sua esposa.

Ele diria com todas as palavras quando entrasse no quarto. Porque é uma pena nunca dizer o que se sente, pensou, atravessando o Green Park e observando com prazer como famílias inteiras, pobres famílias, estendiam-se sob a sombra das árvores; crianças balançando as pernas; mamando; sacos de papel espalhados; que poderiam muito bem ser recolhidos (caso alguém reclamasse) por algum daqueles cavalheiros gordos de farda; na sua opinião, todo parque, toda praça, deveria ser aberto às crianças nos meses de verão (o gramado do parque corava e desbotava, iluminando as pobres mães de Westminster e seus bebês que engatinhavam, como se uma lâmpada amarela se movesse por baixo). Mas o que poderia ser feito em relação às mulheres indigentes, como aquela pobre criatura, apoiada no cotovelo (como se tivesse se jogado na terra, se livrado de todas as amarras, para observar curiosa, especular com ousadia, refletir sobre os efeitos e causa, de forma atrevida, tagarela, espirituosa), já não sabia. Empunhando as flores como uma arma, Richard Dalloway aproximou-se dela; passou por ela determinado; ainda havia tempo para surgir uma faísca entre eles — ela riu ao vê-lo, ele abriu um sorriso bem-humorado; pensando sobre a questão da mulher indigente; não que um dia conversariam. Mas ele declararia seu amor à Clarissa com todas as palavras. No passado, ele teve ciúmes de Peter Walsh; ciúmes dele com Clarissa. Mas com frequência ela dizia que fez certo ao não se casar com Peter Walsh; o que, do jeito que conhecia Clarissa, era obviamente verdade; ela queria ser apoiada. Não por ser fraca; mas queria ser apoiada.

Já ao Buckingham Palace (como uma velha prima-dona toda de branco diante da plateia), não há como negar que tem certa dignidade, refletiu, nem desprezar o que, no fim das contas, representa a milhares de pessoas (havia um pequeno grupo no portão, esperando o Rei sair) um símbolo, por mais absurdo que fosse; uma criança com uma caixa de tijolos teria feito algo melhor, refletiu; olhando para o monumento à Rainha Vitória (de quem ele se lembrava com seus óculos de armação de tartaruga, dirigindo por Kersington), para o monte branco, sua maternidade crepitante; mas ele gostava de ser governado pela descendente de Horsa; gostava da continuidade; e a sensação de repassar as tradições do passado. Era uma época incrível para se viver. De fato, sua própria vida era um milagre; não podia se enganar; aqui estava ele, no auge da vida, caminhando até sua casa em Westminster para declarar seu amor a Clarissa. Este é o significado da felicidade, pensou.

É isso, disse, ao entrar em Dean's Yard. O Big Ben estava começando a badalar, primeiro o alerta, musical; depois a hora, irrevogável. Almoços são um desperdício da tarde, pensou, aproximando-se da porta.

O som do Big Ben tomou conta da sala de Clarissa, onde ela sentava-se, mais irritada do que nunca; à escrivaninha; preocupada; irritada. Era verdade que não tinha convidado Ellie Henderson para a festa; mas foi de propósito. Mas Mrs. Marsham lhe escrevera: "Falou a Ellie Henderson que perguntaria a Clarissa — Ellie queria muito comparecer."

Mas por que era obrigada a convidar todas as mulheres tediosas de Londres para suas festas? Por que Mrs. Marsham tinha que se meter? E enquanto isso, lá estava Elizabeth, esse tempo todo enclausurada com Doris Kilman. Não podia pensar em nada mais nauseante. Rezando a essa hora com aquela mulher. E o badalar do sino tomou conta da sala com sua onda melancólica; que retrocedeu, se recompôs e caiu mais uma vez, foi quando ouviu vagamente algo tateando, arranhando a porta. Quem podia ser àquela hora? Três horas, por Deus! Já eram três horas! Pois com uma franqueza e dignidade avassaladoras, o relógio bateu três horas; e ela não ouviu mais nada; mas a maçaneta girou e Richard entrou! Que surpresa! Lá estava Richard, segurando flores. Ela o havia decepcionado certa vez em Constantinopla; e Lady Bruton, cujos almoços eram conhecidos por serem extremamente divertidos, não a convidara. Ele segurava flores — rosas, rosas vermelhas e brancas. (Mas não conseguia tomar coragem para declarar seu amor; não com todas as palavras.)

Que adorável, disse, pegando as flores. Ela entendia; entendia sem que precisasse falar; sua Clarissa. Ela as colocou nos vasos sobre a cornija. Como eram bonitas!, disse. E foi divertido?, perguntou. Lady Bruton perguntou a seu respeito? Peter Walsh estava de volta. Mrs. Marsham lhe mandara uma carta. Deveria convidar Ellie Henderson? Aquela mulher, Kilman, estava no andar de cima.

— Mas vamos nos sentar por cinco minutos — disse Richard.

Tudo parecia tão vazio. Todas as cadeiras estavam encostadas nas paredes. O que estavam fazendo? Ah, era para a festa; não, ele não se esquecera da festa. Peter Walsh estava de volta. Ah, sim; ela o recebera. E ele estava para se divorciar; e estava apaixonado por outra mulher. E não havia mudado nem um pouquinho. Lá estava ela, consertando o vestido...

— Pensando em Bourton — disse ela.

— Hugh estava no almoço — falou Richard. Ela também o havia encontrado! Bem, ele estava ficando totalmente insuportável. Comprando colares para Evelyn; mais gordo do que nunca; um cretino insuportável.

— E então pensei "Eu podia ter me casado com você" — disse, pensando em Peter sentado ali com sua pequena gravata-borboleta; com o canivete, abrindo-o e fechando-o.

Por Deus! Não gostava nada daquilo; mas essas coisas passam quando deixamos para lá.

— De capa e guarda-chuva — disse Clarissa.

Ele não havia dito "Eu te amo"; mas segurara sua mão. A felicidade é isso, é isso, pensou.

— Mas por que preciso convidar todas as mulheres entediantes de Londres para minhas festas? — perguntou Clarissa. E quando Mrs. Marsham dava uma festa, por acaso chamava os convidados *dela*?

— Pobre Ellie Henderson — disse Richard. Era muito esquisito o quanto Clarissa se importava com as festas, pensou.

Mas Richard não tinha ideia de como deveria ficar o salão. Ainda assim... o que poderia dizer?

Se as festas a preocupavam tanto, era melhor proibi-las. Será que ela se arrependia de não ter se casado com Peter? Mas ele precisava sair.

Ele precisava sair, falou, levantando-se. Mas ficou ali parada por um momento, como se estivesse prestes a dizer algo; e ela se perguntou o quê? Por quê? Havia lhe dado as rosas.

— Algum comitê? — perguntou enquanto ele abria a porta.

— Armênios — disse, ou talvez tenha sido "albaneses".

E há certa dignidade nas pessoas, uma solidão, um abismo mesmo entre marido e mulher; e isso deve ser respeitado, pensou Clarissa ao observá-lo abrir a porta; pois não é possível abrir mão dela, ou tomá-la, contra a vontade dele, do marido, sem que haja a perda da independência, respeito próprio — o que, afinal, não tem preço.

Ele voltou com uma almofada e uma manta.

— Uma hora inteira de repouso após o almoço — disse. E foi embora.

Típico dele! Repetiria "Uma hora inteira de repouso após o almoço" até o fim dos tempos, pois um médico recomendara isso certa vez. Era típico dele levar ao pé da letra o que os médicos diziam; era parte de sua simplicidade adorável e divina; coisa que ninguém tinha na mesma medida; coisa que o fazia sair e fazer o que era necessário enquanto ela e Peter desperdiçavam o tempo discutindo. Ele já estava no caminho para a Câmara dos Comuns, preocupado com seus armênios, seus albaneses, depois de deixá-la no sofá, encarando suas rosas. E as pessoas diziam "Clarissa é mimada". Ela se importava muito mais com as rosas do que com os armênios. Perseguidos até a extinção, mutilados, congelados, vítimas de crueldade e injustiça (ouvira Richard repetir isso várias e várias vezes) — não, não sentia nada pelos albaneses, ou será que eram armênios? Mas amava rosas (isso não ajudava os armênios?) — as únicas rosas que tolerava serem cortadas. Mas Richard já estava na Câmara dos Comuns; em seu Comitê, depois de resolver todas as suas dificuldades. Mas não, isso não era totalmente verdade. Ele não entendeu por qual motivo ela era contra convidar Ellie Henderson. Convidaria, é claro, como ele desejava. E já que ele havia trazido os travesseiros, se deitaria..., mas — mas — por que de repente ela se sentia, por uma razão que não conseguia entender, tão desesperadamente infeliz? Como alguém que deixa cair na grama uma conta de pérola ou diamante e separa as folhas com muito cuidado, desse jeito e daquele, e procura aqui e ali em vão, até que encontra nas raízes, assim vasculhava uma coisa e outra; não, não por causa de quando Selly Seton disse que Richard nunca faria parte do gabinete porque tinha um cérebro de segunda classe (lembrou-se disso de repente); não, não se incomodou com isso; também não tinha relação com Elizabeth e Doris Kilman; fatos são fatos. Era uma sensação, uma sensação desagradável, talvez mais cedo no dia; algo que Peter dissera, combinado a parte de sua própria depressão, no quarto dela, enquanto tirava o chapéu; e algum comentário de Richard piorou a situação, mas qual foi o comentário? Lá estavam as rosas dele. Suas festas! Foi isso! Suas festas! Os dois a criticavam muito injustamente, riam dela muito injustamente, por causa de suas festas. Foi isso! Foi isso!

Bem, como poderia se defender? Agora que sabia qual fora o problema, sentia-se perfeitamente contente. Eles achavam, ou ao menos Peter pensava, que ela gostava de se importar; gostava de ter pessoas famosas em sua companhia; nomes importantes; resumindo, que era uma mera esnobe. Bem, ao menos Peter pensava. Richard simplesmente considerava tolice que ela gostasse da emoção quando sabia que isso fazia mal ao seu coração. Era infantil, ele pensava. E ambos estavam totalmente errados. Do que ela gostava era simplesmente da vida.

— As festas são por isso — falou, em voz alta, para a vida.

Já que estava deitada no sofá, enclausurada, protegida, a presença dessa coisa que para ela parecia tão óbvia passou a existir fisicamente; envolta em mantos sonoros da rua, ensolarada, com o calor do vento sussurrando e soprando as cortinas. Mas se Peter dissesse "Sim, sim, suas festas... qual o objeto de suas festas?", tudo o que poderia responder (sem esperar que ninguém compreendesse) seria: São uma oferenda; o que soava horrivelmente vago. Mas quem era Peter para afirmar que a vida era uma travessia calma? — Peter, que sempre estava apaixonado, sempre apaixonado pela mulher errada? O que significa esse seu amor? Poderia dizer a ele. E já sabia a resposta; era a coisa mais importante do mundo e nenhuma mulher no mundo poderia entender. Tudo bem. Mas será que algum homem conseguiria entender o que ela dizia? Sobre a vida? Ela não conseguia imaginar Peter ou Richard dando-se ao trabalho de dar uma festa, por qualquer motivo que fosse.

Mas aprofundando-se, por baixo do que as pessoas diziam (e essas críticas, como são superficiais, como são incompletas!) em sua própria mente, o que essa coisa chamada vida significava para ela? Ah, era muito estranho. Lá estava fulano em South Kensington; sicrano em Bays-water; e beltrano em Mayfair. E o tempo todo ela podia sentir a existência deles; e considerava uma pena; considerava um desperdício; e sentia que seria ótimo reuni-los; então o fazia. E isso era uma oferenda; reunir; criar; mas a quem?

Uma oferenda pela oferenda, talvez. De qualquer forma, este era seu dom. Nada mais para ela tinha qualquer importância; não conseguia pensar, escrever, nem mesmo tocar piano. Misturava armênios com os turcos; amava o sucesso; odiava o desconforto; tinha necessidade de agradar; falava oceanos de bobagens; e até hoje, se alguém perguntasse a ela o que era o Equador, não saberia responder.

Ainda assim, sabia que era um dia após o outro; quarta-feira, quinta-feira, sexta- feira, sábado; sabia que era preciso se levantar de manhã; observar o céu; caminhar no parque; encontrar-se com Hugh Whitbread; até que de repente chegava Peter; então as rosas; e era suficiente. Depois de tudo isso, a morte era tão inacreditável! — o fato de que tudo tinha que acabar; que ninguém no mundo todo saberia o quanto ela amou tudo aqui; como, todo instante...

A porta se abriu. Elizabeth sabia que a mãe estava descansando. Entrou sem fazer barulho. Permaneceu completamente parada. Será que um navio mongol havia naufragado na costa de Norfolk (como Mrs. Hilberry dizia), misturando-se com as mulheres da família Dalloway há, quem sabe, um século? Porque os Dalloway tinham, num geral, cabelos claros e olhos azuis; Elizabeth, no entanto, era morena; tinha olhos chineses no rosto alvo; um mistério oriental; era gentil, empática, calma. Quando criança, tinha um senso de humor perfeito; mas agora que fizera dezessete anos, Clarissa não entendia o motivo de ter se tornado tão séria; com um jacinto coberto por um verde brilhante; com os botões apenas tingidos; um jacinto sem a luz do sol.

Ela permaneceu imóvel e observou a mãe; mas a porta estava entreaberta, e Clarissa sabia que do outro lado estava Miss Kilman; Miss Kilman vestida em sua capa de chuva; ouvindo a conversa das duas.

Sim, Miss Kilman estava no patamar da escada, vestindo uma capa de chuva; mas tinha seus motivos. Primeiro, porque era barato; segundo, porque já passara dos quarenta; e afinal, não se vestia para agradar aos outros. Acima de tudo, era pobre; uma pobreza degradante. Se não fosse, não precisaria trabalhar para pessoas como os Dalloway, que gostavam de ser gentis. Mr. Dalloway, para seu crédito, era gentil. Mas Mrs. Dalloway, não. Ela era apenas condescendente. Vinha da mais inútil das classes — a dos ricos com sua noção de cultura. Tinham coisas caras espalhadas por todo canto; quadros, tapetes, diversos criados. Em sua opinião, tinha direito a toda bondade que os Dalloway fizessem por ela.

Fora traída. Sim, a palavra não era um exagero, afinal, uma garota tem direito a algum tipo de felicidade? E ela nunca fora feliz, já que não era nada graciosa e tão pobre. E então, quando quase teve uma chance na escola de Miss Dolby, a guerra começou; e ela nunca foi capaz de contar mentiras. Miss Dolby achou que ela seria mais feliz junto a pessoas que compartilhavam de sua opinião em relação aos alemães. Foi expulsa. Era verdade que vinha de uma família de origem alemã; seu sobrenome era escrito como Kiehlman no século XVIII; mas seu irmão foi morto. Foi expulsa porque se recusava a fingir que todos os alemães eram vilões — até porque, tinha amigos alemães e os únicos dias felizes de sua vida aconteceram quando estava na Alemanha! E afinal, ela sabia um pouco de história. Precisara aceitar qualquer oportunidade que surgisse. Conheceu Mr. Dalloway quando trabalhava para os quacres. Ele permitira (tamanha generosidade a dele) que ela ensinasse história para sua filha. Também dera algumas aulas de reforço e coisas assim. Então, Nosso Senhor se revelara a ela (ao contar isso, ela sempre abaixava a cabeça). Ela tinha visto a luz havia dois anos e três meses. Agora ela já não sentia inveja de mulheres como Clarissa Dalloway; sentia pena.

Sentia pena e desprezo do fundo de seu coração, enquanto esperava no tapete macio, observando a gravura antiga de uma garotinha de luva. Que esperança havia para um futuro melhor com todo esse luxo? Em vez de deitada em um sofá — "Minha mãe está repousando", dissera Elizabeth —, deveria estar uma fábrica; atrás de um balcão; Mrs. Dalloway e todas as outras grã-finas!

Amarga e com raiva, Miss Kilman havia entrado em uma igreja havia dois anos e três meses. Ouviu a pregação do reverendo Edward Whittaker; o coro dos rapazes; vira descer as luzes solenes, e fosse por causa da música, ou das vozes (ela mesma, quando estava sozinha à noite, encontrava conforto no violino; mas o som era excruciante; ela não tinha ouvido para a música), os sentimentos calorosos e turbulentos que ferviam dentro dela se apaziguaram enquanto ela se sentava ali e chorava sem parar, então procurou Mr. Whittaker em sua casa em Kensington. Foi a mão de Deus, disse ele. O Senhor lhe mostrara o caminho. Então agora, sempre que esses sentimentos calorosos e doloridos ferviam dentro dela, esse ódio Mrs. Dalloway, esse rancor contra o mundo, ela pensava em Deus. Pensava em Mr. Whittaker. Depois da raiva, vinha a calma. Uma doce sensação percorria suas veias, seus lábios se entreabriram, e ali, formidável no patamar com sua capa de chuva, ela observou Mrs. Dalloway, que apareceu com a filha, com uma serenidade tranquila e sinistra.

Elizabeth disse que tinha esquecido as luvas. Era porque Miss Kilman e sua mãe se odiavam. Não aguentava vê-las juntas. Correu escada acima para buscar as luvas.

Mas Miss Kilman não odiava Mrs. Dalloway. Direcionando os olhos grandes de cor de groselha para Clarissa, observando seu rostinho rosado, seu corpo delicado, sua aura de frescor e elegância, Miss Kilman sentia, Tola! Simplória! Você que nunca sentiu dor nem prazer; que desperdiçou a vida! E surgiu dentro dela uma vontade incontrolável de subjugá-la; de desmascará-la. Se pudesse derrubá-la, seria mais fácil. Mas não era o corpo; era a alma e seu desprezo que queria subjugar; fazê-la sentir seu domínio. Se ao menos pudesse fazê-la chorar; arruiná-la; fazê-la cair aos seus pés gritando, Você tem razão! Mas a vontade era de Deus, não de Miss Kilman. A vitória tinha que ser religiosa. Então fulminou; então encarou.

Clarissa estava mesmo chocada. E dizia-se cristã — essa mulher! Essa mulher tinha afastado sua filha! Essa mulher, que estava em contato com presenças invisíveis! Pesada, feia, vulgar, faltando-lhe gentileza e charme, dizia conhecer o sentido da vida!

— Vai às compras com Elizabeth na Army & Navy? — perguntou Mrs. Dalloway.

Miss Kilman confirmou que sim. Elas permaneceram ali. Miss Kilman não se esforçaria para ser agradável. Ela sempre trabalhara para se sustentar. Seu conhecimento de história moderna era profundo ao extremo. Do pouco que ganhava, dedicava grande parte às causas nas quais acreditava; enquanto essa mulher não fazia nada, não acreditava em nada; criara a filha — mas ali estava Elizabeth, um tanto sem fôlego, a linda garota.

Então iriam às compras. Era muito estranho, como enquanto Miss Kilman ficava parada ali (e realmente ficou parada, com o poder e a taciturnidade de algum monstro pré- histórico armado para uma guerra primitiva) segundo a segundo, a ideia que tinha dela diminuía, como o ódio (que servia para ideias, não pessoas) se desfazia, como perdia a malignidade, o tamanho, segundo a segundo tornava-se apenas Miss Kilman, em uma capa de chuva, que só Deus sabe como Clarissa gostaria de ter ajudado.

Com esse enfraquecimento do monstro, Clarissa riu. Despedindo-se, riu. Juntas elas foram, Miss Kilman e Elizabet, para o andar debaixo.

Com um impulso repentino, com uma angústia violenta, pois essa mulher estava afastando sua filha, Clarissa se inclinou por cima do balaústre e gritou:

— Não se esqueça da festa! Não esqueça a festa hoje à noite!

Mas Elizabeth já abrira a porta da frente; um furgão passava; ela não respondeu.

Amor e religião!, pensou Clarissa, voltando para a sala de estar, o corpo todo arrepiado. Como são detestáveis, como são detestáveis! Pois agora que não estava em frente ao corpo de Miss Kilman, sentiu-se assoberbada por ela — a ideia dela. São as coisas mais cruéis do mundo, pensou, vendo-as desajeitadas, quentes, avassaladoras, hipócritas, fofoqueiras, invejosas e infinitamente cruéis e sem escrúpulos, vestidas em uma capa de chuva no patamar; o amor e a religião. Ela mesma já tentara converter alguém? Tudo o que desejava não era que cada um fosse autêntico? E pela janela viu a senhora da casa da frente subindo as escadas. Que suba as escadas se assim quiser; que pare; e então que entre no quarto, como Clarissa muitas vezes a vira fazer, abra as cortinas e volte a desaparecer. Por alguma razão, era respeitável — aquela senhora olhando pela janela sem se dar conta de que estava sendo observada. Havia algo de solene naquilo — mas o amor e a religião destruíram aquilo, o que quer que fosse, a privacidade da alma. A odiosa Kilman destruiria aquilo. Ainda assim, era uma cena que a fazia querer chorar.

O amor também destruía. Tudo o que estava bem, tudo o que era verdadeiro. É só considerar Peter Walsh. Ele era um homem charmoso, inteligente, com opiniões sobre tudo. Se quisesse falar sobre o Papa, ou talvez Addison, ou só jogar conversa fora sobre como as pessoas eram, o que as coisas significavam, não existia ninguém melhor do que Peter. Foi Peter quem a ajudara; Peter quem lhe emprestara livros. Mas vejamos as mulheres que ele amava — vulgares, simplórias, comuns. Consideremos como é Peter quando está apaixonado — veio visitá-la depois de todos esses anos, e sobre o que falou? Sobre si mesmo. Que paixão terrível!, pensou. Que paixão degradante!, pensou, lembrando-se de Kilman e sua Elizabeth indo até as lojas Army & Navy.

O Big Ben anunciou a meia-hora.

Como era extraordinário, estranho, sim, comovente ver a senhora (já eram vizinhas havia vários anos) distanciar-se da janela, como se estivesse conectada àquele som, àquele cordão. Por mais gigante que fosse, tinha algo a ver com ela. Caindo, caindo, em meio às coisas triviais, o ponteiro caía, tornando o momento solene. Ela era impelida, Clarissa imaginava, por aquele som, a se mover, a ir — mas para onde? Clarissa tentou acompanhá-la quando se virou e desapareceu, e ainda conseguia ver sua touca branca movendo-se no fundo do quarto.

Ela continuava ali, indo daqui para lá do outro lado do aposento. De que serviam credos e orações e capas de chuva?, quando, pensou Clarissa, esse é o milagre, esse é o mistério; ou seja, aquela senhora, a quem agora podia ver andando de uma cômoda até uma penteadeira. Ainda conseguia vê-la. E o grande mistério que Kilman poderia dizer que solucionou, ou que Peter poderia dizer que solucionou, mas que Clarissa não achava que eles tinham chegado nem perto de solucionar, era simplesmente esse: aqui havia um aposento; ali outro. A religião solucionara isso, ou o amor?

Amor — mas eis que o outro relógio, aquele que sempre badalava dois minutos depois do Big Ben, arrastou-se cheio de bugigangas, que despejou como se o Big Ben estivesse estabelecendo a lei com toda a sua majestade, tão solene, tão justo, embora ela ainda precisasse lembrar de tantos detalhes — Mrs. Marsham, Ellie Henderson, baldes de gelo — todo tipo de detalhe a inundou e envolveu, dançando no embalo daquela badalada solene que caía como uma barra de ouro no mar. Mrs. Marsham Ellie Henderson, baldes de gelo. Precisava dar um telefonema de imediato.

Barulhoso e perturbador, o relógio atrasado ressoava, chegando no encalço do Big Ben, cheio de bugigangas. Arrasado, interrompido pelo ataque das carruagens, pela brutalidade dos furgões, o avanço ávido das miríades de homens angulosos, de mulheres afetadas, de domos e pináculos de escritórios e hospitais, as últimas relíquias deste circuito cheio de bugigangas pareceu se desfazer, como o borrifo de uma onda exaurida, sobre o corpo de Miss Kilman, parada por um momento na rua para murmurar "É a carne".

Era a carne que ela precisava controlar. Clarissa Dalloway a havia ofendido. Isso já era esperado. Mas ela não tinha vencido; não tinha dominado a carne. Feia, desajeitada, Clarissa Dalloway rira por ela ser assim; e reacendera os desejos carnais, pois ela se importava com a própria aparência quando estava ao lado de Clarissa. Também não conseguia se expressar como ela. Mas por que desejar se parecer com ela? Por quê? Ela desprezava Mrs. Dalloway do fundo do coração. Não era uma mulher séria. Não era uma mulher boa. Sua vida era uma trama de vaidade e mentira. Ainda assim, Doris Kilman tinha sido derrotada. Na verdade, tinha quase caído no choro quando Clarissa Dalloway riu dela. "É a carne, é a carne", murmurou (tinha o costume de falar sozinha), tentando conter esse sentimento doloroso e turbulento enquanto caminhava pela Victoria Street. Rezou a Deus. Não tinha culpa de ser feia; não tinha dinheiro para roupas bonitas. Clarissa Dalloway rira — mas ela se concentraria em outra coisa até chegar à caixa de correio.

Pelo menos, ela tinha Elizabeth. Mas ela pensaria em outra coisa; pensaria na Rússia; até chegar à caixa de correio.

Como deve ser agradável o campo, disse, esforçando-se, como Mr. Whittaker dissera para fazer, com aquele rancor violento contra o mundo que a havia desprezado, zombado, rejeitado, começando por essa humilhação — a imposição de seu corpo desagradável que ninguém suportava ver. Não importava como arrumasse o cabelo, sua testa continuava parecendo um ovo, calva, branca. Nenhuma roupa caía bem. Não importava que roupa comprasse. E para uma mulher, é claro, isso significava nunca conhecer o sexo oposto. Nunca seria a prioridade de ninguém. De alguma forma, nos últimos tempos, parecia, exceto por Elizabeth, que só vivia pela comida; os confortos; o jantar; o chá; a garrafa de água quente à noite. Mas era preciso lutar; superar; ter fé em Deus. Mr. Whittaker dissera que ela estava viva por um propósito. Mas ninguém entendia a dor! Ele disse, apontando para o crucifixo, que Deus entendia. Mas por que ela tinha que sofrer enquanto outras mulheres, como Clarissa Dalloway, escapavam? O conhecimento vem do sofrimento, respondeu Mr. Dalloway.

Ela já tinha passado pela caixa de correio, e Elizabeth tinha entrado na seção arejada da tabacaria da Army & Navy, enquanto ela continuava murmurando as palavras de Mr. Whittaker sobre como o conhecimento vinha do sofrimento e da carne.

— A carne — murmurou.

— Quer visitar qual departamento? — interrompeu Elizabeth.

— A de anáguas — disse de repente e seguiu direto para o elevador

Elas subiram. Elizabeth a levou para um lado e para o outro; distraída, foi conduzida como se fosse uma criançona, um navio de guerra pesado. Lá estavam as anáguas, marrons, decorosas, listradas, frívolas, sólidas, frágeis; e ela escolheu, em sua distração, de forma ameaçadora, e a garota que a atendia pensou que fosse louca.

Elizabeth se perguntou, enquanto embalavam as compras, no que Miss Kilman estava pensando. Vamos tomar um chá, disse Miss Kilman, recompondo-se. Elas tomaram o chá.

Elizabeth se perguntou se Miss Kilman estava com fome. Era por causa de seu jeito de comer, comia com intensidade, então olhava, várias vezes, para um prato de bolos confeitados na mesa ao lado; então, quando uma senhora e uma criança sentaram-se e a criança pegou um pedaço de bolo, teria Miss Kilman realmente se incomodado? Sim,

Miss Kilman se incomodou. Ela queria comer aquele bolo — o rosa. O prazer de comer era quase o único que lhe restara, e tiraram dela até isso.

Quando as pessoas são felizes, elas têm uma reserva à qual recorrer, dissera a Elizabeth, enquanto ela era uma roda sem pneu (adorava esse tipo de metáfora), sacudida por cada pedrinha — dissera ela, depois da aula, em frente à lareira com sua bolsa de livros, sua "pasta", era como chamava, certa manhã de terça-feira depois do fim da aula. E falava também da guerra. Afinal, havia pessoas que não achavam que os ingleses tinham total razão. Havia livros. Havia reuniões. Havia outros pontos de vista. Será que Elizabeth queria ir com ela ouvir o discurso de Fulano? (um senhor de aparência extraordinária). Então, Miss Kilman a levou a uma igreja em Kensington e elas tomaram chá com um clérigo. Tinha emprestado livros a ela. Direito, medicina, política, todas as profissões são possíveis para as mulheres da sua geração, disse Miss Kilman. Já no seu caso, a carreira estava totalmente arruinada, e era culpa dela? Por Deus, disse Elizabeth, não.

E sua mãe aparecia para dizer que um cesto chegara de Bourton, e será que Miss Kilman gostaria de algumas flores? Sempre era muito, muito gentil com Miss Kilman, mas Miss Kilman amassou todas as flores em um maço, e não fazia conversa fiada, e o que interessava a Miss Kilman entediava sua mãe, e eram terríveis juntas; e Miss Kilman irritava-se e parecia desenxabida, mas era muito inteligente. Elizabeth nunca tinha pensado nos pobres. Eles viviam com tudo que podiam desejar, — sua mãe tomava o café da manhã na cama todos os dias; Lucy levava a ela; e ela gostava de mulheres mais velhas por serem duquesas e descendentes de algum lorde. Mas Miss Kilman (em certa manhã de terça depois da aula) disse:

— Meu avô era dono de uma loja de tinta à óleo e aquarela em Kensington.

Miss Kilman era diferente de qualquer pessoa que ela conhecia; fazia com os outros se sentissem muito insignificantes. Miss Kilman tomou outra xícara de chá. Elizabeth, com suas feições orientais, seu mistério inescrutável, sentava-se com postura perfeita; não, não queria mais nada. Procurou as luvas — as luvas brancas. Estavam debaixo da mesa. Ah, mas ela não podia ir embora! Essa jovem, que era não linda; essa garota, a quem ela realmente amava! Fechou e abriu a mão na mesa,

Aquilo estava ficando um pouco chato, sentiu Elizabeth. E queria mesmo ir embora.

Mas Miss Kilman disse:

— Ainda não terminei.

Se esse era o caso, Elizabeth esperaria, é claro. Mas estava um tanto abafado ali dentro.

— Você vai à festa hoje? — perguntou Miss Kilman. Elizabeth achava que sim; sua mãe queria que fosse. Ela não devia se deixar levar por festas, disse Miss Kilman, pegando o último pedaço da éclair de chocolate.

Ela não gostava muito de festas, disse Elizabeth. Miss Kilman abriu a boca, projetou o queixo um pouco para a frente e engoliu o último pedaço da éclair de chocolate, então limpou os dedos e mexeu a xícara de chá.

Sentia que estava prestes a se partir no meio. A agonia era terrível. Se pudesse alcançá-la, se pudesse agarrá-la, se pudesse torná-la totalmente sua para sempre e depois morrer; isso era tudo o que queria. Mas se sentar ali, sem conseguir pensar no que dizer; ver Elizabeth virando-se até contra ela; sentir-se repulsiva até para ela — era demais; não conseguia suportar. Ela fechou os dedos grossos.

— Nunca vou a festas — disse Miss Kilman, só para que Elizabeth não fosse embora. — Ninguém me convida — e assim que falou, ela soube que seu fim era esse egoísmo; Mr. Whittaker tinha avisado; mas ela não tinha como evitar. Sofrera tanto. — E por que me convidariam? Sou sem graça, sou infeliz. — Ela sabia que era tolice. Mas foram todas aquelas pessoas passando (pessoas com embrulhos, que a desprezavam) que fizeram com que o dissesse. No entanto, ela era Doris Kilman. Tinha um diploma. Era uma mulher que conquistara seu espaço no mundo. Seu conhecimento em história moderna era muito respeitável.

— Não sinto pena de mim mesma — falou. — Sinto pena... — queria dizer "da sua mãe", mas não, não podia dizer isso a Elizabeth. — Sinto muito mais pena das outras pessoas.

Como uma criatura tonta que fora levada até um portão por nenhum motivo aparente e fica ali ansiosa para escapar a galopes, Elizabeth Dalloway permaneceu em silêncio. Miss Kilman tinha mais alguma coisa a dizer?

— Não se esqueça de mim — disse Doris Kilman; sua voz fraquejou. A criatura sonsa galopou até o fim do campo, aterrorizada.

A mão grande se abriu e fechou.

Elizabeth virou a cabeça. Uma garçonete se aproximou. Precisava pagar no balcão, disse Elizabeth e se retirou, de forma que Miss Kilman sentiu as próprias entranhas se esticando conforme ela atravessava o salão, e então, virando a cabeça mais uma vez, fez uma reverência educada e foi embora.

Tinha ido embora. Miss Kilman estava sentada à mesa de mármore em meio às éclairs e foi atingida uma, duas, três vezes por ondas de sofrimento. Ela tinha ido embora. Mrs. Dalloway saiu vitoriosa. Elizabeth tinha ido embora. A beleza tinha ido embora; a juventude tinha ido embora.

Então ficou sentada. Ela se levantou, contornou as mesinhas, cambaleando um pouco de um lado para o outro, e alguém foi atrás dela para devolver a anágua, e ela se perdeu, ficou encurralada entre baús preparados para viagens à Índia; depois se enfiou entre as roupas de cama e roupas de bebê; cambaleou através de todas as mercadorias do mundo, perecíveis e permanentes, presuntos, medicamentos, flores, artigos de papelaria, com cheiros variados, ora doces, ora azedos, depois viu-se cambaleando com o chapéu torto, o rosto muito vermelho, em um espelho de corpo inteiro; e por fim saiu para a rua.

A torre da catedral de Westminster surgiu à sua frente, a casa de Deus. No meio do trânsito, lá estava a casa de Deus. Obstinada, seguiu com seu pacote até aquele outro santuário, o Abbey, onde, ao formar uma tenda com as mãos, sentou-se ao lado daqueles que também buscavam abrigo; os tipos variados de fiéis, agora destituídos de posição social, quase de sexo, ao cobrirem o rosto com as mãos; mas, ao afastá-las, tornavam-se homens e mulheres ingleses de classe média que queriam ver as estátuas de cera.

Mas Miss Kilman permaneceu com a venda sobre os olhos. Ora era desertada; ora congregada. Novos fiéis chegavam das ruas para substituir os pedestres, e mesmo enquanto as pessoas olhavam ao redor e passavam pelo túmulo do Guerreiro Desconhecido, ela continuava cobrindo os olhos e tentava nessa dupla escuridão, já que a luz no Abbey era incorpórea, erguer-se acima das vaidades, dos desejos, das comodidades, livrar-se tanto do ódio quanto do amor. Suas mãos tremiam. Parecia se debater. Porém, para os outros, Deus era acessível, e o caminho até Ele, tranquilo. Mr. Fletcher, aposentado do Tesouro, Mrs. Goham, viúva do famoso conselheiro do rei, simplesmente iam até Ele e, após rezar, recostavam-se, aproveitavam a música (o órgão tocava docemente) e viam Miss Kilman no final da fileira, rezando, rezando, e estando ainda no liminar do submundo, pensavam nela com compaixão, como uma alma que assombrava aquele mesmo território; uma alma feita de uma substância imaterial; não uma mulher, uma alma.

Mas Mr. Fletcher precisava ir embora. Precisava passar por ela, e já que ele mesmo estava um brinco, não podia deixar de ficar um tanto perturbado pela bagunça da pobre mulher; o cabelo solto; o pacote no chão. Ele não a deixou passar de primeira. Mas enquanto ele ficou lá olhando o entorno, o mármore branco, as janelas cinza e os tesouros acumulados (pois ele tinha muito orgulho do Abbey), sua grandeza, robustez e poder enquanto sentava-se ali mexendo os joelhos de tempos em tempos (a forma como como abordava Deus era tão grosseira — seus desejos eram tão difíceis) impressionou-o, como haviam impressionado Mrs. Dalloway (não conseguia tirá-la da cabeça naquela tarde), o reverendo Edward Whittaker e Elizabeth também.

E Elizabeth aguardava um ônibus na Victoria Street. Era tão bom estar em um espaço aberto. Talvez ainda não precisasse já voltar para casa. Era tão bom estar ao ar livre. Então precisava pegar um ônibus. E aquilo já começava, mesmo parada ali, em suas roupas muito bem ajustadas, já começava... as pessoas estavam começando a compará- la com choupos, amanhecer, jacintos, filhotes, água corrente e lírios de jardim; e assim a vida se tornava um fardo para ela, pois gostaria muito mais que a deixassem em paz para fazer o que tinha vontade no campo, mas a comparavam com lírios, e ela precisava ir a festas, e Londres era tão cansativa comparada a ficar sozinha no campo com seu pai e os cães.

Ônibus passavam, paravam, partiam — caravanas espalhafatosas, brilhando com tinta vermelha e amarela. Mas em qual ela deveria subir? Ela não tinha preferências. É claro que não abriria caminho. Sua natureza era passiva. Do que ela precisava era de expressão, mas seus olhos eram pequenos, chineses, orientais e, assim como sua mãe dizia, com ombros tão belos e uma postura tão boa, era sempre um prazer olhar para ela; e nos últimos tempos, principalmente à noite, quando lhe interessava, pois nunca parecia animada, ela era quase bela, muito imponente, muito serena. No que poderia estar pensando? Todos os homens se apaixonavam por ela e, na verdade, ela estava incrivelmente entediada. Porque estava começando. Sua mãe sabia — os elogios estavam começando. O fato de ela não dar mais importância a, por exemplo, suas roupas — isso às vezes preocupava Clarissa, mas talvez fosse melhor assim, com todos aqueles filhotes e porquinhos-da-índia doentes, e isso lhe dava certo charme. E agora havia essa estranha amizade com Miss Kilman. Bem, pensou Clarissa às três da manhã enquanto lia Baron Marbot porque não conseguia dormir, isso prova que ela tem coração.

De repente, Elizabeth deu um passo à frente e entrou no ônibus diante de todos. Sentou-se no andar de cima. Aquela criatura impetuosa — um pirata — deu partida e acelerou; ela precisou segurar-se no corrimão para manter o equilíbrio, como um pirata, era imprudente, inescrupuloso, avançava sem piedade, contornava perigosamente, roubando um passageiro — ou o ignorando — espremendo-se com arrogância, feito uma enguia, entre os outros, e então disparando insolente, todas as velas erguidas, em direção a Whitehall. E por acaso Elizabeth desperdiçou qualquer pensamento em Miss Kilman, que a amava sem ciúmes, para quem era uma corça ao ar livre, a lua numa clareira? Estava feliz pela liberdade. O ar fresco era uma delícia. Estava abafado na Army & Navy. E agora era como cavalgar, subindo o Whitehall; e a cada movimento do ônibus, aquele lindo corpo no casaco com cor de corça reagia livremente, feito um cavalheiro, feito a figura de proa de um navio, pois a brisa a bagunçara um pouco; o calor lhe dava a palidez de uma madeira pintada de branco; e seu olhos pequenos, sem outro par de olhos para fitar, encarava à distância, vazios, brilhantes, com a incrível inocência de uma escultura.

O que fazia a convivência com Miss Kilman tão difícil é que sempre falava do próprio sofrimento. E será que tinha razão? Se participar de comitês e renunciar horas e horas de cada dia (ela mal o via em Londres) ajudava os pobres, era isso que seu pai fazia, só Deus sabia se era isso que Miss Kilman queria dizer sobre ser cristã; mas era difícil dizer. Ah, ela queria um pouco mais longe. Mais um níquel para ir até Strand? Aqui estava outro níquel, então. Ela iria até Strand.

Gostava dos enfermos. E qualquer profissão é possível para mulheres de sua geração, disse Miss Kilman. Então talvez virasse médica. Talvez virasse fazendeira. Os animais adoecem com frequência. Talvez virasse proprietária de mil acres e tivesse pessoas sob seu comando. Iria visitá-las em seus chalés. Era a Somerset House. Era possível tornar-se uma ótima fazendeira — e isso, por mais estranho que fosse, apesar de Miss Kilman ter certa influência, era em sua maior parte por causa da Somerset House. Aquela imponente construção cinza era tão esplêndida, tão séria. E ela gostava da sensação das pessoas trabalhando. Gostava daquelas igrejas que pareciam figuras de papel cinza, contornando o fluxo do Strand. Aqui é bem diferente de Westminster, pensou, descendo na Chancery Lane. Era tudo tão sério; tão movimentado. Resumindo, ela gostaria de ter uma profissão. Seria uma médica, fazendeira, poderia fazer parte do Parlamento, se necessário, tudo por conta da Strand.

O passo daquelas pessoas ocupadas com seus afazeres, as mãos colocando pedra sobre pedra, as mentes sempre ocupadas não com assuntos triviais (como comparar mulheres a choupos — coisa muito empolgante, é claro, mas muito bobo), mas com assuntos de navios, negócios, leis, administração, e com tudo tão imponente (ela estava no Temple), alegre (ali passava o rio), religioso (lá estava a igreja), sentiu-se determinada, independentemente do que sua mãe diria, a tornar-se fazendeira ou médica. Mas ela era, é claro, um tanto preguiçosa.

E era melhor não dizer nada a respeito. Parecia muito bobo. Era o tipo de coisa que às vezes acontecia quando se estava sozinho — edifícios sem os nomes dos arquitetos, multidões voltando do centro com mais poder que clérigos solteiros de Kersington, do que qualquer um dos livros que Miss Kilman lhe emprestara para estimular aquilo que ficava dormente, torpe e escondido no piso arenoso da mente a vir à superfície, como uma criança que de repente se espreguiça; era só isso, talvez, um suspiro, um alongar dos braços, um impulso, uma revelação, que surtia efeito para sempre e depois voltava ao chão arenoso. Ela tinha que ir para casa. Tinha que se arrumar para o jantar. Mas que horas eram? Onde havia um relógio?

Ela olhou para a Fleet Street. Caminhou um pouco em direção à St. Paul, tímida, como alguém que anda nas pontas dos pés, explorando uma casa estranha à noite, iluminada apenas por uma vela, temendo que o dono de repente abra a porta do quarto e pergunte o que ela está fazendo ali, não ousava se embrenhar em becos esquisitos, ruelas tentadoras, assim como não ousaria abrir as portas de uma casa estranha, que poderia dar em quartos ou escritórios, ou direto na dispensa. Pois nenhum Dalloway tinha o costume de ir a Strand no dia a dia; ela era uma pioneira, uma andarilha, se aventurando, explorando.

De muitas formas, sua mãe sentia que ela ainda era extremamente imatura; ainda uma criança, apegada a bonecas, pantufas velhas; um verdadeiro bebê; e isso era encantador. Porém, dentro da família Dalloway havia a tradição do serviço público. Abadessas, diretoras, reitoras, dignatárias — na república das mulheres —, mesmo nenhuma sendo brilhante, tinham esses cargos. Adentrou um pouco mais na direção de St. Paul's. Gostava da genialidade, da irmandade, da maternidade, da fraternidade dessa comoção. Parecia bom. O barulho era tremendo; e de repente surgiu o som estridente das trombetas (dos desempregados), ecoando em meio ao tumulto; música militar; como se as pessoas estivessem marchando; mas se estivessem morrendo — se alguma mulher desse o último suspiro e quem a estivesse velando, abrindo a janela onde ela acabara de realizar aquele ato de suprema dignidade, e olhasse para a Fleet Street, aquele tumulto, aquela música militar subiria até ele triunfante, um consolo, indiferente.

Não era algo consciente. Não havia nisso o reconhecimento da sorte ou destino de ninguém, e por isso mesmo, até para aqueles que observavam atordoados os últimos tremores de consciência nos rostos dos moribundos, era um consolo.

O esquecimento das pessoas pode ferir, a ingratidão pode corroer, mas essa voz, fluindo sem parar, ano após ano, levaria o que quer que fosse; esse juramento; esse furgão; essa vida; essa procissão; embalaria todos e seguiria em frente, como a corrente de uma geleira arrasta uma lasca de osso, uma pétala azul e alguns troncos de carvalho.

Mas já era mais tarde do que ela imaginava. Sua mãe não gostaria que estivesse perambulando sozinha assim. Ela virou na Strand.

Uma lufada de vento (apesar do calor, ventava bem) soprou um véu fino e escuro sobre o sol e sobre a Strand. Os rostos desbotaram; os ônibus de repente perderam o brilho. Apesar das nuvens serem de um branco tão montanhoso que parecia ser possível arrancar lascas com um machado, contornadas por amplas encostas douradas, jardins celestiais e parecessem servir de morada dos deuses acima do mundo, havia um movimento perpétuo entre elas. Trocavam sinais, como se para seguir um grande plano já traçado, ora um cume diminuía, ora um bloco de proporções piramidais, antes imóvel, avançava até o centro ou levava a procissão para um novo ancoradouro. Por mais firmes que parecessem em seus postos, repousando em perfeita unanimidade, nada poderia ser mais fresco, livre, superficialmente sensível quanto a superfície branca como a neve ou contornada de dourado; mudar, mover-se, desmanchar o conjunto perfeito era imediatamente possível; e apesar da grande firmeza, da robustez e solidez acumulada, ora lançavam luz sobre a terra, ora escuridão.

Com calma e destreza, Elizabeth subiu no ônibus para Westminster.

Indo e vindo, acenando, sinalizando, de modo que a luz e a sombra, que ora deixavam a parede cinza, ora as bananas amarelo-vivo, ora deixavam Strand cinza, ora deixavam os ônibus amarelo-vivo, parecia a Septimus Warren Smith, deitado no sofá da sala de estar; observando o dourado aquoso brilhar e se apagar com a incrível sensibilidade de alguma criatura viva nas rosas, no papel de parede. Do lado de fora, as árvores arrastavam suas folhas como redes pelas profundezas do ar; o som de água estava na sala, e com as ondas vinham as vozes dos pássaros cantando. Todas as forças despejavam seus tesouros na cabeça dele e sua mão estava ali parada no encosto do sofá, como tinha visto sua mão parada quando se banhava, boiando, acima das ondas, enquanto ao longe, na costa, ouviu cães latindo e latindo à distância.

Ele não temia. A cada momento, a mãe natureza demonstrava por algum sinal risonho, como aquele ponto dourado que contornava a parede, — ali, ali, ali —, sua determinação de se revelar, ao exibir suas plumas, chacoalhar seus cabelos, jogar seu manto para lá e para cá, de forma linda, sempre linda, e aproximando-se para sussurrar com as mãos em concha as palavras de Shakespeare, seu significado.

Rezia, sentada à mesa e moldando um chapéu nas mãos, o observava; o viu sorrindo. Então estava feliz. Mas ela não aguentava vê-lo sorrindo. Isso não era um casamento; não era ser marido de alguém parecer tão estranho, sempre se sobressaltando, rindo, passar horas e horas em silêncio, ou segurá-la e mandá-la escrever. A gaveta da mesa estava cheia desses textos; sobre guerra; sobre Shakespeare; sobre grandes descobertas; sobre como não havia morte. Nos últimos tempos, ele ficava animado sem motivo (e tanto Dr. Holmes quanto Sir William Bradshaw disseram que a animação era a pior coisa para ele) e acenava e gritava que sabia a verdade! Sabia de tudo! Aquele homem, Evans, o amigo que fora morto, voltara, disse. Estava cantando atrás do biombo. Ela escrevia exatamente o que ele dizia. Algumas das coisas eram lindas; outras, pura invenção. E ele sempre parava no meio, mudava de ideia; queria acrescentar alguma coisa; ouvia algo novo; ouvia com a mão erguida. Mas ela não ouvia nada.

E certa vez, eles encontraram a garota que arrumava o quarto lendo um destes papéis e gargalhando. Foi horrível. Pois isso fez com que Septimus gritasse sobre a crueldade das pessoas — sobre como destroçam uns aos outros. Os derrotados, disse, são destroçados. "Holmes está de olho em nós", dizia, e inventava histórias sobre Holmes; Holmes comendo mingau; Holmes lendo Shakespeare — tinha ataques de riso ou de raiva, já que para ele Dr. Holmes significava algo horrível. Chamava-o de "A natureza humana". E então havia as visões. Tinha se afogado, costumava dizer, e estava deitado em algum penhasco com gaivotas gritando sobre seu corpo. Olhava por cima da beira do sofá e via o mar. Ou escutava música. Quando na verdade era só um realejo ou algum homem gritando na rua. Mas gritava "Que maravilha" e as lágrimas escorriam por seu rosto, e para ela essa era a coisa mais terrível de todas, ver um homem como Septimus, que havia lutado, que era corajoso, chorando. E ele ficava deitado, escutando, até começar a gritar que estava caindo, caindo nas chamas! E ela até procurava pelas chamas, de tão convincente. Mas não havia nada. Eram só eles na sala. Era um sonho, ela dizia, e ele por fim ficava quieto, mas às vezes ela também ficava assustada. Ela suspirou enquanto costurava.

Seu suspiro era terno e encantador, como o vento num bosque à noite. Ora abaixava as tesouras; ora virava-se para pegar algo da mesa. Um leve movimento, um farfalhar sutil, umas batidinhas suaves, algo começou a surgir ali na mesa onde ela estava costurando. Por baixo dos cílios, ele conseguia ver sua figura embaçada; seu corpinho magro e negro; o rosto e as mãos; seus movimentos sobre a mesa, ao pegar um carretel ou procurar (sempre perdia as coisas) a seda. Estava fazendo um chapéu para a filha casada de Mrs. Filmer, cujo nome era... ele esquecera qual era o dela.

— Como se chama a filha casada de Mrs. Filmer? — perguntou.

— Mrs. Peters — respondeu Rezia. Temia que o chapéu estivesse muito pequeno, disse, erguendo-o. Mrs. Peters era uma mulher gorda; mas ela não gostava dela. Era só por Mrs. Filmer ter sido tão gentil com eles — “Me deu uvas esta manhã” —, disse, que

Rezia queria fazer algo para demonstrar a gratidão. Ela havia entrado na sala outro dia e encontrado Mrs. Peters, que achou que eles tinham saído, escutando o toca-discos.

— É mesmo? — perguntou ele. Ela estava ouvindo o toca-discos? Sim; ela havia dito a ele quando aconteceu; tinha encontrado Mrs. Peters ouvindo o toca-discos.

Ele começou, com muita cautela, a abrir os olhos, para conferir se o toca-discos estava mesmo ali. Mas as coisas reais — as coisas reais eram empolgantes demais. Precisava ter cuidado. Não podia enlouquecer. Primeiro olhou para as revistas de moda na prateleira de baixo, então, aos poucos, para o toca-discos de corneta verde. Nada podia ser mais exato. E então, juntando coragem, olhou para o aparador; o prato com bananas, a gravura da Rainha Vitória e o Príncipe Consorte; para a cornija, com o vaso de rosas. Nada se movia. Estava tudo parado; tudo real.

— Ela é uma mulher com uma língua venenosa — disse Rezia.

— O que Mr. Peters faz da vida? — perguntou Septimus.

— Ah — disse Rezia, tentando se lembrar. Achava que Mrs. Filmer tinha dito que viajava por alguma empresa. — Agora mesmo, está em Hull.

“Agora mesmo!” Dissera com o sotaque italiano. Ela mesma havia dito. Ele cobria os olhos para que só pudesse ver uma parte de seu rosto de cada vez, primeiro o queixo, então o nariz e a testa, caso estivesse deformado ou tivesse alguma mancha terrível. Mas não, lá estava ela, perfeitamente natural, costurando, com os lábios em bico como as mulheres fazem, a expressão melancólica e concentrada quando costuram. Mas não havia nada de terrível nisso, ele garantiu a si mesmo, olhando uma segunda vez, uma terceira vez para suas mãos, pois o que havia de assustador ou nojento nela, sentada ali, em plena luz do dia, costurando? Mrs. Peters tinha uma língua venenosa. Mr. Peters estava em Hull? Por que se irritar e profetizar? Para que tremer e chorar sob as nuvens? Para que procurar verdades e entregar mensagens enquanto Rezia enfiava alfinetes no vestido e Mr. Peters estava em Hull? Milagres, revelações, agonias, solidão, cair no mar de forma cada vez mais profunda, até chegar nas chamas, tudo se queimando, pois ele tinha a impressão, ao observar Rezia ajustando o chapéu de palha de Mrs. Peters, de ser uma colcha de flores.

— Está pequeno demais para Mrs. Peters — disse Septimus. Pela primeira vez em dias, falava como antes costumava falar!

— É claro que está...absurdamente pequeno — disse ela. — Mas Mrs. Peters escolheu assim.

Ele tirou o chapéu das mãos dela. Disse que o chapéu era para um macaquinho de realejo.

Como aquilo a animou! Há semanas não riam juntos assim, uma diversão particular de pessoas casadas. O que queria dizer era que, caso Mrs. Filmer, ou Mrs. Peters, ou qualquer um chegasse, não entenderiam do que ela e Septimus estavam rindo.

— Pronto — disse, prendendo uma rosa à lateral do chapéu. Nunca se sentira tão feliz! Nunca na vida!

— Mas agora estava ainda mais ridículo — disse Septimus. — Agora a pobre mulher pareceria um porco na feira.

(Ninguém conseguia fazê-la rir como Septimus.)

O que ela tinha na caixinha de costura? Tinha fitas, contas, borlas, flores artificiais. Ela espalhou tudo na mesa. Ele começou a fazer combinações estranhas de cores — apesar de não ter talento com as mãos, não conseguia nem fazer um embrulho, tinha o olhar treinado, e muitas vezes acertava, outras vezes fazia algo absurdo, é claro, mas às vezes estava incrivelmente certo.

— Ela vai ter um belo chapéu — murmurou, pegando uma coisa e outra, Rezia ajoelhada ao seu lado, olhando por cima de seu ombro. Agora estava pronto, ou seja, o conceito; ela só precisava costurar tudo. Mas tinha que ter muito, muito cuidado para deixar exatamente como ele tinha feito.

Então ela costurou. Quando costurava, pensou ele, ela fazia um barulho como a de uma chaleira no fogão; borbulhando, murmurando, sempre ocupada, os dedinhos curvados puxando e apertando; a agulha em riste. O sol podia surgir e sumir sobre as borlas, sobre o papel de parede, mas ele esperaria, pensou, esticando os pés, olhando a meia listrada na ponta do sofá; aguardaria neste lugar quente, este vácuo de ar parado, com o qual alguém se depara nos limites de um bosque à noite, onde, por causa de uma vala ou pela disposição das árvores (era preciso ser científico acima de tudo, científico), o calor perdura e o vento bate na bochecha feito as asas de um pássaro.

— Pronto — disse Rezia, girando o chapéu na ponta dos dedos. — Por enquanto, está bom. Depois... — A frase vazou, pingou, pingou, pingou, como uma torneira que fora deixada aberta.

Era incrível. Ele nunca tinha feito algo que lhe trouxera tanto orgulho. Era tão real, tão concreto, o chapéu de Mrs. Peters.

— Olha só isso — disse ele.

Sim, ela sempre ficaria feliz ao ver aquele chapéu. Ele havia voltado a ser ele mesmo naquele momento, tinha dado risada naquele momento. E eles estavam sozinhos. Ela sempre gostaria daquele chapéu.

Ele disse para ela experimentá-lo.

— Mas devo estar tão engraçada! — gritou ela, correndo até o espelho e olhando primeiro de um lado, depois do outro. Então tirou o chapéu de novo, pois houve uma batida na porta. Será que era Sir William Bradshaw? Já enviara alguém?

Não! Era só a garotinha com o jornal da noite.

Aconteceu o que sempre acontecia — o que acontecia em todas as noites de suas vidas. A garotinha chupou o dedão à porta; Rezia ajoelhou-se; Rezia arrulhou e a beijou; Rezia pegou um saco de bolsas na gaveta da mesa. Pois era assim que sempre acontecia. Primeiro uma coisa, depois a outra. Então ela montava a cena, primeiro uma coisa, depois a outra. Dançando, pulando, circulando a sala. Ela pegou o jornal. Surrey fora eliminado, leu ele. Houve uma onda de calor. Rezia repetiu: Surrey fora eliminado. Houve uma onda de calor, tornando isso parte do jogo que estava brincando com a neta de Mrs. Filmer, as duas rindo e conversando ao mesmo tempo, tudo parte da brincadeira. Ele estava muito cansado. Ele estava muito feliz. Iria dormir. Ele fechou os olhos. Mas assim que passou a não ver mais nada, os sons da brincadeira ficaram mais baixos e mais estranhos e pareceram os gritos de pessoas que procuram e não encontram, afastando-se cada vez mais. Haviam o perdido!

Ele acordou desesperado. O que via? O prato de bananas no aparador. Não tinha ninguém ali (Rezia tinha levado a criança para a mãe; era hora de dormir). Era isso: ficaria sozinho para sempre. Esse foi o destino anunciado em Milão quando entrou na sala e as viu cortando as entretelas com as tesouras; ficaria sozinho para sempre.

Ele estava sozinho com o aparador e as bananas. Estava sozinho, exposto nessa eminência sombria, estirado — mas não no cume; não no penhasco; no sofá da sala –de estar de Mrs. Filmer. Quanto às visões, os rostos, as vozes dos mortos, onde tinham ido parar? Havia um biombo na frente dele, com juncos pretos e andorinhas azuis. Onde antes vira montanhas, onde vira rostos, onde vira beleza, havia um biombo.

— Evans! — gritou. Ninguém respondeu. Um rato guinchou, ou uma cortina farfalhou. Eram as vozes dos mortos. O biombo, o balde de carvão, o aparador continuavam com ele. Que encarasse o biombo, o balde de carvão e o aparador..., mas Rezia entrou na sala tagarelando.

Uma carta havia chegado. Os planos de todos tinham mudado. Mrs. Filmer não conseguiria ir a Brighton, no fim das contas. Não havia tempo para avisar Mrs. Williams e Rezia achou muito, muito irritante quando bateu o olho no chapéu e pensou... talvez... poderia... fazer só um pequeno ajuste... Sua voz foi esvanecendo em uma melodia satisfeita.

— Ah, desgraça! — gritou (era uma piada entre eles, os xingamentos dela); a agulha quebrara. Chapéu, criança, Brighton, agulha. Ela foi montando; primeiro uma coisa, depois a outra, foi montando, costurando.

Ela queria saber se ele achava que o chapéu estava melhor agora que ela havia trocado a rosa de lugar. Sentou-se na ponta do sofá.

Estavam perfeitamente felizes agora, disse de repente, abaixando o chapéu. Pois podia dizer qualquer coisa para ele agora. Podia dizer qualquer coisa que viesse à mente. Essa foi quase a primeira coisa que sentira em relação a ela, aquela noite em que ele apareceu no café com os amigos ingleses. Ele havia entrado, muito tímido, olhou ao redor e seu chapéu caiu quando ele o pendurou. Disso ela se lembrava. Ela soube que ele era inglês, mas não um daqueles ingleses grandes que sua irmã admirava, pois sempre foi magro; mas sua tez era linda e fresca; e com o nariz grande, os olhos brilhantes, a maneira com que se sentava um pouco encurvado, fez com que se lembrasse, ela dissera isso a ele muitas vezes, de um filhote de falcão, aquela primeira vez que o viu, quando estava jogando dominó e ele apareceu — um filhote de falcão; mas com ela sempre fora muito gentil. Nunca o vira enlouquecido ou bêbado, só sofria, às vezes, com aquela guerra terrível, mas mesmo assim, quando ela chegava, ele deixava tudo de lado. Qualquer coisinha, qualquer coisinha no mundo, qualquer incomodo com o trabalho, qualquer coisa que tivesse vontade ela contava a ele, e ele entendia na hora. Nem mesmo a família dela era assim. Por ser mais velho e, então, inteligente — como era sério, querendo que ela soubesse ler Shakespeare quando ainda não conseguia nem ler um conto infantil em inglês —, por ser muito mais experiente, podia ajudá-la. E ela também podia ajudá-lo.

Mas agora o chapéu. E então (estava ficando tarde) Sir William Bradshaw.

Ela levou as mãos à cabeça, esperando que ele dissesse se tinha gostado ou não do chapéu, e enquanto ela estava sentada ali, esperando, olhando para baixo, ele sentia a mente dela pulando de galho em galho como um passarinho que sempre pousava com firmeza; ele conseguia seguir sua mente conforme ela se sentava ali em uma de suas poses relaxadas que assumia naturalmente, e, se ele dissesse algo, na mesma hora ela sorria, como um pássaro pousando com todas as garras no galho.

Mas ele se lembrou. Bradshaw disse: "As pessoas de que mais gostamos não nos fazem bem quando estão doentes." Bradshaw disse que ele precisava aprender a descansar. Bradshaw disse que os dois precisavam manter distância.

— "Precisavam", "precisavam", por que "precisavam"? Que poder Bradshaw tinha sobre ele? Que direito Bradshaw tinha de dizer o que ele "precisava" fazer? — exigiu.

— É porque você falou que se mataria — respondeu Rezia. (Ainda bem que agora podia dizer qualquer coisa a Septimus.)

Então ele estava à mercê deles! Holmes e Bradshaw o pegariam! O monstro de narinas vermelhas estava farejando todos os lugares escondidos! "Precisava" podia dizer! Onde estavam seus papéis?, as coisas que ele tinha escrito?

Ela levou os papéis a ele, as coisas que tinha escrito, coisas que ela tinha escrito para ele. Ela despejou tudo no sofá. Eles olharam juntos. Diagramas, desenhos, homenzinhos e mulherzinhas com braços de palito, com asas — eram asas? — nas costas, círculos feitos com xelins e pences — os sóis e as estrelas; penhascos em zigue-zague, onde alpinistas escalavam amarrados em cordas, igualzinho a facas e garfos; o mar com rostinhos sorridentes no que talvez fossem ondas: o mapa-múndi. Queime tudo!, gritou. Agora, o que escreveu; como os mortos cantavam atrás dos arbustos de rododentros; odes ao Tempo; conversas com Shakespeare; Evans, Evans, Evans — as mensagens que recebeu dos mortos; não corte as árvores; avise ao Primeiro-ministro. Amor universal: o significado do mundo. Queime tudo!, gritou.

Mas Rezia pegou tudo. Algumas das coisas eram muito bonitas, pensou.

Embrulharia tudo (já que não tinha um envelope) em um pedaço de seda.

Mesmo que o levassem, disse ela, iria com ele. Não podiam separá-los contra sua vontade, disse ela.

Alisando as pontas, ela juntou os papéis e amarrou o embrulho quase sem olhar, sentando-se perto, sentando-se ao seu lado, como se todas as suas pétalas estivessem ao redor. Ela era uma árvore florida; e de seus galhos via-se o rosto de uma legisladora, que tinha alcançado um santuário onde não temia a ninguém; nem Holmes; nem Bradshaw; era um milagre, uma vitória, o último e mais importante deles. Cambaleando, ele a viu subir a assustadora escadaria, carregando Holmes e Bradshaw, homens que nunca pesaram menos que setenta e dois quilos, que mandavam as esposas à corte, homens que ganhavam dez mil por ano e falavam de proporção; que discordavam do veredito (já que Holmes dizia uma coisa, e Bradshaw, outra), mas que eram juízes; que confundiam a visão e o aparador; não enxergavam nada com clareza e ainda assim julgavam, ainda assim puniam. Ela os derrotou.

— Pronto — disse ela. Os papéis estavam embrulhados. Ninguém os pegaria. Ela ia guardá-los.

E, disse ela, nada poderia separá-los. Ela sentou-se ao seu lado e o chamou pelo nome daquele falcão ou corvo, um ser maligno e grande destruidor de lavouras, exatamente como ele. Ninguém podia separá-los, disse.

Então ela se levantou para ir ao quarto e fazer as malas deles, mas ao ouvir vozes no andar de baixo e achando que era Dr. Holmes chamando, desceu correndo para evitar que ele subisse.

Septimus podia ouvi-la conversando com Holmes na escada.

— Cara senhora, vim como amigo — estava dizendo Holmes.

— Não. Não vou permitir que veja meu marido — disse ela.

Ele podia vê-la, como uma pequena galinha, abrindo as asas para impedir a passagem. Mas Holmes insistiu.

— Cara senhora, permita-me... — disse Holmes, empurrando-a para o lado. (Holmes era um homem forte).

Holmes estava subindo. Holmes arrombaria a porta. Holmes diria, “Está meio para baixo, né?” Holmes o alcançaria. Mas não; nada de Holmes; nada de Bradshaw. Levantando-se com dificuldade, pulando em um pé depois o outro, ele pensou na bela faca de pão de Mrs. Filmer, com “pão” gravado no cabo. Ah, mas ele não podia estragar o objeto. O aquecedor? Mas já era tarde demais para isso. Holmes estava chegando. Poderia pegar as navalhas, mas Rezia, que sempre fazia esse tipo de coisa, deveria as ter escondido. Sobrou apenas a janela, a grande janela da pensão de Bloomsbury; aquela ideia cansativa, incômoda e melodramática de abrir uma janela e se jogar. Era o que eles consideravam uma tragédia, não ele nem Rezia (pois estava com ele). Holmes e Bradshaw gostavam desse tipo de coisa. (Ele se sentou no peitoril.) Mas esperaria até o último momento. Não queria morrer. A vida era boa. O sol era quente. Mas os seres humanos? Descendo a escada à sua frente, um homem parou e o encarou. Holmes estava na porta.

— Você vai ver só — gritou e se jogou com força e violência na cerca do pátio de Mrs. Filmer.

— Esse covarde! — gritou Dr. Holmes, arrombando a porta. Rezia correu até a janela, ela viu; ela entendeu. Dr. Holmes e Mrs. Filmer se esbarraram. Mrs. Filmer tirou o avental e cobriu os olhos de Rezia no quarto. Houve uma correria nas escadas. Dr. Holmes se aproximou, branco feito papel, tremendo por inteiro, com um copo na mão. Ela precisava ser corajosa e beber alguma coisa, disse (O que era? Uma bebida doce), pois o marido dela estava terrivelmente mutilado, não voltaria a acordar, ela não podia vê-lo, tinha que se poupar o máximo possível, a pobre mulher ainda teria que passar pelo inquérito. Quem poderia ter previsto? Foi um impulso, ninguém podia ser culpado (disse à Mrs. Filmer). E Dr. Holmes não conseguia entender por que diabos fizera aquilo.

Ao tomar a bebida doce, ela sentiu que abria grandes janelas e saía em um jardim. Mas onde estava? O relógio badalava — um, dois, três: como o barulho era racional comparado a todo esse bater de pés e sussurros; como o próprio Septimus. Ela estava caindo no sono. Mas o relógio continuava a badalar, quatro, cinco, seis, e Mrs. Filmer balançava o avental (não trariam o corpo aqui, não é?), parecendo fazer parte do jardim; ou uma bandeira. Certa vez, vira uma bandeira ondulando lentamente no mastro quando passou um tempo com a tia em Veneza. Homens que morriam em combate eram homenageados, e Septimus sobrevivera à guerra. De suas lembranças, a maioria era feliz.

Ela colocou o chapéu e correu pelos milharais — onde poderia estar? — até uma colina, algum lugar próximo ao mar, pois havia navios, gaivotas, borboletas; sentaram-se à beira de um penhasco. Haviam sentado em Londres também e, semiconscientes, chegaram a ela pela porta do quarto, a chuva caindo, sussurros, movimento nos trigais, a carícia do mar, parecendo esvaziá-los em sua concha e murmurar para ela, deitada na areia, como se estivesse espalhada feito flores em um túmulo.

— Está morto — disse ela, sorrindo para a pobre senhora que velava por ela com os olhos azuis-claros fixos na porta. (Não o trariam aqui, trariam?) Mas Mrs. Filmer fez que não. Ah, não, não! Estavam o levando embora. Não era bom contar a ela? Pessoas casadas deviam ficar juntas, pensou Mrs. Filmer. Mas era melhor seguir as ordens do médico.

— Deixe que durma — disse Dr. Holmes, aferindo sua pulsação. Ela viu a silhueta escura de seu corpo contra a janela. Então esse era o Dr. Holmes.

Essa era uma das vitórias da civilização, pensou Peter Walsh. É uma das vitórias da civilização, enquanto a sirene alta e clara da ambulância soava. Rápida, eficiente, a ambulância acelerou até o hospital depois de recolher instantaneamente, humanamente, alguma pobre criatura; alguém que foi atingido na cabeça, tomado por alguma doença, atropelado talvez um ou dois minutos antes no cruzamento, como poderia acontecer com ele mesmo. A civilização era assim. Ele se deu conta ao voltar do oriente: a eficiência, a organização o espírito comunitário de Londres. Cada carroça e carruagem desviava, por vontade própria, para deixar a ambulância passar. Talvez fosse mórbido; ou não era comovente, o respeito que demonstravam a essa ambulância e à vítima que carregava — homens ocupados com pressa para voltar para casa, mas assim que passava, pensavam na esposa de alguém; ou em como poderia facilmente ser um deles ali, deitados numa maca ao lado de um médico e uma enfermeira... Ah, mas pensar se torna mórbido, sentimental, na mesma hora começa-se a imaginar médicos, cadáveres; um leve brilho de prazer, ou até de desejo também alertava a não pensar mais nesse tipo de coisa — fatal a arte, fatal a amizade. Era verdade. E, mesmo assim, pensou Peter Walsh quando a ambulância virou a esquina, enquanto a sirene alta e clara ainda podia ser ouvida da próxima rua e ainda mais longe, ao cruzar a Tottenham Court Road, tocando sem parar, eis o privilégio da solidão: na privacidade, podia-se fazer o que quisesse. Poderia chorar se ninguém estivesse vendo. Isso foi sua ruína — essa sensibilidade — na sociedade anglo-indiana; não sabia chorar na hora apropriada, e nem rir. Tenho isso em mim, pensou, parado em frente à caixa do correio, e poderia se acabar em lágrimas naquele momento. Por quê, só Deus sabe. Talvez por causa de algum tipo de beleza, e o peso do dia, que, ao começar com aquela visita a Clarissa, o tinha exaurido com seu calor, sua intensidade, e aquele gotejar de uma impressão depois da outra naquele porão profundo e escuro onde estavam, sem que ninguém soubesse. Talvez por esse motivo, o sigilo, completo e inviolável, ele considerava a vida um jardim desconhecido, cheio de curvas e cantos, surpreendente, sim; eram de tirar o fôlego, esses momentos; ali, aproximando-se dele na caixa de correio em frente ao Museu Britânico, vinha um deles, um momento em que tudo fazia sentido; esta ambulância, a vida e a morte. Era como se essa onda de emoção o tivesse levado para o topo de um edifício muito alto, deixando o resto dele despido, como uma praia salpicada de conchas. Isso fora sua ruína na sociedade anglo-indiana: essa sensibilidade.

Clarissa, certa vez, junto dele em um ônibus indo para algum lugar, Clarissa que, ao menos superficialmente, se emocionava tão fácil, ora desesperada, ora em ótimo humor, uma ótima companhia naqueles dias, apontando cenas, nomes e pessoas do ônibus, pois eles costumavam explorar Londres e carregar sacolas cheias de tesouros do mercado da Caledonian — Clarissa tinha uma teoria naquela época — os dois tinham um monte de teorias, sempre teorias, como os jovens sempre têm. Servia para explicar aquela insatisfação que sentiam; de não conhecer as pessoas; de não serem conhecidos. E como poderiam conhecer um ao outro? Ora se viam todos os dias; depois passavam seis meses sem se ver, ou até anos. Era insatisfatório, concordaram, como se conhece pouco as pessoas. Mas ela disse, sentada no ônibus com destino a Shaftesbury Avenue, que sentia como se estivesse por todo canto; não "aqui, aqui, aqui"; e ela batucou o encosto do banco; mas em todos os lugares. Ela gesticulou, subindo a Shaftesbury Avenue. Ela era tudo isso. Então, para conhecê-la, ou a qualquer um, era preciso buscar o que os completava; e os lugares também. Tinha afinidades peculiares com pessoas com quem nunca tinha conversado, certa mulher na rua, certo homem atrás do balcão — até mesmo as árvores ou celeiros. Acabou chegando numa teoria transcendental de que, dado seu pavor da morte, fazia-a acreditar, ou dizer que acreditava (devido a todo seu ceticismo), que nossa aparição, ou a parte de nós que aparece, é tão efêmera que, comparada à outra, nossa parte invisível, que tanto se alastra, talvez a parte invisível possa sobreviver, talvez possa ser recuperada a partir do vínculo com alguém, ou talvez até ao assombrar certos lugares, depois da morte. Talvez... talvez.

Ao pensar em retrospecto nessa longa amizade de quase trinta anos, a teoria dela até fazia sentido. Por mais breves, inconstantes e muitas vezes dolorosos os encontros dos dois, com suas ausências e interrupções (como nessa manhã em que apareceu Elizabeth como um potro de pernas longas, bela, tola, bem quando ele tinha começado a conversar com Clarissa), o impacto deles em sua vida era imensurável. Havia certo mistério. Você recebia uma semente afiada, aguda, desconfortável — o encontro em si; quase sempre agonizante; mas em sua ausência, nos lugares mais improváveis, ela florescia, desabrochava, exalava seu aroma, permitia que tocasse, provasse, olhasse em volta, compreendesse tudo, depois de anos abandonado. Assim Clarissa se apresentara a ele; a bordo do navio, no Himalaia; na sugestão das coisas mais peculiares (assim como Sally Seton, generosa e empolgada, pensava *nele* ao ver hortênsias azuis). Ela tinha mais influência do que qualquer pessoa que já conhecera. E sempre surgia assim, sem que ele desejasse, fria, elegante, crítica; ou arrebatadora, romântica; lembrando algum campo ou colheita na Inglaterra. Ele se deparava com ela com mais frequência no interior, não em Londres. Cenas ininterruptas em Bourton...

Ele tinha chegado ao hotel. Atravessou o saguão, com seus montes de cadeiras e sofás vermelhos, as plantas de folhas pontudas e murchas. Pegou a chave do gancho. A mocinha entregou-lhes algumas cartas. Subiu as escadas — ele a via com mais frequência em Bourton, no fim do verão, quando passava uma semana lá, ou até mesmo uma quinzena, como se fazia naquela época. A avistava primeiro no topo de alguma colina, as mãos segurando o cabelo, a capa esvoaçando, apontando, gritando para os demais — de lá, conseguia ver o rio Severn. Ou em algum bosque, fervendo água em uma chaleira — não tinha nenhuma habilidade manual; a fumaça meneando e soprando no rosto deles; seu rostinho corado por trás do vapor; implorando por água para uma senhora que apareceu à porta do chalé para observá-los indo embora. Eles sempre caminhavam; os outros iam de carro. Ela ficava entediada quando dirigia, não gostava de nenhum animal, exceto daquele cachorro. Faziam trilhas de quilômetros. Ela ia na frente para se orientar, o conduzia pelos campos; e o tempo todo discutiam, poesia, pessoas, política (ela era Radical na época); nunca reparava em nada, exceto quando ela parava e exclamava sobre alguma paisagem ou árvore, e o fazia ir dar uma olhada com ela; e assim seguiam entre os campos de restolhos, ela na frente, carregando uma flor para a tia, mesmo com toda sua delicadeza, nunca se cansava de caminhar; e então voltavam a Bourton ao anoitecer. Até que, depois do jantar, o velho Breitkopf abria o piano e cantava desafinado, e eles afundavam nas poltronas, tentando conter o riso, mas falhando sempre e rindo, rindo — rindo por nada. Não era para Breitkopt ver. E então, pela manhã, andava de um lado para o outro feito uma alvéola em frente à casa...

Ah, era uma carta dela! Aquele envelope azul; aquela era sua letra. E ele não poderia deixar de ler. Era mais um daqueles encontros, sem dúvidas doloroso! Ler uma de suas cartas exigia um esforço tremendo! "Como foi divino reencontrá-lo. Precisava dizer isso." E só.

Mas a carta o incomodou. A carta o irritou. Queria que ela não lhe tivesse escrito. Destacando-se entre todos os seus pensamentos, como um cutucão nas costelas. Por que ela não o deixava em paz? Afinal, tinha se casado com Dalloway, e passou todos esses anos perfeitamente feliz com ele.

Esses hotéis não eram locais reconfortantes. Longe disso. Incontáveis pessoas tinham pendurado os chapéus naqueles ganchos. Até as moscas, quando se parava para pensar, tinham pousado no nariz de outras pessoas. Quanto à limpeza que o atingia no rosto, não era limpeza, e sim um vazio, uma frieza; uma obrigatoriedade. Alguma governanta ríspida fazia rondas todas as manhãs, farejando, espiando, fazendo as empregadas puritanas esfregarem tudo como se o próximo hóspede fosse um pedaço de carne a ser servido em um prato impecavelmente limpo. Para dormir, uma cama; para sentar, uma poltrona; para escovar os dentes e fazer a barba, um copo, um espelho. Livros, cartas, roupões, tudo jogado sobre os estofados feito impertinências fora de lugar. E foi a carta de Clarissa que fez com que se desse conta de tudo isso. "Como foi divino reencontrá-lo. Precisava dizer isso!" Ele dobrou o bilhete; colocou-o de lado; pois nada o faria ler aquilo de novo!

Para que ele recebesse a correspondência às seis horas, ela deve ter escrito assim que ele foi embora; selado; mandado alguém ao correio. Era, como dizem, a cara dela. Ela ficara abalada com a visita. Remoera; por um momento, quando ele beijou sua mão, se arrependeu, até sentiu inveja, talvez tenha se lembrado (ele viu em sua expressão) de algo que ele dissera — que mudariam o mundo caso ela se casasse com ele; porém, agora era isso; era a meia-idade; era a mediocridade; então forçou-se com sua vitalidade indomável a colocar tudo isso de lado, havia nela uma fibra vital que, em termos de resistência, perseverança, força para superar obstáculos e triunfar, ele jamais vira igual. Sim; ela teve uma reação imediata assim que ele saiu da sala. Ela deve ter sentido uma grande pena dele; deve ter refletido sobre o que poderia fazer para agradá-lo (exceto por aquela única coisa), e ele podia imaginá-la correndo até a escrivaninha com lágrimas escorrendo no rosto e escrevendo aquela única frase que o esperava...

"Foi divino reencontrá-lo!" E ela era sincera.

Peter Walsh havia desamarrado os cadarços das botas.

Mas não teria dado certo, o casamento deles. A alternativa, afinal, era muito mais natural.

Era estranho; era verdade; muitas pessoas concordavam. Peter Walsh, que tinha um sucesso razoável, que desempenhara as posições esperadas de forma adequada, que era estimado, porém considerado um tanto ranzinza e metido — era estranho que logo ele tinha, especialmente agora que seu cabelo estava grisalho, uma expressão contente no rosto, uma expressão comedida. Era isso o que fazia com que as mulheres o achassem atraente, o fato de que não era totalmente másculo. Havia algo de diferente nele, ou por trás dele. Talvez o fato de amar ler — nunca deixava de examinar o livro que estava na mesa (agora mesmo estava lendo, os cadarços da bota arrastando no chão); ou talvez por ser um cavalheiro, coisa que ficava clara pela forma que batia as cinzas do charuto, e é claro, a maneira pela qual tratava as mulheres. Pois era muito encantador e até mesmo ridículo a forma como uma garota nem um pouco inteligente o colocava na palma da mão. Mas por sua conta e risco. Até porque, por mais que ele fosse fácil de conquistar e que sua alegria e educação o tornassem fascinante, era só até certo ponto. Se ela dissesse algo — não, não; não seria enganado. Não toleraria — não, não. Também morreria de rir, segurando a barriga quando estava com outros homens. Era o melhor crítico gastronômico da Índia. Era homem. Mas não o tipo de homem que exige respeito — o que era um alívio; não como major Simmons, por exemplo; não chegava nem perto, pensou Daisy, quando, mesmo com dois filhos pequenos, costumava compará-los.

Ele descalçou as botas. Esvaziou os bolsos. Deles saíram o canivete e uma foto de Daisy na varanda; Daisy toda de branco, com um fox-terrier no colo; muito charmosa, muito morena; nunca estivera tão linda. Afinal, tudo foi muito natural; muito mais natural do que com Clarissa. Sem frescura. Sem problemas. Sem firulas nem manha. Mamão com açúcar. E a linda garota morena gritava (ainda podia ouvi-la). É claro, é claro que faria tudo por ele!, gritava (não sabia ser discreta), tudo o que ele quisesse!, gritava, correndo até ele, sem se importar com quem estivesse olhando. E tinha apenas vinte e quatro anos. E tinha dois filhos. Ora, ora!

Ora, ele tinha mesmo se metido em uma confusão àquela altura da vida. E se deu conta ao acordar de repente de madrugada. E se realmente se casassem? Para ele, estaria tudo bem, mas e para ela? Mrs. Burgess, uma mulher decente e que não falava pelos cotovelos, a quem ele havia confidenciado, achava que essa sua ida a Inglaterra para tratar com advogados poderia fazer Daisy repensar, refletir melhor sobre as consequências. A questão era sua posição, disse Mrs. Burgess; a barreia social; teria que abrir mão dos filhos. Acabaria se tornando uma viúva de passado sujo, seria arrastada para os subúrbios ou, mais provável, enlouqueceria (você sabe o que acontece com esse tipo de mulher cheia de maquiagem). Mas Peter Walsh desdenhou de tudo isso. Não tinha nenhuma intenção de morrer ainda. De qualquer forma, a decisão era dela; tinha que refletir sozinha, pensou, andando pelo quarto de meias, alisando a camisa, pois talvez fosse à festa de Clarissa, ou talvez fosse ao teatro, ou talvez ficasse em casa lendo o livro cujo autor era um homem que conheceu em Oxford. E se um dia se aposentasse, era isso que faria: escreveria livros. Iria a Oxford e se aventuraria na Biblioteca Bodleiana. Em vão a linda garota morena corria até a beira da varanda; em vão acenava; em vão gritava que não podia se importar menos com o que as pessoas diziam. Lá estava ele, o homem a quem mais estimava, o perfeito cavaleiro, o fascinante, o notável (e a idade dele não fazia nenhuma diferença para ela), andando de um lado para o outro em um quarto de hotel em Bloomsbury, barbeando-se, lavando-se, continuando, ao pegar potes, largar navalhas, a aventurar-se na Bodleiana, aprofundando-se em uma ou duas questões que lhe interessavam. E conversaria com quem quer que fosse, e passaria a desconsiderar cada vez mais os horários exatos do almoço, e perderia compromissos; e quando Daisy pedisse, e pediria, por um beijo, uma cena, ele a decepcionaria (mesmo que sua devoção a ela fosse genuína) — em resumo, talvez fosse melhor, como disse Mrs. Burgess, que ela o esquecesse, ou simplesmente lembrasse dele como era em agosto de 1922, como uma figura parada na encruzilhada ao anoitecer, que fica cada vez mais distante conforme o dog-cart se afasta, carregando-a no banco traseiro em segurança, apesar de seus braços estarem esticados, e ao ver a figura diminuir e desaparecer, continuar gritando que faria qualquer coisa que fosse, qualquer coisa, qualquer coisa, qualquer coisa...

Ele nunca sabia o que os outros pensavam. Ficava cada vez mais difícil para ele se concentrar. Ficava abstraído; preocupava-se com os próprios problemas; ora ranzinza, ora alegre; dependente das mulheres, distraído, mal-humorado, cada vez mais incapaz (pensou ao se barbear) de entender por que Clarissa não podia simplesmente arranjar aposentos para eles e ser gentil com Daisy; apresentá-la à sociedade. E então ele poderia simplesmente — simplesmente o quê?, assombrar e perambular (no momento ele estava ocupado organizando várias chaves e documentos), testar e experimentar, ficar sozinho, em resumo, ser autossuficiente; porém ninguém dependia tanto dos outros quanto ele (abotoou o colete); era sua ruína. Ele não conseguia ficar longe das salas dos fumantes, gostava de coronéis, gostava de golfe, gostava de bridge e, sobretudo, gostava da companhia das mulheres, de sua elegância, sua lealdade e audácia e talento em amar que, apesar de suas desvantagens, eram para ele (e o rosto negro e bonito estava em cima dos envelopes) tão admiráveis, tão esplêndidas quanto uma flor que brota no auge da vida humana, e ainda assim ele não conseguia atender às expectativas, sempre via o outro lado das coisas (Clarissa havia drenado algo nele permanentemente), e se cansava facilmente da devoção muda e queria variedade no amor, mas ficaria furioso se Daisy amasse outra pessoa, furioso!, pois seu temperamento era o de alguém ciumento, incontrolavelmente ciumento. Era uma tortura! Mas onde estava seu canivete; seu relógio; seu sinete; sua carteira, e a carta de Clarissa, a qual não leria de novo, mas queria manter nos pensamentos, e a fotografia de Daisy? Era hora do jantar.

Estavam comendo.

Sentavam-se à mesinhas com vasos, alguns em roupas formais e outros não, os xales e bolsas ao lado, com um ar de falsa compostura, pois não estavam acostumados a jantares com tantos pratos; e com uma confiança, pois tinham condição de pagar; e cansaço; pois passaram o dia indo de um lado para o outro de Londres, fazendo compras, conhecendo a cidade; e uma curiosidade natural, pois olharam em volta quando um cavalheiro de boa aparência e óculos tartaruga chegou; e bom humor, pois ficariam felizes em ajudar com qualquer coisa, como emprestar o cardápio ou fornecer qualquer informação útil; e um desejo pulsante, que os arrastava clandestinamente, de fazer conexões, mesmo que tivessem apenas o local de nascimento (como Liverpool, por exemplo) em comum ou amigos de mesmo nome; com olhares furtivos, silêncios constrangedores e reclusão repentina ao isolamento e felicidade em família; lá estavam jantando quando Mr. Walsh chegou e sentou se à mesinha perto da cortina.

Não foi por dizer qualquer coisa, já que estava sozinho, só podia se dirigir ao garçom; foi a maneira que olhou o cardápio, que apontou a um vinho específico com o indicador, que se acomodou à mesa, que se portava com educação, e não gula para jantar, que conquistou o respeito deles; coisa que, tendo que permanecer contido pela maior parte da refeição, manifestou-se à mesa dos Morris quando ouviram Mr. Walsh dizer, "peras Williams". O motivo de ter falado de forma tão modesta e firme, como um disciplinador ciente de seus direitos, alicerçados pela justiça, nem o jovem Charles Morris, nem o velho, nem Miss Elaine ou Mrs. Morris sabiam. Mas quando disse "peras Williams", sentado sozinho à mesa, eles sentiram que ele contava com eles na defesa de alguma causa justíssima; era o defensor de uma causa que imediatamente também se tornou deles, então se olharam com simpatia, e quando todos chegaram à sala de fumo ao mesmo tempo, a conversa fiada tornou-se inevitável.

Nada muito profundo — apenas que Londres estava lotada; tinha mudado nos últimos trinta anos; que Mr. Morris preferia Liverpool; que Mrs. Morris tinha ido à exposição de flores em Westminster, e que todos tinham visto o Príncipe de Gales. Porém, pensou Peter Walsh, nenhuma família no mundo se compara à Morris; nenhuma mesmo; e a relação que eles têm é perfeita, e não dão a mínima para a elite, e não têm vergonha do que gostam, e Elaine está estudando para assumir o negócio da família, e o garoto conseguiu uma bolsa em Leeds, e a velha senhora (que devia ter a mesma idade que ele) tem mais três filhos; e eles possuem dois automóveis, mas Mr. Morris ainda engraxava as botas aos domingos; era maravilhoso, totalmente maravilhoso, pensou Peter Walsh, balançado o corpo para a frente e para trás com a taça de licor na mão junto às poltronas vermelhas de pelúcia e os cinzeiros, sentindo-se muito satisfeito consigo mesmo, pois os Morris tinham gostado dele. Sim, gostavam de um homem que dizia "peras Williams". Tinham gostado dele, podia sentir.

Iria à festa de Clarissa. (Os Morris foram embora; mas sem dúvidas voltariam a se ver.) Ele iria à festa de Clarissa, porque queria perguntar a Richard o que estavam aprontando na Índia — aqueles idiotas conservadores. E o que estava passando no teatro? E quanto à música... ah, sim, e as fofocas.

Pois essa é a realidade da nossa alma, pensou ele, da nossa essência, que, como peixe, habita mares profundos e navega as trevas, abrindo caminho entre algas gigantes, atravessando onde o sol toca e se embrenhando cada vez mais no obscuro, gélido, profundo, impenetrável; de repente dispara até a superfície e brinca nas ondas marcadas pelo vento; ou seja, sente uma necessidade de se esfregar, agitar, reacender, fofocar. O que o governo pretendia fazer — Richard Dalloway sem dúvidas saberia — em relação à Índia?

Já que era uma noite muito quente e os jornaleiros passavam com cartazes anunciando em letras vermelhas que haveria uma onda de calor, cadeiras de vime foram colocadas em frente ao hotel e lá, bebendo, fumando, os cavalheiros sozinhos se acomodaram. Peter Walsh sentou-se ali. Podia-se dizer que o dia, o dia londrino, estava só começando. Como uma mulher que tira o vestido estampado e o avental branco para se decorar com azul e pérolas, o dia mudou, deixou as tarefas de lado, tirou o véu, vestiu- se para a noite, e com o mesmo suspiro de satisfação de uma dama ao largar as anáguas no chão, também se livra da poeira, do calor, das cores; o tráfego diminuiu; os automóveis tomavam o lugar dos furgões, e aqui e ali, entre a vegetação espessa das praças, via-se uma luz intensa. Eu desisto, a noite parecia dizer, ao desvanecer e sumir sobre as prominências, os contornos pontiagudos dos hotéis, apartamentos e quarteirão de lojas. Vou sumir, tentava dizer, vou desaparecer, mas Londres não quis saber, lançou suas baionetas para o céu, imobilizou-a, forçou-a a participar de sua folia.

A grande revolução de Mr. Willett passara a valer desde a última visita de Peter Walsh a Londres, o horário de verão. A tarde prolongada era novidade para ele. Era inspiradora, também. Pois, conforme os jovens passavam com suas pastas de documentos, extremamente felizes por estarem livres, com um orgulho tolo de pisar naquela calçada famosa, uma felicidade barata, superficial, mas ainda assim arrebatadora, tinham o rosto corado. Também se vestiam bem; meias cor-de-rosa, sapatos bonitos. Agora passariam duas horas no cinema. A luz amarelo-azulada do entardecer os aguçava, os refinava; e nas folhas da praça — pareciam estar no fundo do mar —, a folhagem de uma cidade submersa brilhava lúgubre, sinistra. Ele estava maravilhado com a beleza; também era encorajador, pois enquanto os anglo-indianos (conhecia vários deles) assumiam seu lugar de direito no Clube Oriental, destilando veneno sobre a ruína do mundo, lá estava ele, tão jovem quanto sempre; invejando o horário de verão dos jovens e tudo o mais, e intuindo nas palavras de uma garota, na risada de uma empregada — coisas intangíveis e impalpáveis —, uma mudança em todo o sistema piramidal que parecia impossível quando era mais novo. Pesava sobre todos; oprimindo principalmente as mulheres; como aquelas flores que Helena, tia de Clarissa, costumava prensar entre folhas de papel mata- borrão com o dicionário *Littré* sob a luz da luminária depois do jantar. Já havia falecido. Clarissa havia lhe contado que ela perdera a visão de um olho. Parecia tão propício — uma das obras-primas da natureza — que a velha Miss Parry acabasse com o olho vidrado. Deve ter morrido agarrando seu poleiro como um pássaro. Ela pertencia a outra época, mas era tão completa, tão íntegra, que estaria sempre ao horizonte, feito pedra alva, célebre, como um farol representando um estágio passado dessa viagem longa, heroica, essa vida (ele buscou no bolso uma moeda para comprar um jornal e ler sobre a partida entre Surrey e Yorkshire; já havia oferecido aquela moeda milhares de vezes — Surrey fora eliminado mais uma vez) — essa vida interminável. Mas críquete não era só um jogo. Críquete era importante. Ele nunca conseguia deixar de ler sobre críquete. Primeiro leu as pontuações na seção da última hora, então sobre o clima do dia; e então sobre um assassinato. Fazer a mesma coisa milhares de vezes enriquecia, mas também poderia tirar o brilho da vida. O passado enriquecia, e a experiência também, e por ter gostado de uma ou duas pessoas na vida, ele tinha a habilidade que faltava aos mais jovens, de fazer o que se quer, de não dar a mínima para a opinião dos outros e de ir e vir sem grandes expectativas (ele deixou o jornal na mesa e se levantou), o que, no entanto, (e procurou pelo chapéu e casaco) não era totalmente verdade no caso dele, não naquela noite, pois lá estava ele prestes a ir a uma festa, na sua idade, crente de que viveria uma experiência. Mas qual?

Da beleza, ao menos. Não a beleza frugal que toca aos olhos. Não era a beleza pura e simples — como Bedford Place dando na Russel Square. Era a retidão e o vazio, é claro; a simetria de um corredor; mas também as janelas iluminadas, um piano, um gramofone tocando; a sensação de um prazer oculto, mas que se faz presente aqui e ali quando, pela janela com cortinas abertas, é possível ver grupos às mesas, jovens circulando lentamente, conversas entre homens e mulheres, empregadas entediadas olhando a rua (fariam comentários estranhos quando terminassem o trabalho), meias secando no parapeito, um papagaio, algumas plantas. Absorvente, misteriosa, de riqueza infinita, era essa a vida. E na imensa praça, onde os táxis disparavam e desviavam tão rápido, casais passeavam, namoravam, abraçavam-se, encolhidos sob a sombra de uma árvore, tudo isso era tocante; tão quietos, tão absortos, que as outras pessoas passavam tímidas, discretas, como se na presença de uma cerimônia sagrada cuja interrupção seria sacrilégio. Isso era interessante. E assim por diante, mergulhando no clarão e na intensidade.

Com o sobretudo aberto pelo vento, ele caminhou com uma singularidade indescritível, o corpo um pouco inclinado para a frente, tropeçou, com as mãos nas costas e os olhos ainda como os de um gavião; cambaleou por Londres, na direção de Westminster, observando à volta.

Estavam todos saindo para jantar? Aqui as portas eram abertas por um lacaio para deixar passar uma velha dama da sociedade de sapatos afivelados e três penas roxas de avestruz presas ao cabelo. Portas eram abertas para senhoras enroladas feito múmias em xales floridos, senhoras sem nada na cabeça. E em vizinhanças respeitáveis com pilares de estuco, mulheres atravessavam os pequenos jardins da frente com vestidos leves e pentes no cabelo (depois de subirem correndo para ver as crianças); os homens esperavam por elas, os casacos esvoaçando com o vento, e o motor dos automóveis ligados. Todos estavam indo passear. Com as portas sendo abertas, e as descidas e partidas, parecia que Londres inteira embarcava em barquinhos ancorados às margens, como se a cidade inteira navegasse em um carnaval. E coberta de prata como estava, Whitehall parecia tomada por aranhas; e ao redor dos postes de luz pairava uma nuvem de mosquitinhos; estava tão quente que as pessoas conversavam na calçada. E ali em Westminster estava um juiz provavelmente aposentado, sentado em frente à porta de casa, vestido todo de branco. Provavelmente um anglo-indiano.

E ali um bando de mulheres falastronas, mulheres bêbadas; lá apenas um policial e casas imponentes, casas altas, casas abobadadas, igrejas, parlamentos, e o apito de um vapor no rio, um grito oco e nebuloso. Mas essa era a rua dela, de Clarissa; táxis viraram a esquina feito água fluindo ao redor das estruturas de uma ponte, todos juntos, ele tinha a impressão de que levavam pessoas à festa, à festa de Clarissa.

A correnteza fria de impressões visuais o decepcionou agora como se o olho fosse uma xícara que transbordou e deixou que o resto escorresse sem deixar marcas nas paredes de porcelana. Seu cérebro agora precisava despertar. O corpo precisava resetar ao entrar na casa, a casa iluminada com a porta escancarada, onde paravam os automóveis dos quais desciam as mulheres brilhantes; a alma precisava reunir coragem para aguentar. Ele abriu a lâmina maior do canivete.

***

Lucy desceu as escadas correndo, tendo acabado de passar no salão para ajeitar uma toalha, endireitar uma cadeira, parando por um momento e admirando como qualquer um que entrasse ali veria como tudo estava limpo, brilhante, bem-cuidado, a bela prataria, os atiçadores de latão da lareira, as novas capas das cadeiras e as cortinas de chita amarela: admirou cada uma dessas coisas; ouviu um vozerio; as pessoas estavam subindo para jantar; tinha que se apressar!

O Primeiro-ministro viria, disse Agnes: foi o que ouviu dizer na sala de jantar, disse, ao voltar com uma bandeja cheia de copos. E fazia diferença, fazia diferença um Primeiro-ministro a mais ou a menos? A essa altura da noite, isso não fazia qualquer diferença para Mrs. Walker, em meio a pratos, panelas, escorredores, frigideiras, galantinas de frango, sorveteiras, cascas de pão, limões, terrinas de sopa e tigelas de pudim que, por mais rápido que fossem lavados, pareciam estar sempre à sua volta, na mesa da cozinha, nas cadeiras, enquanto o fogo crepitava, as luzes elétricas ofuscavam e o jantar ainda esperava para ser servido. Na opinião de Mrs. Walker, um Primeiro-ministro a mais ou a menos não faria a mínima diferença.

As senhoras já estão subindo, disse Lucy; as senhoras estavam subindo, uma por uma, Mrs. Dalloway vindo por último e quase sempre mandando alguma mensagem à cozinha, "Meus cumprimentos a Mrs. Walker", foi o que disse uma noite. Na manhã seguinte, revistariam os pratos — a sopa, o salmão; o salmão que, Mrs. Walker sabia, estava malcozido como de costume, pois ela ficava preocupada com o pudim e deixava o salmão sob responsabilidade de Jenny; então era isso que acontecia, ele sempre ficava malcozido. Mas Lucy disse que uma dama de cabelo loiro e joias de prata perguntara sobre a entrada, se faziam ali mesmo. Mas era sempre o salmão que incomodava Mrs. Walker, enquanto girava as travessas e apertava os botões do forno; então ouviu uma onda de risadas da sala de jantar; uma voz; e outra onda de risadas — os cavalheiros se divertindo agora que as damas tinham ido embora.

O vinho Tokay, disse Lucy, entrando apressada. Mr. Dalloway mandara buscar o Tokay, das adegas do imperador, o vinho imperial.

A bebida passou pela cozinha. Por cima do ombro, Lucy comentou que Miss Elizabeth estava encantadora; não conseguia despregar o olhar dela, usando o colar que Mr. Dalloway havia presenteado. Jenny não podia esquecer do cachorro, o fox-terrier de Miss Elizabeth, que, por ter o costume de morder, precisou ficar trancado e poderia estar precisando de alguma coisa. Jenny não podia esquecer do cachorro. Mas Jenny não ia para o andar de cima com todas aquelas pessoas em volta. Já havia chegado um automóvel! A campainha tocou — e os cavalheiros ainda estavam na sala de jantar, bebendo vinho Tokay.

Pronto, estavam subindo; aquele foi o primeiro convidado a chegar, e agora chegariam cada vez mais rápido, então Mrs. Parkinson (contratada para as festas) deveria deixar a porta da frente aberta, e o vestíbulo ficaria cheio de cavalheiros esperando (estavam ali esperando e ajeitando o cabelo) enquanto as damas guardavam os casacos no quarto do corredor; lá, Mrs. Barnet as ajudava, a velha Mrs. Barnet, que estava com a família havia quarenta anos e vinha todo verão ajudar as senhoras, e lembrava-se de quando as mães eram crianças, mas mesmo despretensiosamente não deixava de apertar a mão de todas; dizia "milady" de modo muito respeitoso, mas também olhava as jovens com um jeito bem-humorado, e prestava toda a ajuda a Lady Lovejoy, que estava enfrentando algum problema com o corpete. E Lady Lovejoy e Miss Alice não podiam deixar de sentir que desfrutavam algum privilégio no assunto de escovas e pentes por conhecerem Mrs. Barnet havia — "trinta anos, milady", respondeu Mrs. Barnet. As jovens não usavam maquiagem, disse Lady Lovejoy, quando se hospedavam em Bourton antigamente. E Miss Alice não precisava usar maquiagem, disse Mrs. Barnet, fitando-a com carinho. Lá Mrs. Barnet ficaria, na sala dos casacos, ajeitando as peles, alisando os xales, arrumando a penteadeira, e sabendo muito bem, apesar das peles e bordados, quais eram boas damas e quais não eram. Que senhora querida é a velha babá de Clarissa, disse Lady Lovejoy ao subir as escadas.

E então Lady Lovejoy se empertigou. "Lady e Miss Lovejoy", anunciou Mr. Wilkins (contratado para as festas). Ele tinha uma postura admirável, curvando-se e endireitando-se, curvando-se e endireitando-se e anunciando com perfeita imparcialidade "Lady e Miss Lovejoy... Sir John e Lady Needham... Miss Weld... Mr. Walsh." Sua postura era admirável; sua vida familiar devia ser impecável, exceto pelo fato de que parecia impossível que uma criatura de lábios esverdeados e bochechas perfeitamente barbeadas pudesse ter tolerado a inconveniência de ter filhos.

— Que bom te ver! — disse Clarissa. Ela dizia a todos eles. Que bom te ver! Era o pior lado de Clarissa: efusiva, falsa. Vir foi um grande erro. Deveria ter ficado em casa lendo, pensou Peter Walsh; deveria ter ido à ópera; deveria ter ficado em casa, pois não conhecia ninguém ali.

Ah, céus, vai ser um desastre; um completo desastre, Clarissa sentiu em seu âmago enquanto o velho e querido Lorde Lexham se desculpava por sua esposa não ter vindo, tinha pegado um resfriado na festa do jardim do Palácio de Buckingham. Ela conseguia ver Peter pelo canto do olho, julgando-a ali naquele canto. Por que, afinal, ela fazia todo esse esforço? Por que ansiar ao topo e ficar lá, sendo consumida pelo fogo? Que a consumisse, então! Que a reduzisse às cinzas! Qualquer coisa era melhor, era melhor brandir a própria tocha e jogá-la ao chão do que se apagar e definhar como Ellie Henderson! Era extraordinário como Peter a deixava desse jeito só de aparecer e ficar parado em um canto. Ele fazia com que ela enxergasse a si mesma; exagerada. Era idiota. Para que viera, então? Só para julgar? Por que sempre tomar, sem nunca dar? Por que não se arriscar a expor seu ponto de vista limitado? Ele já estava se afastando e ela precisava falar com ele. Mas não teria a chance. A vida se resumia a humilhação, a renúncia. Lorde Lexham dizia que a mulher não quis usar o casaco na festa no jardim porque "minha cara, vocês mulheres são todas iguais!" — Lady Lexham tinha pelo menos setenta e cinco anos! Era adorável, como eles se mimavam, aquele casal idoso. Ela gostava do velho Lorde Lexham. Achava que tinha importância, sua festa, e se sentia horrível por saber que estava tudo dando errado, tudo falhava. Qualquer coisa, qualquer explosão, qualquer horror era melhor que as pessoas andando sem rumo, reunindo-se em grupos em um canto como Ellie Henderson, sem nem se dar ao trabalho de manter a postura.

Suavemente, a cortina amarela com todas as aves-do-paraíso se abriu e pareceu entrar uma revoada no salão, apenas para ser sugada de volta. (As janelas estavam abertas.) Era uma corrente de ar?, perguntou-se Ellie Henderson. Ela era friorenta. Mas não se importava se tivesse um resfriado amanhã; sua preocupação era com as garotas de ombros desnudos, pois foi ensinada a pensar nos outros por seu pai, um inválido, que fora vigário em Bourton, mas já falecera; e seus resfriados nunca atingiam o pulmão, nunca. Era nas garotas que ela pensava, as jovens garotas com seus ombros desnudos, ela mesma sempre fora um fiapo de gente, com seu cabelo ralo e sua magreza; mas agora que já tinha passado dos cinquenta, estava começando a reluzir nela um certo brilho, algo purificado na forma de distinção por seus anos de renúncia, mas que agora voltava a ser obscurecido, permanentemente, por seu refinamento incômodo, sua ansiedade constante devida à renda de trezentas libras anuais, e seu desespero (não conseguia ganhar nem um centavo), isso a tornava tímida e a cada ano mais desqualificada a se encontrar com as pessoas bem-vestidas que frequentavam esse tipo de evento todas as noites, só precisando dizer às criadas "Vou usar isso e aquilo", enquanto Ellie Henderson saía correndo nervosa e comprava meia dúzia de rosas baratas e então jogava um xale por cima do velho vestido preto. Pois seu convite para a festa de Clarissa chegou de última hora. Não ficou nada contente. Tinha a impressão de que Clarissa não tinha a intenção de chamá-la esse ano.

Por que chamaria? Não tinha motivo, exceto por se conhecerem desde sempre. Na verdade, eram primas. Mas tinha se afastado naturalmente, já que Clarissa era tão requisitada. Para ela, essas festas era um acontecimento. Se alegrava só de ver aqueles belos trajes. E aquela não era Elizabeth, toda crescida, o cabelo com o penteado da moda e um vestido rosa? Mas não podia ter mais do que dezessete anos. Era muito, muito bonita. Mas, pelo jeito, ao debutar, as garotas não usavam mais tanto branco. (Tinha que se lembrar de comentar isso com Edith). As jovens agora usavam vestidos retos, justos, com a bainha bem acima do tornozelo. Ela não achava que caía bem.

Então, com sua vista fraca, Ellie Henderson estava sempre inclinada para a frente, e não se importava em não ter ninguém com quem conversar (mal conhecia qualquer um ali), achava interessante observar todas aquelas pessoas; políticos, provavelmente, amigos de Richard Dalloway; mas era Richard quem sentia que não podia deixar aquela pobre criatura sozinha a noite toda.

— Bem, Ellie, e como a vida vem tratando *você*? — disse ele com aquele seu jeito amigável, e Ellie Henderson, ficando nervosa e corando, achando extremamente gentil da parte dele ir conversar com ela, disse que muita gente se incomodava mais com o calor do que com o frio.

— Sim, é verdade — disse Richard Dalloway. — É verdade. O que mais poderia dizer?

— Olá, Richard — alguém falou, pegando-o pelo cotovelo e, pelo senhor, era o bom e velho Peter, o bom e velho Peter Walsh. Ele ficou encantado em vê-lo... tão feliz em vê-lo! Não tinha mudado nada. E então saíram juntos pelo salão, dando tapinhas no ombro um do outro, como se não se vissem havia muito tempo, ao vê-los partir, Ellie Henderson teve certeza de que conhecia aquele homem. Um homem alto, na meia-idade, de olhos bonitos, moreno, usando óculos, com um ar de John Burrows. Edith sem dúvidas saberia quem ele era.

A cortina com a revoada de aves-do-paraíso voou de novo. E Clarissa viu — viu Ralph Lyon afastá-la e continuar a conversa. Então não era um desastre, no fim das contas! Tudo ficaria bem — sua festa. Tinha começado. Estava ficando divertida. Mas ainda estava em posição delicada. Ela precisava ficar ali por enquanto. Não parava de chegar pessoas.

— Coronel Garrod ... Mr. Hugh Whitbread... Mr. Bowley... Mrs. Hilbery... Lady Mary Maddox... Mr. Quin... — anunciava Wilkins. Ela trocou meia dúzia de palavras com cada um e eles seguiram em frente para os salões; rumo a algo agora, não a nada, pois Ralph Lyon tinha afastado a cortina.

Mas, para ela, ainda era um esforço tremendo. Não estava satisfeita. Sentia que era — qualquer um, parada ali; qualquer um podia estar em seu lugar; mas ela admirava um pouco essa pessoa qualquer, não conseguia deixar de sentir que, de certa forma, tinha sido a responsável por tudo isso, que isso marcava uma etapa, esse pilar em que havia se transformado, pois estranhamente tinha esquecido qual era sua própria aparência, mas sentia-se como uma estaca cravada no topo das escadas. Sempre que dava uma festa, tinha esse sentimento de que não era ela mesma, e de que todos eram, de certo modo, irreais; mas, de outro modo, mais reais do que nunca. A culpa, pensou, era em parte devido a seus trajes, em parte por estarem em um ambiente diferente, em parte pelo cenário; era possível dizer ali coisas que não se podia dizer em outras situações, coisas que demandavam esforço; era possível ir mais fundo. Mas não para ela; pelo menos ainda não.

— Que bom te ver! — disse ela. Era o velho e querido Sir Harry! Conhecia todos ali.

E o mais curioso era a sensação que tinha à medida que subiam as escadas, um após o outro, Mrs. Mount e Celia, Herbet Ainsty, Mrs. Dakers — ah, e Lady Bruton.

— Fico tão feliz por ter vindo! — disse com sinceridade; era estranho ficar ali parada, vendo todos passando, passando, alguns já tão velhos, outros...

Quem? Lady Rosseter? Quem diabo era Lady Rosseter?

— Clarissa! — Aquela voz! Era Sally Seton! Sally Seton!, depois de todos esses anos! Foi como se surgisse de uma névoa. Pois Sally Seton não tinha aquela aparência quando Clarissa segurou o jarro de água quente. Só de pensar que ela estava sob esse teto, sob esse teto! Ela não era assim.

Confusas, constrangidas, rindo, as palavras se embaralhando — de passagem em Londres; ouviu de Clara Haydon; não podia perder a chance de vê-la! Então eu vim... sem convite mesmo!

Agora já podia colocar o jarro de água quente no chão, com toda a calma. Tinha perdido o brilho. Mas era extraordinário revê-la, mais velha, mais feliz, menos encantadora. Elas se beijaram, primeiro em uma bochecha, depois na outra, e, na frente do salão, Clarissa virou-se segurando a mão de Sally, e viu sua casa cheia de gente, ouviu todas as vozes, viu os candelabros, as cortinas esvoaçantes, e as rosas com que Richard a tinha presenteado.

— Tenho cinco garotos enormes — disse Sally.

Tinha o tipo mais simples de egoísmo, um desejo escancarado de sempre se fazer presente, e Clarissa a amava por ainda ser assim.

— Não acredito! — exclamou, enchendo-se de prazer ao pensar no passado.

Porém Wilkins; Wilkins estava chamando por ela, Wilkins anunciava com uma voz autoritária como se todos os convidados devessem ser advertidos e a anfitriã resgatada da frivolidade:

— O Primeiro-ministro — disse Peter Walsh.

O Primeiro-ministro? Era ele mesmo? Maravilhou-se Ellie Henderson. Que coisa incrível poderia contar a Edith!

Não era possível zombar dele. Parecia tão comum. Podia muito bem estar atrás de um balcão vendendo biscoitos — pobre homem, todo enfeitado com renda dourada. E para falar a verdade, à medida que circulava, primeiro com Clarissa, depois na companhia de Richard, se saiu muito bem. Tentava parecer importante. Era divertido observar. Ninguém olhou para ele. Só continuaram conversando, mas era perfeitamente claro que todos sabiam, sentiam até nos ossos essa majestade que passava; esse símbolo daquilo que todos eles representavam, a sociedade inglesa. A velha Lady Bruton, que também estava muito elegante, muito imponente em suas rendas, foi até ele, e os dois se retiraram em uma saleta que no mesmo momento tornou-se alvo de espiadas, passou a ser protegida, e uma espécie de agitação e arrepio tomou conta de todos eles: o Primeiro-ministro!

Por Deus, como os ingleses são esnobes!, pensou Peter Walsh, parado em um canto. Como amam se vestir de dourado e bajular os outros! Ali! Por Deus, — era ele mesmo, Hugh Whitbread, farejando o ambiente dos mais célebres, mais gordo, mais pálido, o admirável Hugh!

Ele sempre parecia estar a serviço, pensou Peter, uma criatura privilegiada e engenhosa que colecionava segredos os quais defenderia até a morte, mesmo que não passasse de uma fofoca contada por um lacaio boca-aberta e que já estamparia os jornais amanhã. Esses foram seus passatempos, com os quais brincou até os cabelos ficarem brancos e chegar à beira da velhice, aproveitando o respeito e o afeto de todos aqueles que tiveram o privilégio de conhecer esse tipo exemplar saído dos internatos ingleses. Era inevitável que se inventasse coisas assim sobre Hugh; esse era seu estilo; era o estilo daquelas cartas impressionantes que Peter lera no *Times* do outro lado do oceano, há milhares de quilômetros de distância, e agradeceu a Deus por estar longe daquele tumulto pernicioso, mesmo que precisasse ouvir a algazarra dos macacos e os cules espancando as esposas. Um jovem universitário de pele oliva não saía do lado dele, todo educado. Hugh o protegeria, iniciaria, ensinaria como tocar a vida. Pois não havia nada de que gostasse mais do que de fazer gentilezas, fazer o coração das velhas senhoras acelerar de alegria ao sentirem que eram prestigiadas mesmo naquela idade, seus sofrimentos levados em conta quando achavam que já tinham sido esquecidas, mas então o querido Hugh as visitava e passava uma hora falando do passado, recordando trivialidades, elogiando o bolo caseiro, sendo que Hugh poderia comer bolo com a Duquesa quando quisesse, e, olhando para ele, era bem provável que passasse uma boa parte de seu tempo nessa agradável tarefa. O Juiz Supremo, o Todo-Poderoso, talvez o desculpasse. Peter Walsh não desculpava. Vilões eram necessários e Deus bem sabia que os cretinos que iam para a forca por espancar uma garota no trem faziam menos mal do que Hugh Whitbread e toda a sua gentileza! Veja ele agora, nas pontas dos pés, avançando como se dançasse, curvando-se e bajulando ao ver o Primeiro-ministro e Lady Bruton, chamando o mundo todo para ver que ele era privilegiado o bastante para dizer algo, algo em particular para Lady Bruton quando ela passou. Ela parou. Balançou a cabeça grisalha. Provavelmente o agradecia por algum gesto de subserviência. Ela tinha bajuladores, funcionários pouco importantes do governo que iam de um lado para o outro lhe prestando favores, e como agradecimento, eram convidados para almoçar. Mas ela era do século XVIII. Não era possível criticá-la.

E agora Clarissa escoltava o Primeiro-ministro pelo salão, toda saltitante, radiante, com a imponência de seus cabelos grisalhos. Usava brincos e um vestido verde-prateado com cauda de sereia. Poderia muito bem estar aproveitando as ondas e trançando os cabelos, ainda tinha aquele dom; de ser; de existir; de fazer tudo parar no momento em que passava; virou-se, o xale enganchou no vestido de outra mulher, desenroscou-o, riu, tudo com a mais perfeita tranquilidade e ar de uma criatura em seu elemento. Mas a idade a havia tocado; como uma sereia que, ao comtemplar o espelho em uma noite sem nuvens, vê o sol se pôr sobre as ondas. Havia um sopro de ternura, sua seriedade, seu recato, sua rigidez, tudo isso havia derretido, e tinha um ar, ao se despedir do homem de renda dourada que dava seu melhor, e boa sorte para ele, de parecer importante, de dignidade indescritível; uma cordialidade extraordinária; como se desejasse bem ao mundo inteiro e precisasse, agora que chegara ao limite e beirada das coisas, se retirar. Era isso o que ela o fazia pensar. (Mas não estava apaixonado.)

De fato, Clarissa achou uma grande gentileza o Primeiro-ministro ter ido à festa. E, andando pelo salão com ele, com Sally ali e Peter ali e Richard muito contente, com todas aquelas pessoas talvez propensas à inveja, ela sentira aquela intoxicação do momento, aquela dilatação do próprio coração até parecer palpitar, estremecer, aprumar — sim, mas, afinal, era isso que os outros sentiam; pois, mesmo que amasse e sentisse o formigamento e ardência, ainda assim essas aparências, essas vitórias (o querido e velho Peter, por exemplo, que a considerava tão brilhante) não deixavam de ser vazias; estavam à distância de um braço; não chegavam ao coração; talvez fosse porque estava envelhecendo, mas não traziam a mesma satisfação de antes; e de repente, ao ver o Primeiro-ministro descer as escadas, a moldura dourada do quadro da menina de luvas pintado por Sir Joshua a fez pensar Kilman; Kilman, sua inimiga. Isso era satisfatório; isso era real.

Ah, como a odiava — impetuosa, hipócrita, corrupta; com todo aquele poder; sedutora de Elizabeth; a mulher que surgira para roubar e corromper (que absurdo!, Richard diria). Odiava-a: amava-a. Era de inimigos que se necessitava, não de amigos — não de Mrs. Durrant e Clara, Sir William e Lady Bradshaw, Miss Truelock e Eleanor Gibson (a quem ela vira subir as escadas). Que fossem atrás dela, se precisassem. Ia aproveitar a festa.

Lá estava Sir Harry, seu velho amigo.

— Meu caro Sir Harry! — disse, aproximando-se daquele distinto senhor que havia pintado mais quadros ruins que qualquer um da St. John's Wood (sempre pintava gado, imóveis absorvendo o pôr do sol, ou representando, pois ele tinha certa variedade de gestos, com a pata dianteira levantada ou uma inclinação dos chifres, "a chegada do forasteiro" — todas as suas atividades, os jantares, as corridas de cavalo, eram baseadas no gado imóvel absorvendo o pôr do sol).

— Do que estão rindo? — perguntou a ele. Pois Willie Titcomb, Sir Harry e Herbert Ainsty estavam rindo. Mas não. Sir Harry não podia contar a Clarissa Dalloway (por mais que gostasse dela; achava-a perfeita e vivia ameaçando pintá-la) suas histórias no palco do teatro. Ele a provocou por causa da festa. Disse que sentiu falta do conhaque. Esses círculos, disse, não eram para ele. Mas gostava dela; a respeitava, apesar de sua pose refinada, maldita e difícil de classe alta, que impedia que pedisse que Clarissa Dalloway se sentasse em seu colo. E lá vinha aquela chama errante, aquela vaga cintilação, a velha Mrs. Hilbery, estendendo as mãos na direção da risada dele (algo relacionado ao duque e a duquesa), que, ao ouvir do outro lado do salão, pareceu tranquilizá-la em relação a algo que a incomodava quando acordava cedinho e não queria pedir uma xícara de chá para a empregada: a certeza de que todos vamos morrer.

— Não querem nos contar suas histórias — disse Clarissa.

— Minha querida Clarissa! — exclamou Mrs. Hilbery. Estava igualzinha sua mãe, disse ela, quando a vira pela primeira vez, caminhando no jardim com um chapéu cinza.

E os olhos de Clarissa se encheram de lágrimas. Sua mãe, caminhando no jardim!

Mas infelizmente precisava se retirar.

Pois ali estava o Professor Brierly, que dava aulas sobre Milton, conversando com o pequeno Jim Hutton (que nem em uma festa como essa conseguia combinar a gravata com o colete ou ajeitar o cabelo), e mesmo de tão longe conseguia ver que estavam discutindo. Pois Professor Brierly era um tipo muito esquisito. Mesmo com todos os seus diplomas, honrarias, cátedras que o separavam dos escrevinhadores, imediatamente desconfiava de qualquer atmosfera que não fosse favorável às suas estranhezas; sua inteligência e timidez; seu charme gélido e desprovido de cordialidade; sua inocência misturada ao esnobismo; ele estremecia se notasse o cabelo bagunçado de uma dama ou as botinas de um jovem, ao se deparar com um submundo, sem nenhuma dúvida, de rebeldes, de jovens ardorosos; de gênios em potencial, e com um pequeno meneio da cabeça, uma fungada — Humph! —, ele fazia lembrar a importância do comedimento; da familiaridade com os clássicos necessária para apreciar Milton. O Professor Brierly (Clarissa podia ver) não estava se entendendo com o pequeno Jim Hutton (que usava meias vermelhas, as pretas estavam lavando) em relação a Milton. Ela os interrompeu.

Disse que amava Bach. Hutton também amava. Essa era a conexão entre os dois, e Hutton (um péssimo poeta) sempre considerou Mrs. Dalloway de longe a melhor das grandes damas que se interessavam por arte. Era curioso o quanto era rigorosa. Tratava a música com total imparcialidade. Chegava a ser pedante. Mas era encantadora! E as festas que dava eram tão agradáveis, tirando os professores que convidava. Clarissa quase pensou em tirá-lo de lá e colocá-lo no piano do salão dos fundos. Pois tocava divinamente bem.

— Mas o barulho! — disse. — O barulho!

— É sinal de uma festa bem-sucedida. — Assentindo com educação, o professor se retirou discretamente.

— Ele sabe tudo o que se há para saber sobre Milton — disse Clarissa.

— Não diga? — respondeu Hutton, que depois imitaria o Professor por toda a parte de Hampsted: o Professor que ensinava sobre Milton; o Professor que ensinava sobre moderação; o Professor que se retirou discretamente.

Mas preciso falar com aquele casal, disse Clarissa, Lorde Gayton e Nancy Blow.

Não que eles parecessem contribuir com o barulho da festa. Não estavam conversando (pelo que parecia) enquanto ficavam ali ao lado das cortinas amarelas. Logo partiriam juntos para outro lugar; e não importava as circunstâncias, nunca tinham muito a dizer. Observavam; só isso. Era o suficiente. Pareciam tão impecáveis, tão sensatos, ela com a maquiagem em um tom adamascado, ele bem escovado e lavado, com olhar de lince, não deixando nenhuma bola passar ou surpreendê-lo. Rebatia, saltava, com precisão, no momento certo. Os cavalos estremeciam sob suas rédeas. Na capela de sua propriedade, exibia seus troféus e monumentos ancestrais. Tinha seus deveres; seus arrendatários; mãe e irmãs; passara o dia inteiro no Lord's e era disso que estavam falando — críquete, primos, cinema — quando Mrs. Dalloway se aproximou. Lorde Gayton a adorava. Miss Blow também. Era tão encantadora.

— Que maravilhoso, estou tão feliz por terem vindo! — disse. Adorava o Lord's; adorava a juventude, e Nancy, que gastava muito para ser vestida pelos melhores estilistas de Paris, ficou ali parada como se seu corpo tivesse produzido, por conta própria, um babado verde.

— Minha intenção era que tivesse dança — disse Clarissa.

Os jovens não sabiam conversar. E por que saberiam? Gritar, se abraçar, dançar, madrugar; dar açúcar aos cavalos; beijar e acariciar o focinho de cãezinhos adoráveis; e então, com o corpo formigando e apressado, se jogar na água e nadar. Mas os grandes recursos da língua inglesa, o poder que proporciona de expressar sentimentos (na idade deles, ela e Peter teriam passado a noite discutindo), não eram para os jovens. Logo se calcificariam. Seriam muito bondosos com as pessoas da propriedade, mas sozinhos, talvez, um tanto entediantes.

— Que pena! — disse. — Estava querendo dançar.

Foi uma gentileza enorme terem vindo! Mas como iriam dançar? Os salões estavam lotados.

Lá estava a velha tia Helena com seu xale. Infelizmente, tinha de deixá-los — Lorde Gayton e Nancy Blow. Pois lá estava a velha Miss Parry, sua tia.

Pois Miss Helena Parry não estava morta: Miss Parry estava bem viva. Já tinha passado dos oitenta. Subia as escadas lentamente, com auxílio de uma bengala. Foi acomodada em uma poltrona (Richard cuidou disso). Aqueles que tinham conhecido a Birmânia nos anos 70 sempre eram levados até ela. Onde Peter foi parar? Eram tão amigos. Pois ao ouvir falar da Índia ou até do Ceilão, seu olhar (apenas um era de vidro) se aprofundava, azulava, fitava, não seres humanos — não guardava nenhuma memória agradável ou ilusões de vice-reis, generais ou rebeliões — o que via era orquídeas, desfiladeiros montanhosos, ela mesma sendo carregada, nos anos 60, nas costas de cules em picos solitários; ou descendo para colher orquídeas (flores maravilhosas como jamais vistas), que depois pintava em aquarela, uma mulher inglesa indômita, a quem a guerra só perturbava se, por exemplo, uma bomba explodisse à sua porta, tirando-a de sua meditação profunda sobre orquídeas e sua própria figura viajando pela Índia nos anos 60 — mas lá estava Peter.

— Venha conversar com tia Helena sobre a Birmânia — falou Clarissa. Mas ainda não tinham trocado sequer uma palavra a noite toda!

— Conversamos depois — disse Clarissa, levando-o até tia Helena, em seu xale branco, com sua bengala.

— Peter Walsh — anunciou Clarissa. Para ela, o nome não significou nada.

Clarissa a havia convidado. Era cansativo; era barulhento. Mas Clarissa a convidara. Então ela viera. Era uma pena que morassem em Londres — Richard e Clarissa. Até mesmo para a saúde de Clarissa seria melhor se morassem no interior. Mas Clarissa sempre gostava da sociedade.

— Ele também esteve na Birmânia.

Ah! Então não podia deixar de contar o que Charles Darwin dissera a respeito de seu livreto sobre as orquídeas da Birmânia.

(Clarissa precisava falar com Lady Bruton).

Sem dúvidas já tinha caído no esquecimento, seu livreto sobre as orquídeas da Birmânia, mas até 1870 chegou a ter três tiragens, contou a Peter. Lembrara-se dele agora. Já estivera em Bourton (e a havia abandonado, lembrou Peter Walsh, na sala de estar sem se despedir, naquela noite em que Clarissa o chamou para velejar.)

— Richard adorou o almoço — disse Clarissa para Lady Bruton.

— Richard ajudou como ninguém — respondeu Lady Bruton. — Ele me ajudou a escrever uma carta. E como você vai?

— Ah, estou ótima! — disse Clarissa. (Lady Bruton detestava quando as esposas dos políticos ficavam doentes.)

— E lá está Peter Walsh — disse Lady Bruton (pois nunca conseguia pensar em nada a dizer para Clarissa; mesmo que gostasse dela. Era cheia de qualidades; mas as duas não tinham nada em comum — ela e Clarissa. Talvez teria sido melhor se Richard tivesse se casado com uma mulher com menos encantos, que teria o ajudado mais no trabalho.

Ele tinha perdido a chance de ter um lugar no gabinete). — Lá está Peter Walsh! — disse, indo cumprimentar aquele adorável pecador, aquele sujeito extremamente talentoso que poderia ter se destacado, mas não o fez (sempre tinha problemas com mulheres) e, é claro, a velha Miss Parry. Adorável senhora!

Lady Bruton parou ao lado da poltrona de Miss Parry, uma granadeira fantasmagórica, toda de preto, e convidou Peter Walsh para almoçar; cordial; mas sem jogar conversa fora, não conseguia se lembrar nada sobre a flora ou fauna da Índia. Já visitara o país, é claro; hospedada por três vice-reis; mas que tragédia — o estado em que se encontrava Índia! O Primeiro-ministro estava contando a ela agora mesmo (a velha Miss Parry, enrolada em seu xale, não dava a mínima para o que o Primeiro-ministro estava dizendo agora mesmo a ela), e Lady Bruton gostaria de saber a opinião de Peter Walsh, já que ele acabara de voltar do centro dos acontecimentos, e o apresentaria a Sir Sampson, porque realmente aquilo tirava seu sono, tamanha loucura, tamanha injustiça, poderia até dizer, já que era filha de militar. Já era uma mulher idosa agora, não servia para muita coisa. Mas sua casa, seus empregados, sua boa amiga Milly Brush — ele se lembrava dela? — estavam à disposição... caso fossem de alguma serventia, resumindo. Pois ela jamais falava da Inglaterra, mas essa ilha viril, essa ilha tão, tão querida, estava em seu sangue (sem ter lido Shakespeare), e se um dia uma mulher fosse capaz de empunhar o escudo e lançar flechas, liderar as tropas, de governar hordas bárbaras com indômita justiça ou ser enterrada sob um escudo, sem nariz, em uma igreja, ou em um monte coberto de relva sob uma colina antiga, essa mulher seria Millicent Bruton. Impedida por seu sexo, e também pela falta de estudos, da capacidade lógica (achava impossível escrever uma carta ao *Times*), nunca deixava de considerar o Império e, pela convivência com aquela deusa couraçada, absorvera sua altivez inflexível, seu porte robusto, de modo que era impossível imaginá-la, mesmo depois da morte, separada de sua terra ou vagando por territórios onde, de alguma forma espiritual, a bandeira do Reino Unido parara de tremular. Deixar de ser inglesa, mesmo entre os mortos — não, não! Impossível!

Mas aquela não era Lady Bruton (a quem já conhecia). Não era Peter Walsh, de cabelo grisalho?, perguntou-se Lady Rosseter (que antes era Sally Seton). Sem dúvidas era a velha Miss Parry — a tia que ficava tão irritada quando ela se hospedava em Bourton. Nunca esqueceria de quando atravessou nua o corredor e foi pega por Miss Parry! E Clarissa!, oh, Clarissa! Sally a puxou pelo braço.

— Não posso ficar — disse. — Venho mais tarde. Me esperem — falou, olhando para Peter e Sally. Queria dizer que tinham que esperar até toda aquela gente ir embora.

— Volto já — disse, observando seus velhos amigos, Sally e Peter, que se cumprimentavam, e Sally, sem dúvidas relembrando o passado, dava risada.

Sua voz, no entanto, já não tinha mais a exuberância arrebatadora do passado; seus olhos não brilhavam como antes, quando fumava charutos, quando corria pelo corredor, sem nenhuma roupa, para pegar a esponja, e Ellen Atkins perguntava, E se os cavalheiros esbarrassem com ela? Mas todos a perdoavam. Ela roubava frango da despensa quando sentia fome à noite; ela fumava charuto no quarto; esqueceu no bote um livro precioso. Mas todos a adoravam (com exceção de papai, talvez). Era por seu calor; sua vitalidade — ela pintava, ela escrevia. As senhoras do vilarejo até hoje nunca deixavam de perguntar daquela "sua amiga de casaco vermelho que era tão animada". Ela acusou Hugh Whitbread, justo ele (e lá estava ele, seu velho amigo Hugh, conversando com o embaixador de Portugal), de beijá-la na sala dos fumantes para puni-la por dizer que as mulheres deviam votar. Se até os homens vulgares votavam, falou. E Clarissa se lembrava de ter que convencê-la a não denunciá-lo durante as orações em família — coisa que ela era bem capaz de fazer, sendo tão ousada, tão imprudente, amando tanto ser o centro das atenções e fazer drama, e tudo culminaria, Clarissa costumava pensar, numa horrível tragédia; com sua morte; seu martírio; mas, em vez disso, ela acabou se casando, de forma muito inesperada, com um homem calvo que era dono, diziam, de fábricas de tecelagem em Manchester. E agora tinha cinco filhos!

Ela e Peter se sentaram juntos. Estavam conversando: era uma cena tão familiar — os dois conversando. Falariam sobre o passado. Com aqueles dois (até mais do que com Richard), ela tinha compartilhado seu passado; o jardim; as árvores; o velho Joseph Breitkopt cantando Brahms desafinado; o papel de parede da sala de estar; o cheiro dos tapetes. Sally sempre seria parte disso; Peter sempre seria parte disso. Mas precisava abandoná-los. Os Bradshaws, de quem ela não gostava, haviam chegado.

Tinha que receber Lady Bradshaw (de cinza e prata, acenando como um leão- marinho na beira do tanque, pedindo convites, duquesas, o estereótipo da esposa de um homem bem-sucedido), tinha que ir até Lady Bradshaw...

Mas Lady Bradshaw foi mais rápida.

— Estamos tão atrasados, minha cara Mrs. Dalloway; mal tivemos coragem de entrar — falou.

E Sir William, muito distinto, com seu cabelo grisalho e olhos azuis, concordou; não conseguiram resistir à tentação. Provavelmente estava conversando com Richard sobre aquele projeto de lei que queriam que fosse aprovado na Câmara dos Comuns. Por que só de vê-lo ali, conversando com Richard, ficava incomodada? Tinha a aparência do que era, um ótimo médico. Um homem no ápice da carreira, muito poderoso, um tanto exaurido. Só de pensar nos casos com que tinha que lidar — pessoas afundadas no desespero; pessoas à beira da insanidade; maridos e mulheres. Ele tinha que tomar decisões extremamente difíceis. No entanto — ela sentia que não seria bom demonstrar qualquer infelicidade a Sir William. Não; aquele homem não.

— Como vai seu filho em Eton? — perguntou a Lady Bradshaw.

Ele acabara de perder a vaga no time de críquete, respondeu Lady Bradshaw, por causa da caxumba. O pai ficou mais chateado do que ele mesmo, já que, na usa opinião, "não passava de um menino grande".

Clarissa fitou Sir William, que conversava com Richard. Não parecia nada com um menino — nem um pouco com um menino.

Certa vez, acompanhou uma pessoa que foi se consultar com ele. Ele foi perfeitamente correto; extremamente sensível. Mas, céus — que alívio sentiu ao sair do consultório! Havia um pobre coitado chorando de soluçar na sala de espera. Mas ela não sabia qual era o problema com Sir William; o que a desagradava. Só que Richard concordava com ela "não gosto nem do jeito, nem do cheiro dele". Mas ele era inegavelmente competente. Estavam conversando sobre o projeto de lei. Em voz baixa, Sir William contava de algum caso. Tinha a ver com o que tinha comentado sobre os efeitos retardados da neurose de guerra. Era preciso ter um artigo no projeto de lei.

Baixando o tom de voz, atraindo Mrs. Dalloway para a cumplicidade da feminilidade íntima, de um orgulho comum pelas qualidades ilustres dos maridos e a tendência triste de trabalharem demais, Lady Bradshaw (pobrezinha... era impossível desgostar dela) murmurou que "bem quando estávamos saindo, telefonaram para meu marido, é um caso muito triste. Um rapaz (era isso que Sir William contava a Mr. Dalloway) havia se matado. Ele serviu no exército". Oh!, pensou Clarissa, bem no meio da minha festa, surge a morte, pensou.

Ela seguiu em frente, entrando na saleta em que o Primeiro-ministro havia entrado com Lady Bruton. Talvez tivesse alguém lá. Mas não havia ninguém. As poltronas ainda guardavam as marcas do Primeiro-ministro e de Lady Bruton, ela inclinada respeitosamente, ele reto e autoritário. Haviam conversado sobre a Índia. Agora não havia ninguém ali. O esplendor da festa pareceu desmoronar, era tão estranho estar ali sozinha, vestida de gala.

Por que os Bradshaw tinham que vir falar de morte em sua festa? Um rapaz se suicidara. E eles falaram disso em sua festa — os Bradshaw falaram da morte. Ele tinha se suicidado — mas como? Seu corpo sempre reagia primeiro quando, de repente, lhe falavam de algum acidente; seu vestido pegava fogo; seu corpo queimava. Ele tinha se jogado de uma janela. Atingiu o chão num instante; os gradis enferrujados o atravessaram, dilacerando, abrindo feridas. Lá ele ficou, um tum, tum, tum em seu cérebro, e então a escuridão o sufocou. Foi o que ela viu. Mas por que ele tinha feito isso? E os Bradshaw falando disso em sua festa!

Certa vez, ela havia jogado um xelim no Serpentine, nada mais do que isso. Mas ele jogara tudo para o alto. Eles seguiriam a vida (ela tinha que voltar, os salões continuavam lotados; as pessoas não paravam de chegar). Eles (ela passara o dia pensando em Bourton, em Peter, em Sally), eles envelheceriam. Mas uma coisa que importava; uma coisa, disfarçada pelo falatório, desfigurada, esquecida em sua própria vida, entregue diariamente à corrupção, às mentiras, ao falatório. Isso ele tinha conseguido preservar. A morte era uma demonstração de rebeldia. A morte era uma tentativa de se comunicar, era o sentimento de não conseguir alcançar o âmago que, misticamente, se esquivava;

a proximidade separava; o arrebatamento se esvanecia; estávamos sozinhos. A morte abraçava.

Mas esse rapaz que se matara — será que se jogou agarrado ao seu tesouro? "A morte, agora, para mim seria uma felicidade", Clarissa falou para si mesma certa vez ao descer as escadas, vestida de branco.

Também havia os poetas e os pensadores. Talvez ele tivesse tido essa paixão e então procurou Sir William Bradshaw, um ótimo médico, mas, na opinião dela, secretamente maligno, sem sexo ou desejo, extremamente educado com as mulheres, mas capaz de uma atrocidade absurda — subjugar a alma, por assim dizer —, se esse rapaz o tivesse procurado, e Sir William o tiver impressionado assim, com seu poder, não seria possível que tenha pensado (ela até podia sentir agora), A vida fica insuportável; homens desse tipo deixam a vida insuportável?

Além disso (ela sentira naquela manhã mesmo), havia aquele pavor; aquela incapacidade assoberbante, colocada em mãos por nossos pais, esta vida, a ser vivida até o fim, a ser levada com serenidade; no fundo de seu coração, havia um medo tremendo. Mesmo agora, teria perecido se não tivesse Richard ali, lendo o *Times*, permitindo que se encolhesse feito um pássaro e voltasse à vida lentamente, recuperando aquela alegria imensurável, esfregando graveto com graveto, uma coisa na outra. Ela tinha escapado. Mas aquele rapaz tinha se matado.

De certa forma, aquele era seu desastre — sua desgraça pessoal. Era sua punição ver cair e desaparecer ora um homem, ora uma mulher, nessa escuridão profunda, enquanto era obrigada a ficar ali em seu vestido de gala. Ela tinha conspirado, ela tinha trapaceado. Nunca fora completamente admirável. Almejara o sucesso — Lady Bexborough e tudo. E certa vez andara no terraço de Bourton.

Esquisito, incrível; nunca se sentira tão feliz. Nada era lento demais; nada durava tanto. Nenhum prazer se assemelhava, pensou, ajeitando as cadeiras, guardando um livro na prateleira, tendo superado os triunfos da juventude, tendo se perdido no processo de viver, para encontrar isso, com um choque de prazer, ao nascer do dia, ao cair da noite. Muitas vezes se retirara, quando estavam conversando em Bourton, para admirar o céu; ou o fitava entre dos ombros das pessoas durante o jantar; ou o observava em Londres, quando não conseguia dormir. Ela foi até a janela.

Por mais tola que fosse a ideia, havia algo dela mesma naquele céu do campo, aquele céu sobre Westminster. Ela abriu as cortinas; observou. Ah, mas que surpresa! — a velha senhora estava olhando direto para ela no quarto em frente! Estava indo dormir. E o céu. Será um céu solene, pensara, um céu sombrio, vai esconder sua beleza. Mas lá estava ele — pálido e acinzentado, rapidamente sulcado por vastas nuvens. Era uma novidade para ela. Deve ter começado a ventar. A senhora estava indo para a cama no quarto em frente. Era fascinante observá-la, indo de um lado para o outro, a senhora, atravessando o quarto, indo até a janela. Será que podia vê-la? Era fascinante, enquanto as pessoas ainda riam e falavam alto na sala de estar, observar aquela senhora, de forma bem discreta, indo para a cama sozinha. Ela fechou a cortina. O relógio começou a bater. O rapaz havia se matado; mas ela não se sentia pena dele; com o relógio anunciando a hora, um, dois, três, ela não sentia pena, não com tudo isso acontecendo. Pronto!, a senhora havia apagado a luz!, a casa inteira estava escura agora, com tudo isso acontecendo, repetiu, e as palavras chegaram a ela, Não temas mais o calor do sol. Tinha que voltar a eles. Mas que noite extraordinária! De alguma forma, sentia-se de modo muito similar a ele — o rapaz que se suicidara. Ficou feliz por ele ter feito isso; desistido de tudo enquanto eles seguiam a vida. O relógio batia. Os círculos plúmbeos dissolveram-se no ar. Mas ela tinha que voltar. Tinha que se recompor. Tinha que encontrar Sally e Peter. E ela saiu da saleta.

— Mas por onde anda Clarissa? — perguntou Peter. Estava sentado no sofá com Sally (Depois de tantos anos, não conseguia chamá-la de "Lady Rosseter".) — Onde ela se meteu? Onde está Clarissa?

Sally supunha, assim como o próprio Peter, que havia pessoas importantes, políticos que os dois só conheciam por fotos dos jornais, a quem Clarissa precisava dar atenção, com quem tinha que falar. Estava com eles. Mas Richard Dalloway não fazia parte do gabinete. Não tivera muito sucesso?, supôs Sally. Ela raramente lia os jornais. Às vezes, havia alguma menção ao nome dele. Mas, bem — ela vivia uma vida muito isolada, no meio do mato, dizia Clarissa, entre grandes comerciantes, grandes produtores, homens, afinal, que faziam coisas. Ela também fizera coisas!

— Tive cinco filhos — contou a ele.

Por Deus, como ela estava diferente!, a doçura da maternidade; e também o egoísmo. A última vez que se encontraram, Peter lembrou, foi sob a luz da lua, entre os pés de couve-flor, as folhas como "bronze bruto", dissera ela com sua veia literária; e tinha colhido uma rosa. Ela andou de um lado para o outro com ele naquela noite horrível, depois da cena na fonte; ele pegaria o trem da meia-noite. Céus, como chorou!

Aquele era seu velho hábito, abrir o canivete, pensou Sally, sempre abria e fechava o canivete quando estava animado. Os dois tinham sido muito próximos, ela e Peter Walsh, quando ele era apaixonado por Clarissa, e houve aquela cena ridícula e terrível por causa de Richard Dalloway no almoço. Ela havia chamado Richard de "Wickham". Clarissa enfureceu-se!, e, na verdade, as duas nunca mais se viram, ela e Clarissa, não mais do que meia dúzia de vezes nos últimos dez anos. E Peter Walsh partira para a Índia, e ela ouviu falar por alto que ele tivera um casamento infeliz, e não sabia se ele tivera filhos, mas não podia perguntar, pois ele havia mudado. Parecia enrugado, mas também mais gentil, e ela sentia um carinho verdadeiro por ele, pois ele fazia parte de sua juventude, e ela ainda tinha aquele livrinho da Emily Brontë com que ele a presenteara, e ele escrevia, não é? Antigamente queria escrever.

— E no final, escreveu algo? — perguntou, abrindo a mão, sua mão firme e graciosa, sobre o joelho de uma maneira a qual ele se lembrava.

— Nem uma palavra! — disse Peter Walsh, e ela caiu na risada.

Ela ainda era atraente, ainda era uma figura, Sally Seton. Mas quem era esse tal de Rosseter? Ele se casou com duas camélias na lapela — era só isso que Peter sabia dele. "Eles têm inúmeros empregados, quilômetros de estufas", escrevera-lhe Clarissa, algo assim. Sally admitiu com uma gargalhada.

— Sim, tenho uma renda de dez mil por ano — se esse era o valor antes ou depois de pagar os impostos, ela não se lembrava, pois seu marido — que você precisa conhecer — disse — que você adoraria — disse, resolvia tudo isso para ela.

E Sally já tinha passado por mal bocados. Tinha penhorado um anel que o bisavô ganhara de Maria Antonieta — não era isso? — para vir a Bourton.

Ah, sim, Sally se lembrava; ela ainda tinha o anel de rubi que o bisavô ganhara de Maria Antonieta. Ela não tinha nem um tostão furado naquela época, e sempre passava por apuros para ir a Bourton. Mas ir a Bourton fora muito importante — acreditava que foi isso que manteve sua sanidade, do jeito que estava tão infeliz em casa. Mas tudo isso ficara no passado — já tinha passado, falou. E Mr. Parry estava morto; e Miss Parry continuava viva. Nunca tivera um choque tão grande na vida!, falou Peter. Ele tinha certeza de que ela já tinha falecido. E o casamento fora, supunha, um sucesso? E aquela moça tão bela e tão autoconfiante, ali, de vermelho, em frente as cortinas, era Elizabeth.

(Ela era como um álamo, ela era como um rio, ela era como um jacinto, pensava Willie Titcomb. Ah, era tão mais agradável ficar no campo e fazer o que queria! Dava para ouvir o pobre cãozinho chorando, Elizabeth tinha certeza.) Ela não se parece nem um pouco com Clarissa, disse Peter Walsh.

— Ah, Clarissa! — disse Sally.

O que Sally sentiu foi simplesmente isso. Ela devia tanto a Clarissa. Foram amigas, não colegas, amigas, e ainda conseguia ver Clarissa andando pela casa toda de branco, as mãos cheias de flores — até hoje plantas de tabaco faziam com que pensasse em Bourton. Mas — será que Peter percebia? — lhe faltava algo. Faltava o quê? Era encantadora; extraordinariamente encantadora. Mas, sendo direta (e ela considerava Peter um velho amigo, um amigo de verdade — a ausência importava? a distância importava? Várias vezes quis lhe escrever, mas acabava rasgando as cartas, ainda assim, sentia que ele entenderia, pois, ao envelhecer, percebemos que as pessoas entendem mesmo que nada seja dito, e ela tinha envelhecido, naquela tarde mesmo tinha ido visitar os filhos, que estavam com caxumba, em Eton), sendo direta, como Clarissa pôde fazer isso? — casar-se com Richard Dalloway?, um caçador, um homem que só se importava com cães. Ele literalmente cheirava a estábulo quando entrava em um ambiente. E depois tudo isso? Ela acenou com a mão.

Era Hugh Whitbread, passando por eles em seu colete branco, pálido, gordo, cego a tudo que não fosse sua autoestima e comodidade.

— Ele não vai *nos* reconhecer — disse Sally, mas, na verdade, não teve coragem; então era mesmo Hugh! o admirável Hugh!

— E o que ele faz da vida? — perguntou a Peter.

Engraxava as botas do Rei ou contava as garrafas em Windsor, respondeu Peter. Peter ainda tinha a língua afiada! Mas agora Sally tinha de contar a verdade, disse Peter. E aquele beijo de Hugh?

Foi na boca, garantiu ela, certa noite na sala dos fumantes. Foi atrás de Clarissa, furioso. Hugh não é desse tipo!, disse Clarissa, o admirável

Hugh! As meias de Hugh eram, sem dúvidas, as mais bonitas que já vira — e esse traje de gala! Perfeito! E ele tinha tido filhos?

— Todos aqui têm pelo menos seis filhos estudando em Eton — contou Peter, menos ele. Ele, graças a Deus, não tinha nenhum, nem filho, nem filha, nem esposa. Bem, você não parece se importar, disse Sally. Parecia mais jovem, pensou, que todos eles.

Mas de várias formas, foi uma tolice, disse Peter, casar-se daquela maneira; "era uma grande tonta", disse, mas então continuou: "foi uma época maravilhosa." Mas como assim?, perguntou-se Sally: o que ele queria dizer?; e como era estranho conhecê-lo e ao mesmo tempo não saber nada do que acontecera em sua vida. Tinha falado aquilo por orgulho? Era bem provável, afinal, deve ser difícil para ele (por mais que fosse diferente, um tipo excêntrico, bem longe de ser um homem comum), deve ser solitário não ter um lar naquela idade, não ter para onde voltar. Mas precisa ir visitá-los e passar semanas. É claro que iria; adoraria passar um tempo com eles, e foi isso que acabou dizendo. Depois de tantos anos, os Dalloway não os visitaram nenhuma vez. Ela convidara várias e várias vezes. Clarissa (a decisão era de Clarissa, é claro) se recusa a ir. Porque, disse Sally, no fundo, Clarissa era esnobe — era preciso admitir, ela era esnobe. Tinha certeza de que era isso que as afastara. Clarissa achava que não tinha se casado com alguém à altura, pois seu marido — falou com orgulho — era filho de minerador. Ele conquistou cada centavo que tinham. Quando garoto (sua voz falhou), chegara até a carregar sacos pesados.

(E ela continuaria com essa história, pensou Peter, por horas; o filho do minerador; as pessoas achavam que não se casara com alguém à sua altura; os cinco filhos; e o que mais — plantas, hortênsias, lilases, hibiscos raríssimos que nunca cresciam ao norte do canal de Suez, mas que ela, com a ajuda de um jardineiro em um subúrbio próximo de Manchester, tinha em canteiros, canteiros imensos! De tudo isso Clarissa tinha escapado, tão pouco maternal como era.)

Era esnobe? Sim, de muitas formas. Onde ela estava, afinal? Já estava ficando tarde.

— Ainda assim — disse Sally —, quando ouvi falar que Clarissa estava dando uma festa, senti que não podia deixar de vir... precisava revê-la (e estou hospedada na Victoria Street, praticamente ao lado). Então vim sem convite mesmo. Mas — sussurrou — me diga. Quem é essa?

Era Mrs. Hilbery, tentando achar a saída. Pois estava ficando muito tarde! E, murmurou, com o tardar da noite, conforme as pessoas iam embora, a gente se depara com velhos amigos; com cantos e esconderijos sossegados; e as visões mais belas. Será que sabiam, perguntou, que estavam cercados por um jardim encantado? Luzes e árvores e lagos reluzentes e o céu. Eram só umas luzinhas decorativas, dissera Clarissa Dalloway, no jardim dos fundos! Mas ela era mágica! Era um parque... e não sabia o nome deles, mas sabia que eram amigos, amigos sem nome, músicas sem palavras, sempre as melhores. Mas havia tantas portas, tantos locais inesperados, ela não conseguia achar a saída.

— É a velha Mrs. Hilbery — disse Peter; mas quem era aquela?, aquela senhora que passou a noite ao lado da cortina, sem falar com ninguém? Já tinha visto seu rosto antes; e o associou a Bourton. Não era ela que ficava costurando roupas de baixo na grande mesa sob a janela? Davidson, era seu nome?

— Ah, aquela é Ellie Henderson — disse Sally. Clarissa era muito dura com ela.

Era uma prima muito pobre. Clarissa *era* dura com as pessoas.

Era mesmo, concordou Peter. Porém, disse Sally, daquela sua forma sentimental, com aquela onda de entusiasmo que Peter costumava adorar nela, mas que agora o irritava um pouco, tão efusiva podia se tornar — como Clarissa era generosa com os amigos!, e como aquela era uma qualidade rara, e às vezes, à noite ou no Natal, quando agradecia por suas bênçãos, era naquela amizade que pensava primeiro. Eles eram jovens; era isso. Clarissa tinha o coração puro, era isso. Peter a acharia sentimental. E ela era mesmo. Pois percebera que essa era única coisa que valia a pena dizer — aquilo que se sentia. A inteligência era uma tolice. Era necessário apenas dizer o que se sentia.

— Mas eu não sei — disse Peter Walsh — o que sinto.

Pobre Peter, pensou Sally, por que Clarissa não vinha falar com eles? Era isso que ele estava aguardando. Ela tinha certeza. Ficou o tempo todo pensando só em Clarissa, enquanto brincava com o canivete.

Sua vida não fora fácil, disse Peter. Sua relação com Clarissa não fora fácil. E havia estragado sua vida, disse. (Os dois foram tão próximos — ele e Sally Seton, era absurdo não dizer isso.) Era impossível se apaixonar duas vezes. E o que ela poderia responder? Ainda assim, pelo menos tinha amado (mas ele a acharia sentimental — sempre fora racional). Ele tinha que passar um tempo com eles em Manchester. Era verdade, disse. Tudo verdade. Adoraria visitá-los, assim que resolvesse o que precisava resolver em Londres.

E gostara dele mais do que jamais gostou de Richard, Sally tinha certeza.

— Não, não, não! — respondeu Peter (Sally não deveria ter dito isso; tinha exagerado.) Aquele bom homem. Lá estava ele do outro lado do salão, firme e forte, o mesmo de sempre, o bom e velho Richard. Com quem ele estava conversando?, perguntou Sally, aquele sujeito de aparência tão distinta? Por morar no meio do nada, ela tinha uma vontade insaciável de saber quem as pessoas eram. Mas Peter não sabia. Não gostava de sua aparência, disse, provavelmente era um membro do gabinete. De todos, parecia ser o melhor. O mais desinteressado.

— Mas o que ele faz? — perguntou Sally. Serviço público, supunha. E são felizes juntos?, Sally perguntou (ela era extremamente feliz); pois, confessou, não sabia nada sobre eles, só chegava a conclusões, como é comum fazer, porque, o que é possível saber até mesmo daqueles com quem se convive diariamente?, perguntou. Não somos todos prisioneiros? Ela lera uma peça incrível sobre um homem que arranhava a parede de sua cela, e ela achava que essa era a verdade da vida: arranhar as paredes. Exausta das relações humanas (as pessoas eram tão difíceis), ela com frequência ia ao jardim e conseguia de suas flores uma paz que os homens e mulheres nunca a fizeram sentir. Mas não; ele não gostava de couves; preferia seres humanos, disse Peter. Realmente, a juventude é linda, disse Sally ao observar Elizabeth atravessar o salão. Tão diferente de como Clarissa era naquela idade! O que podia saber sobre ela? Não abria a boca. Não muito, ainda não, admitiu Peter. Ela era como um lírio, disse Sally, um lírio à beira do lago. Mas Peter não concordou que não sabiam de nada. Sabemos de tudo, disse; ao menos ele sabia.

Mas esses dois, sussurrou Sally, esses que se aproximavam agora (e ela teria mesmo que ir embora se Clarissa não aparecesse logo), este homem de aparência distinta e sua esposa tão simples que conversavam com Richard — o que poderia saber sobre pessoas como aquelas?

— Que são dois malditos impostores — disse Peter, olhando tranquilo para eles.

Sally deu risada.

Mas Sir William Bradshaw parou junto à porta para examinar um retrato. Espiou o canto, procurando a assinatura do gravador. Sua esposa fez o mesmo. Sir William Bradshaw era muito interessado em arte.

Quando éramos jovens, disse Peter, tínhamos muita vontade de conhecer as pessoas. Agora que estavam velhos, tinha cinquenta e dois anos, para ser exato (Sally tinha cinquenta e cinco, fisicamente, disse, pois sua mente era de uma garota de vinte); agora que tinham amadurecido, então, disse Peter, podiam observar, podiam entender, e sem perder a capacidade de sentir. Sim, era verdade, concordou Sally. A cada ano sentia mais profundamente, mais intensamente. Os sentimentos aumentavam, disse, infelizmente, talvez, mas devemos agradecer por isso — na sua opinião, não paravam de aumentar. Ele conhecera uma pessoa na Índia. Queria falar com Sally sobre ela. Queria que Sally a conhecesse. Era casada, contou. Tinha dois filhos pequenos. Eles têm que nos visitar em Manchester, disse Sally — ele tinha que prometer antes de partirem.

— Veja Elizabeth — falou —, ela não sente nem metade do que sentimos, ainda não.

— Mas — disse Sally, observando Elizabeth se aproximar do pai — dá para ver que são muito apegados. — Podia ver pela maneira que Elizabeth se aproximara do pai.

Pois seu pai estava olhando para ela enquanto conversava com os Bradshaw, e pensou consigo mesma, quem é aquela garota encantadora? E de repente se deu conta de que era sua Elizabeth, e ele não a havia reconhecido, de tão graciosa que estava no vestido rosa. Elizabeth sentira seu olhar enquanto conversava com Willie Titcomb. Então foi até o pai e os dois ficaram juntos, agora que a festa quase acabara, observando as pessoas irem embora e os salões ficarem cada vez mais vazios, com objetos espalhados pelo chão. Até Ellie Henderson já estava indo, era quase a última, mesmo que ninguém tivesse falado com ela, mas quis ver tudo para contar a Edith. E Richard e Elizabeth estavam aliviados por ter acabado, mas Richard estava orgulhoso da filha. E não tinha intenção de contar, mas não conseguir se impedir de contar. Ele tinha olhado para ela, disse, e se perguntado, quem é aquela garota encantadora?, e era sua filha! Isso a deixou contente. Mas seu pobre cãozinho estava latindo.

— Richard melhorou. Você tem razão — disse Sally. — É melhor eu falar com ele. Preciso me despedir. De que importa o cérebro — disse Lady Rosseter, levantando-se — comparado ao coração?

— Também vou — disse Peter, mas continuou mais um momento sentado. O que era esse terror? O que era essa animação?, pensou consigo mesmo. O que é isso que me enche de extraordinária empolgação?

É Clarissa, disse. Pois lá estava ela.

FIM

Este livro foi impresso nas oficinas gráficas da Editora Vozes Ltda.,
Rua Frei Luís, 100 – Petrópolis, RJ.